七星
克里夫
艾莉娜麗潔
札諾巴

「諾倫，真是抱歉。
妳來到這裡以後，一直很痛苦吧？」

無職轉生

⑪

到了異世界就拿出真本事

Rifujin na Magonote
理不尽な孫の手
插畫：シロタカ

Kadokawa Fantastic Novels

無職轉生～到了異世界就拿出真本事～⑪

CONTENTS

第十一章 青少年期 妹妹篇

第一話「姊妹的待遇」 10
第二話「女僕和住宿生」 32
閒話「人偶研究與主從關係」 54
第三話「龍頭老大和他的伙伴們」 65
第四話「大哥的心情」 87
第五話「諾倫·格雷拉特」 108
第六話「和妹妹共度的生活」 125
第七話「轉折點三」 147
第八話「道別的問候」 172
第九話「前往貝卡利特大陸」 205
第十話「遭遇天敵」 224
第十一話「沙漠的生態」 239
第十二話「沙漠之旅」 258
第十三話「集市」 275
第十四話「沙漠的戰士們」 297
外傳「諾倫和米里斯教團」 327

「兄弟姊妹是和自己最接近，最相像，也是最難以理解的生物。」

—— When it could be understood so, it'll be the best family.

著：魯迪烏斯・格雷拉特

譯：金恩・RF・馬格特

第十一章 青少年期 妹妹篇

第一話「姊妹的待遇」

我的妹妹諾倫和愛夏結束漫長旅程，到達我家。

現在，兩人正吃著我煮出的男子漢粗獷料理。

「好吃嗎？」

「很好吃！」

「……」

愛夏很有精神，諾倫也沒有抱怨什麼，只是默默吃著。

雖然和希露菲做的料理是天差地別，不過似乎還不難吃。順便說一下，希露菲已經出門工作。

我很想和她一起行動，無奈難以如願。今天向學校請了假，要來討論如何安置兩個妹妹。

吃完飯後，我們移動到客廳。我指示愛夏和諾倫並排坐下，自己則坐在她們面前。

讓她們坐定，接著喝口茶並緩了一口氣之後，我提起話頭。

「雖然晚了一點，不過我首先要說……辛苦妳們長途跋涉來到這裡。」

「是的，很高興看到哥哥大人也很健康。」

愛夏一本正經地這樣回答。

她身上穿著女僕服。以前見面時還顯得鬆鬆垮垮，現在卻剛好合身。根據隨處可見的縫補痕跡，大概還是之前那一件吧。

或許是覺得客廳內部很新奇，愛夏一直偷瞄四周，顯得很有精神的褐色馬尾也跟著搖來晃去。

「……」

諾倫則低著頭，像是個幼小的孩子。服裝也給人一種普通小孩的感覺。款式是以水藍色為基調的可愛風格。在米里希昂經常可以看到穿著類似服裝的小孩，不過在這一帶可能會有點顯眼。看起來比愛夏還長的金髮在脖子後方綁成低馬尾，夾子狀的大型髮飾頗為時髦。

「聽說愛夏妳相當努力。」

「一切都是為了和哥哥大人見面，不算是什麼辛苦。」

愛夏還是一臉鄭重表情。可是不知道為什麼，她今天的用詞不太對勁。

「我們是一家人，這裡從今天起就是妳們的家。沒有必要那麼客套，請妳們放輕鬆吧。」

「是的。哥哥大人，謝謝你。但是，雖說是家人，這裡還是哥哥大人的家。單純在此借住會讓我感到過意不去，所以想請哥哥大人讓我幫忙處理家務。」

雖然不確定原因，但我有種強烈的隔閡感。

到底為什麼呢？是因為她的恭敬用詞嗎？

「我說，妹妹大人。」

「有什麼事呢？哥哥大人。」

「妳可以改掉現在的用詞嗎？」

「真是的，哥哥大人。既然有年長者自己使用了恭敬用詞，我怎麼能夠改掉呢？」

所以是我的錯嗎？是因為我自己講話這麼講求禮貌，愛夏才會主張她也不改嗎？

「好，那我先改吧。」

「知道了。兄妹之間講話那麼客氣，果然會感到生分呢。不過，我會根據場合使用恭敬用詞，畢竟哥哥還是比我年長嘛。」

喂喂喂，這裡應該要順勢答應自己也願意改掉吧？

算了也好，從小就學會使用禮貌用詞並不是壞事。

看場合使用恰當的用詞也是很重要的技巧。

但是，愛夏剛剛說會感到生分。該不會瑞傑路德、艾莉絲，和其他很多人對我也有同樣的感覺吧？我本來認為恭敬用詞是促進良好人際溝通的第一步……下次和他們見面時，要不要試著用更親近的語氣搭話呢？

「嘿，瑞傑路德，最近怎樣啊？看你變了很多嘛，以前那麼瘦，也沒有留鬍子。啥？你不叫那名字？喂喂，你連名字都改了嗎？不過講話方式還是跟以前一樣嘛。」

……駁回。瑞傑路德是值得尊敬的對象，對那樣的人物必須使用恭敬用詞，這是理所當然的事情。

如果平行世界的我對瑞傑路德和洛琪希講話沒大沒小，我會把他痛扁一頓。

「嗯，總之呢……愛夏、諾倫，我們是第一次像這樣一起生活，對彼此應該有不了解的地方……不過大家還是要好好相處喔。」

「是！」

「……」

愛夏精神奕奕地點頭。嗯，這反應和我拿肉當餌時的普露塞娜很像。簡直可以看到她的尾巴，就是那種我說什麼她都願意聽從的感覺。

對照之下，諾倫看起來不太高興，一副來我這裡並非心甘情願的態度。

畢竟彼此是在那麼糟糕的情況下再次相會。當時我不但喝醉酒還帶著女人，她對我想必沒什麼好印象。

對於這孩子，可能要慎重一點比較好。

「不過，沒想到哥哥居然跟希露菲姊姊結婚了，讓我嚇了一跳。諾倫姊也一樣吧？」

愛夏把諾倫也拉進對話，諾倫卻搖了搖頭。

「……我不太記得希露菲小姐的事情。」

諾倫好像對希露菲沒什麼印象。這也沒辦法，愛夏有和希露菲一起學習過禮儀規矩，但諾倫不一樣，大概和希露菲沒有什麼交流吧。

「那個，哥哥，發生了什麼事？之前和你在一起的艾莉絲小姐怎麼了？」

愛夏把身子往前探，提出這種問題。

艾莉絲啊……果然大家都很在意這件事嗎？

「這個……」

我帶著苦笑，決定把至今的經歷告訴她們。

從自己回到阿斯拉王國菲托亞領地開始講起，後來和艾莉絲分開，成為冒險者。在當冒險者的過程中得了某種病，為了治療，有人建議我前來魔法大學。結果在魔法大學見到希露菲，麻煩她治好我的病……

至於疾病的詳情，正確說法是關於ＥＤ這病名和治療方法，我只有隨便含糊帶過。畢竟那並非適合告訴十歲小女孩的內容。

還有，我也向她們說明希露菲因為處於非常艱困的狀況，所以她在人前經常打扮成男性。關於這部分，愛麗兒有說過我可以透露給自己判斷該告知的對象。

老實說，不要告訴兩個妹妹或許比較好。

因為她們年紀還小。但是，既然大家今後要住在一起，兩人遲早有一天會發覺，或者該說當然會產生疑問。考慮到屆時引發的問題，提早告知應該是比較聰明的做法。

「……就是這麼回事。」

我把前因後果大致說明了一遍。

諾倫板著臉低著頭，愛夏卻擔心地看向我的臉。

「那個病已經不要緊了嗎？」

「嗯，已經康復了，不必擔心。只是我每三天會進行一次復健運動。」

「是嗎……」

愛夏喃喃回應後，握拳敲了一下手掌。

「啊，對了！」

「嗯？」

「爸爸說過見到哥哥後，要把一個東西交給你。」

語畢，愛夏猛然起身，一口氣衝向二樓，隨即拿著一個四角形盒子下來。

「請收下！」

這盒子上裝著大型鎖頭，而且多達三個。要說這樣叫特別謹慎也是有理，但是不會反而透露出這裡面放著重要的東西嗎……不，這種做法應該是擔心愛夏和諾倫打開盒子弄丟裡面物品吧。總之我先用魔術輕鬆開鎖。

「啊……鑰匙……」

「嗯？噢……」

抬頭一看，只見愛夏拿著鑰匙僵在原地。我還是接過鑰匙收進口袋裡，然後打開盒蓋。

「哦哦。」

裡面裝著大量金銀財寶……這樣講有點誇張，不過確實是一大筆錢。

包括十幾張米里斯王鈔，還有貴金屬類。乍看之下很難判斷價值，但變賣後應該可以換到不少現金。這就是保羅在信裡提到的當前用資金吧。

我家靠這些可以再戰十年。（註：動畫作品《機動戰士鋼彈》中出現過的台詞）

不過，還是要避免無謂的浪費。

盒蓋上卡著兩封信，我也拿出來確認。

一封是保羅的信，內容和前幾天寄到的那封相同。

另一封來自莉莉雅。

信裡敘述了愛夏和諾倫目前的學習狀況，以及個性上的缺點。

愛夏很優秀也不會失敗，但有點驕傲自滿所以要對她嚴厲一點。至於諾倫算是普通，不過由於在學校總是被拿來和愛夏比較，似乎有點自暴自棄，也常常虛張聲勢，所以建議對她溫柔一點。

莉莉雅對愛夏的標準有點嚴格。她好像覺得自己是小妾或情婦之類，或許對諾倫也總是退讓一步。我個人是覺得應該要平等對待她們姊妹雙方。

唔……根據信件的內容，愛夏真的很優秀。她在一年前的成績就已經讓我沒什麼好教了。讀寫、計算、歷史、地理等科目都達到了足夠的水準。

而且還會打掃、洗衣、做家事和煮飯。劍術是水神流初級，魔術則是基礎六類都學會初級。

她在米里希昂時好像有去上學，然而很快就因為洛琪希他們到達而踏上旅程，時間應該不長。結果卻能有這種水準，也難怪諾倫會自暴自棄。

對照之下，諾倫顯得很普通。不好也不壞，但是大概比這年紀時的艾莉絲優秀吧。差不多是平均水準，或是比平均差一點。諾倫因為轉移事件而過著忙亂生活，在那種狀況下還有這種成果算得上是有在努力，其實沒有嚴重到必須自暴自棄。

盒子裡沒看到別的信件，我還以為洛琪希也會跟我說點什麼……算了，這些都是家人之間的信件，她可能不好意思插一腳。

「總而言之，等到穩定下來之後，妳們兩個都必須去上學。」

「咦～！」

發出不滿叫聲的人是愛夏，是對學校有什麼不好的回憶嗎？

「我去學校已經沒有東西可以學了！因為我已經為了服侍哥哥而好好努力過了啊！」

「可是……」

「我想要照顧哥哥！之前我們不是約好了嗎！你看，那時候的東西我也一直帶在身邊！」

愛夏解開馬尾，把綁在頭上的東西拿給我看。原來是我以前送給她的護額，鐵板的部分被加工改造成了髮飾。

看到自己送人的東西被如此珍惜，總覺得很開心。

不過這是另一回事，不去上學到底是好是壞呢？

老實說，我認為不上學也不要緊。因為比起學校本身，想學習的意志更為重要。如果沒有學習意志，就算去上學也只是白白浪費時間，就像國中時的我。

話雖如此，保羅在信裡有吩咐我要讓兩人好好去上學。

儘管這個世界並沒有所謂的義務教育……

「那麼，妳至少要接受魔法大學的入學測驗，我會根據結果來做出判斷。」

「咦？嗯……好，我知道了。」

愛夏似乎很自信地咧嘴一笑。

看來她有信心考到高分。也好，如果她真的能獲得好成績，不去上學也無所謂吧。保羅那邊就由我負責解釋。

「諾倫也一樣，總之去參加看看吧。」

「……」

我把話題轉到諾倫身上。她依舊沒有把臉正面朝向這邊，只有視線轉了過來。

她真的很討厭我耶……會不會就這樣一輩子都不跟我說話？

這種念頭才閃過腦中，諾倫就開口喃喃說了一句：

「……可是，我可能會考不上。」

我覺得這好像是她第一次跟我說話。

不，實際上並不是那樣，不過我還是很高興。果然故意無視別人是不行的，那樣真的很不好。

「妳不必擔心那種事，因為只要有錢，任何人都可以進入那間學校。」

「嗚……我才沒有想上學到那種地步！」

她對我大聲怒吼，或許是以為我想走後門把她弄進學校。

「等一下！諾倫姊！妳怎麼可以對哥哥這樣講話！」

「妳也有聽到吧！他居然想靠錢來解決！」

「那也要怪諾倫姊妳自己不會念書吧！」

「我哪有不會念書！」

諾論邊大吼邊抓住愛夏的頭髮，愛夏也反抓住諾倫的手腕，還把手伸向她的臉。

她們兩個彼此拉來扯去抓來搔去，這是女孩子……不，是小孩子打架。

真好，果然打架就是要像這樣。先朝下巴打一拳再騎到對方身上的行為根本不叫打架。

雖然適度的爭吵沒有什麼壞處，不過剛剛是我發言不當。還是阻止她們吧。

「快住手。」

自己發出來的聲音出乎意料地低沉。兩個人都身子一顫，停下動作。

「……」

諾倫低下頭似乎還有話想講，眼裡盈滿淚水。

……唔，看樣子對諾倫來說，我和愛夏的存在似乎造成了超乎我預估的自卑感。

「那個……諾倫。這個城市的學校只要支付學費，任何人都可以入學，不會因為種族、身分與才能而受限。所以，我並不是要靠花錢硬把妳弄進學校裡。」

「……嗚。」

諾倫擦去眼淚，哼了一聲。

「妳還記得洛琪希老師吧？她也念過這所學校。這是一間好學校，也有很多老師，會傳授各式各樣的知識。說不定諾倫妳也可以找到……自己喜歡的事情。」

我本來想說或許可以找到贏過愛夏的事情，不過又改變主意。

這種時候，不要講出評論兩人高低的發言應該比較妥當。

諾倫還是低著頭。

「…………好吧，我願意去考試。」

過了一會兒，她丟下這句話，然後推開椅子站了起來。

看到諾倫想直接離開客廳，愛夏以不高興的聲音對著她的背影發話。

「諾倫姊！話還沒有說完啊！」

「吵死了！」

諾倫踩著重重腳步走上樓梯，接著從二樓傳來房門被用力關上的聲響。

原來如此，確實是一個不好相處的孩子。處於尷尬年齡，個性也不好相處，我有辦法和她培養出良好關係嗎？

「真是，諾倫姊總是那樣子。唉～不聽話的小孩真的很討人厭呢！哥哥也這樣覺得吧？」

愛夏聳著肩，徵求我的同意。

這邊也有自己的問題，愛夏似乎瞧不起那樣的諾倫，這恐怕也不是好事。

「愛夏。」

「什麼？」

「妳以後不可以再對諾倫說她不會念書，或是講什麼輕視她的發言。」

「咦……」

聽到我這樣說，愛夏嘟起嘴巴，似乎非常不滿。

「那是因為諾倫姊根本沒有好好努力啊。」

「看在妳眼裡或許會覺得是那樣，但是諾倫也有用自己的方式在努力。」

「…………好吧，既然哥哥這麼說，那我以後會注意。」

儘管愛夏看起來非常不情願，最後還是點頭答應。

算了，我說的話也沒什麼說服力吧，畢竟我對她們兩人根本是一無所知。

不過，到底該如何對待這個年齡的女孩子呢？實在是個難題。

★★★

午後，我把兩個妹妹留在家裡，自己前往學校。目的地是教職員室，要找吉納斯副校長討論入學測驗的事情。

「如果以前就讀過其他學校，應該可以跟上這邊的課程，或許早點接受測驗會比較好。」

由於他提出這種意見，我決定讓兩人在一個星期後就接受測驗。

雖然很像臨時抽考，但是不成問題。

「不過既然是魯迪烏斯先生的妹妹，想必是很優秀的人才吧。」

「一個很優秀，另一個只是普通的孩子。」

「你又這麼謙虛，我想實際上她們能夠使用無詠唱魔術吧？」

「怎麼可能呢。」

和吉納斯副校長隨便閒聊一陣後，我突然想到一件事情。

「對了，副校長。請問巴迪岡迪陛下今天有來學校嗎？」

「……你說陛下嗎？我今天沒見到他。」

「這樣啊。」

畢竟那個人總是神出鬼沒。只是他一旦出現必定會造成騷動，所以可以立刻察覺。

「如果有什麼事情，我可以代為轉達。」

「呃，其實也不是什麼大事。只是陛下可能對我的舊識有什麼誤解，我想找個機會和他兩個人靜下心來談一談。」

「我明白了。要是遇見陛下，我會轉達這件事。」

我對吉納斯副校長低頭致意，隨後離開教職員室。

原本想直接回家，不過看看還有一點時間，於是我決定去找七星。

我敲了敲門進入研究室，卻沒看到七星的身影。

真奇怪，總是待在自己窩裡的那傢伙居然不在這裡。我姑且去實驗室那邊看了一下，同樣沒見到人。至於寢室則是禁止進入，因此我試著敲門。

「……嗚嗚……」

房裡傳來呻吟聲，聽起來好像很痛苦。

我猶豫著是不是該闖進去，但是過了一會兒，臉色鐵青的七星自己出來了。

「喂，妳還好嗎？」

「我……我的頭……好痛……而且……很不舒服……」

嗚哇，她一身酒臭。也對，畢竟昨晚喝了不少。而且照那種喝法，就算急性酒精中毒也不奇怪。

「妳先坐下來，我馬上幫妳解毒。」

我回到研究室，讓七星在椅子上坐下，一把抓住她的腦袋。詠唱解毒魔術之後，再用治癒魔術消除疼痛。

「呼……得救了。」

七星甩了甩頭，按著太陽穴對我道謝。接著她戴起放在桌上的面具，面具女「塞倫特．賽文斯塔」在此登場。

「你今天有什麼事？如果是想拿報酬，希望你等到下次，因為我還沒準備好。」

雖然她以冷淡態度回應，不過還是帶了點不好意思的情緒。這就是傳說中的冷嬌嗎？

「我昨天回到家之後，發現妹妹來了。因為必須安排上學事宜，我只是來進行相關準備，順便過來妳這邊而已。」

「……妹妹？該不會是之前世界的妹妹吧？你妹妹也穿越了？」

「不不，怎麼可能，當然是這世界的妹妹。」

「是嗎？」

七星盯著我的臉。

「如果是這個世界的妹妹，應該長得很可愛吧。」

「妳剛剛是在誇獎我的長相嗎？」

「我只是按照我們的審美觀來評論。我不知道你以前長什麼樣子，不過現在算是五官端正的西方人長相吧？」

「噢……嗯。」

我的長相被稱讚了。真是危險啊，如果是生前，我恐怕已經誤以為這傢伙喜歡我了。現在的我不是處男，也不是單身，不會因為這樣一句話而動搖。

「你妹妹幾歲？」

「應該是十歲。」

「是嗎，我也有個差不多這年紀的弟弟。只是如果那個世界也過了和這邊相同的時間，我弟弟現在已經比我年長了。」

七星講完，似乎很懷念地瞇起眼睛，或許是想起日本的種種吧。

我對「弟弟」這名詞沒有什麼好回憶。

「總覺得突然很想吃布丁。」

她突然冒出這句話。話題也跳太遠，為什麼想吃布丁啊？

「妳有什麼關於布丁的回憶嗎？」

「我放在冰箱裡的布丁曾經被我弟擅自吃掉，而且那布丁很貴……」

看樣子不管哪家的弟弟都差不多。即使是這種回憶，對七星來說似乎還是很值得懷念。她稍微把頭抬高，強行忍住淚水。

我還是不要看她吧。

「那麼，我下次再來。」

「嗯……那個，前陣子……給你添麻煩了，我對你算是有點刮目相看。」

「呵，迷上我可會被燙傷喔。」

「什麼嘛，你是在耍帥嗎？」

「這是搞笑哏啊。」

我這樣回答後，七星微微笑了。這也是一種代溝。

總之，還是等她更冷靜一點時，再來請教關於實驗的事情吧。

★ ★ ★

放學後，我和希露菲一起踏上歸程。

我想找她討論關於兩個妹妹的各種問題。因為彼此年齡相近，能理解的事情應該也不少。

「啊……對了，魯迪，我們去購物吧。因為人數變多了，必須多買一點才行。」

基於希露菲的提案，我們前往市場。

一踏進市場，熬煮豆子的甜香味道就飄了過來。

商業區的市場到了傍晚依舊很熱鬧。雖然食品市場給人一種早上才是盛況時段的印象，

但是講到這一帶的新鮮食材就是指肉類，而肉類的供應要靠冒險者和獵人去狩獵魔物和野生動

物。先不論獵人，冒險者都是白天前往森林或平原，在傍晚回到城鎮。也就是因為進貨時間是白天，所以市場會到了傍晚才熱鬧起來。

不過呢，商品種類不多，價格也偏高。

就算是這樣，能靠錢來解決的魔法三大國還算是不錯了。聽說只要往東走，會有很多更貧窮的國家……那種即使想買也沒東西可買的國家。

順便說一下，這一帶的冒險者能承接的委託中，也有只要把捕獲的獵物冷凍起來的簡單工作。

這種委託適合剛學會魔術的學生去承接。

總之那不重要。我和希露菲兩人一邊採購，一邊討論接下來的生活。

「是嗎，或許她們兩個的感情真的不是那麼好。」

「老實說，我根本不懂那年齡的小孩在想什麼。」

「也許吧。」

「愛夏好像不願意上學，想成為我們家的女僕。妳怎麼看？」

「我有點沒顧好家裡的事情，如果愛夏願意幫忙，我會覺得很高興。」

希露菲笑著回答，似乎並不認為自己的工作會被搶走。

「可是希露菲，我們是該負起責任的大人。」

「嗯。」

「讓愛夏去上學，為她指出更多可能性正是我們的工作吧？」

「嗯～那樣的話，安排愛夏在魔法大學裡學些比較特別的事情，或許也是一種可行的辦法？」

希露菲把手搭在下巴上，開始思索。臉上表情像是在猶豫著該選哪一邊。

不過她的視線前方是並排陳列的火腿，左邊和右邊的價錢有一點不同。

「希露菲，這是嚴肅的話題，妳要認真評估。」

「我當然有在評估。可是啊，愛夏大概優秀得超乎魯迪你的想像喔。」

「很優秀又怎麼樣呢？」

「不管有沒有去上學，我想她一定都可以做得很好。」

「哦？」

「所以你不要想那麼多，讓她去做自己想做的事情應該比較好吧？」

希露菲很相信愛夏。話說起來，希露菲本來就知道愛夏的水準吧，因為她看過愛夏小時候是什麼樣子。聽說愛夏從那時起就表現得很優秀。

「問題是諾倫這一邊吧？和保羅先生以及瑞傑路德先生分開似乎讓她感到很不安，我們必須好好照顧她才行。」

「是啊。」

看到希露菲冷靜的模樣，我發現自己有點慌亂。

希露菲真是可靠啊，跟菲茲學長一樣。啊，不對，她本來就是菲茲學長。

「也就是我們要讓愛夏自由選擇，但是必須幫諾倫鋪好軌道嗎？」

「軌道？」

「也就是幫她安排好將來的路。」

「嗯，是啊，我覺得那樣比較好。」

話雖如此，像這樣對姊妹待遇不同的做法真的沒問題嗎？不，她們的能力有很大的差距，要是勉強平等對待也很奇怪。

不能把因材施教和差別待遇混為一談。

「嗯……我是不是講了什麼自以為了不起的發言？」

「不，妳幫了大忙，我總算整理出一些頭緒。」

「可是我要保護愛麗兒大人，不太能照顧她們，結果還那麼多意見……」

希露菲搔著耳後，一臉為難地開口這樣說。

她必須顧及護衛愛麗兒的任務。一旦有什麼事情影響到這方面，她總是會露出困擾表情。說不定希露菲其實也很煩惱，擔心我有可能會要求她在結婚時必須辭去工作。我突然有個衝動，決定實際提問。

「我說，希露菲葉特小姐。」

「什麼事，魯迪烏斯先生？」

「如果我當初要求妳跟我結婚前必須先辭去護衛公主的任務，妳打算怎麼做？」

我盡量以輕鬆語氣發問。希露菲回頭看向我，她的表情很認真。

「……我可能會拒絕和你結婚。」

咦？……我有點受到打擊。

或許我應該過一段時間之後再問這個問題。

嗯，是嗎？原來比起我，她會選擇愛麗兒嗎？是嗎，是這樣啊……

「啊。」

看到我的表情，希露菲突然慌張起來。

「別誤會，我喜歡你啊，魯迪。不對，『喜歡』這句話沒辦法確實表現出我的感覺。有各式各樣的感情混在一起，連我自己也不懂。」

驚慌失措的希露菲真可愛。

「不過我認為其實到頭來，那些感情全都等於『喜歡』。那個……所以我自然會想要和魯迪你有個孩子……」

希露菲輕輕摸著肚子這樣說。

看到她這個動作，我感到臉頰發燙。今天的希露菲相當健談，明明是在大庭廣眾之下。

「可是，我也喜歡愛麗兒大人。不是對魯迪的那種喜歡……大概是朋友之間的喜歡吧。」

說起來，這好像是我第一次聽希露菲提起她對愛麗兒的情感。

「雖然看不出來，其實愛麗兒大人有相當不靈光的地方。我想魯迪就算沒有我，一定也能靠自己活下去；但是愛麗兒大人要是少了我和路克，可能很快就會死掉。所以啊，我不想拋棄她。」

希露菲這樣說完，又搔了搔耳朵後面，才開口繼續補充。

「啊，不過……我對於現在的生活其實抱著不少夢想。所以……如果可以的話，請讓我和你在一起。」

希露菲或許覺得自己說了很自私的話。

大概還認為兩件事原本無法兼顧，全是靠著我的好意才能夠並立。所以，她可能想成為事事都配合我的女性。

根本沒那回事。

「……」

我沒有回答，而是親了希露菲的臉頰一下。

結果下一秒，周圍傳來叫好的口哨聲，還有帶著不爽的咂嘴聲。

不知何時，我們已經成為眾人注目的焦點。

希露菲面紅耳赤，最後乾脆戴上太陽眼鏡。

菲茲學長還是這麼可愛。

幾分鐘後，希露菲冷靜下來，我們繼續購物。

雖然話題後來有點走偏，不過總之，該討論的問題大致上都討論過了。

要是希露菲能和兩個妹妹建立起良好關係，我也會比較輕鬆吧。老實說，我真的不懂那個年齡的女孩子到底在想什麼。

「因為我不清楚女孩子的事情，這方面大概又要麻煩希露菲了。」

「嗯，有困難的時候要互相幫助才行，因為我們是夫妻啊。」

希露菲這樣說完，靦腆地笑了。我老婆實在可靠。

話說回來，原來希露菲認為我沒有她也沒問題，但是愛麗兒大人少了她就不行嗎？

我想，如果換成是我不在希露菲身邊，她一定也有辦法活下去吧。

和以前不一樣……

之後又過了一星期。

愛夏在測驗中得到滿分。

第二話「女僕和住宿生」

測驗結束後，我帶著愛夏和諾倫回到家中。

這次的測驗是筆試。內容並沒有針對年齡出題，而是綜合了一般教養和基礎六類魔術的正統入學測驗，適用於所有年齡……和我那時不一樣。這也是理所當然嗎？

愛夏的成績是滿分。米里斯和這裡的文化多少有些不同，也就是在一般教養方面會有點差異。結果愛夏卻考了滿分，實在無可挑剔。

吉納斯副校長也說既然愛夏才十歲就有這種成績，那麼只要附帶幾個條件，就能安排她成為特別生。

不過呢，我和愛夏的約定並不是那樣。

「那麼，我要按照約定服侍哥哥！」

一回到家，愛夏就得意洋洋地這樣宣布，臉上滿是自豪表情。

「意思是妳要成為家裡的侍女嗎？可是我們是一家人啊。」

「不對，我不是要成為家裡的侍女，而是要成為哥哥的侍女！」

將來的夢想是成為哥哥的侍女。

這種夢想沒問題嗎？總覺得有點扭曲。不過，約定就是約定。

「好，那麼所有我說的話妳都要聽從。」

「是！請您多多指教，主人！」

主人……真是美好的稱呼。如果這樣叫我的人不是妹妹，自己肯定會非常興奮。

明明我已經有心愛的妻子。

「話是這麼說，要是妳覺得有必要去學校學習什麼就盡量開口吧，不必客氣。」

「到那時候，只要主人您仔細深入地教導我……」

愛夏把手指搭在嘴唇上，對我拋了個媚眼。

她希望我教導的知識是性教育方面嗎？如果愛夏哪天對我說：「哥哥……請你告訴我生小孩的方法」，到時就來教導她正確的性知識吧……當然不包括實際行為。

「那個，主人這稱呼是怎麼回事？」

「因為我接下來要服侍哥哥大人，必須懂得分際。」

哎呀，她又換回恭敬用詞了。

「照平常那樣叫哥哥不行嗎？」

「不可以公私混淆。」

不愧是滿分，連這種艱澀的用詞都懂。

算了，也沒關係。可能會被希露菲以奇妙眼神看待，但是愛夏考了滿分，這種事就隨她的意思吧。

「我明白了。那麼工作方面的問題，妳和希露菲商量後再決定。」

「是，我已經從母親那裡學過侍女工作的種種，請您放心交給我。」

語畢，愛夏站起來把雙手放到身前交握，然後對著我深深一鞠躬。

妹妹女僕在此誕生。

妹妹女僕，這名詞聽起來真是讓人感動。

不過像這種不去上學，總是窩在家裡幫忙做家事的人，在我生前會被稱為「家管」。

至於諾倫，考出了還是不怎麼樣的成績。

根據吉納斯副校長的意見，只是比同齡小孩的平均成績低了一點，似乎也不算太差。話雖如此，一旦拿來和愛夏比較，很難說是並不遜色。

算了，畢竟她旅行了一年，才剛安定下來就參加考試，這也是無可厚非的結果。

諾倫大概覺得，至少要給她複習的機會吧。

不過沒關係，沒必要焦急，以後慢慢進步就好了。就算無法成為第一名，只要最後能達到一般水準就沒有問題。所謂的人類社會就是這樣的架構，並不需要特別優秀，只要和平常人一樣就可以了。

「諾倫想進入哪個學科？」

「……」

諾倫沒有回答。她只是一臉不高興地繼續低著頭，看向其他地方。

她似乎還是看我不順眼。至於我這邊，很想再縮短一點彼此的距離。

然而……唔，這下該怎麼做呢？

「雖然我也不清楚各學科的詳情……不過我記得接受一般課程兩三年之後，就可以選擇專門的課程。我們這間學校有一些相當有趣的課程，妳要不要總之先念個幾年，順便尋找自己想做的事情呢？要是沒找到特別有興趣的科目，我想專攻治癒魔術應該也不錯。母親她也是治癒魔術師，而且這一帶缺少治癒魔術師，將來可以進入診所或醫院工作。」

「……」

諾倫沒有回應，只有我一個人講個沒完。

這時，她突然把視線轉向這邊。看到那似乎有話想說的眼神，我趕緊閉上嘴。

「……我……想去住宿舍。」

諾倫以緊張的聲調講出這句話。

我重複她的發言。

「想去住宿舍……嗎？」

直接打回票是很容易的事情。

但是，還是認真考慮一下吧。畢竟諾倫好不容易鼓起勇氣提出這個要求。

首先，讓一個十歲少女獨自生活。

不管怎麼樣都太早了。然而，學校的宿舍並非獨居，基本上都是雙人房。

諾倫來到這裡後，沒有幾個認識的人，也沒有朋友。如果讓她去住宿舍，說不定能交到朋友。

以年齡來說還是多少有點問題，不過在那間學校裡，也有年紀更小就住進宿舍的學生。宿舍有一定程度的明確規則，是安全的地方。雖說諾倫才十歲，住在宿舍裡應該也不會有什麼不便吧。

我個人想和她更親近一點，然而根據現狀，就算縮短物理上的距離，好像也只會讓精神上的距離越拉越遠。

生前，我一直躲在家裡，把自己封閉起來拒絕一切。

家人為了接近我，策劃了各種行動。例如用昂貴物品當誘餌，提供美食，用好聽話講述未來遠景等等。記得每一次都讓我的心離家人更遠，還覺得好像被當成動物對待。

與其都住在家裡每天見面，還要互相觀察彼此臉色，倒不如拉開一些距離，從遠方守護她會比較好吧？雙方都冷靜下來看待對方是不是很重要的事情呢？

愛夏總是下意識地擺出瞧不起諾倫的態度。

雖然她說過會注意，不過似乎欠缺自覺，所以算是有點惡劣。只能多花點時間慢慢糾正。

諾倫要是待在家裡，不但會遭到愛夏輕視，還要一直見到討厭的我。

我自認不到頂尖，然而在世間算是優秀。

所以我想自己可以理解……夾在優秀兄弟姊妹之間成長的辛酸。

最壞的發展，是諾倫可能會離家出走。我很清楚逃家少女的末路——被壞男人欺騙，要求少女做這樣那樣的事情，作為收留她的代價。與其走到那一步，還不如一開始就把諾倫放進安全的場所。

而且，宿舍裡還有希露菲在。她三天回家一次，反過來說，這代表她三天裡有兩天會待在宿舍。就算發生什麼事，也能立刻對應吧。

幸好諾倫似乎不討厭希露菲，或許是受到第一天就彼此脫光光坦誠交流過的影響。

嗯，仔細想想，這似乎是個還不錯的提案。

十歲就開始住宿生活，是不是能讓她學會協調能力和社交能力呢？

「好，那麼諾倫就去住宿舍吧，我會幫妳申請。」

「咦！哥哥？」

發出驚訝叫聲的人是愛夏。

她一臉難以置信的表情。

「為什麼！諾倫姊不是沒考好嗎！」

先前的女僕恭敬語氣已經走了樣。

「愛夏……」

「明明我那麼努力！卻只有諾倫姊可以隨便提出要求，實在太奸詐了！」

那不是問題的重點。

然而看在愛夏的眼裡，或許覺得我在偏袒諾倫。為了實現願望，她在測驗中考到滿分。說不定這一星期以來，愛夏有躲在我看不到的地方努力複習。

諾倫什麼都沒有做，卻還是如願以償。所以愛夏認為這樣不公平，是偏心的行為。

碰上類似情況時，我生前的父母是怎麼處理的呢？

我想不起來。好像是叫我要懂事，還有要乖乖聽話之類。

自己有因為那樣就信服了嗎？應該是沒有吧。

換成愛夏會如何？用那種說詞能說服她嗎？我想不能。

不，愛夏是個優秀的孩子，只要說明我的考量，她一定可以明白……這種想是不是有點傲慢？總之不管怎麼樣，我還是說說看吧。

「愛夏，我並不是接受諾倫的任性要求，只是判斷讓諾倫去住宿舍能帶給她正面影響。」

「可是……」

「來到這裡之後，諾倫沒有幾個認識的人……嗯，我自己這樣說雖然不太好，但是她和我不太對盤。觀察了一個星期以後，我覺得她看起來過得很鬱悶。」

「可是，爸爸他說過……要我們跟哥哥住在一起啊。」

唔，聽愛夏這麼一說，讓我覺得似乎必須把諾倫綁在家裡。

不，沒那種事。凡事都乖乖聽命顯然不妥，而且保羅也經常犯錯。只是我也不敢斷言自己的判斷絕對正確啦。

「當然，我不打算拋下照顧妳們的責任。只是再這樣下去對諾倫不好，去住宿之後，說不定她會有什麼收穫。」

「…………」

愛夏低著頭。不知道為什麼，她的眼裡滿是淚水。

「……哥哥對諾倫姊比較偏心，是因為我媽媽是小妾嗎？」

愛夏突然說出這種話。

小妾？聽到這個名詞，我基於本能感到不妙。

「妳說的小妾是指莉莉雅小姐嗎？愛夏，是誰對妳說過這種話？是父親嗎？還是……該不會是諾倫說的吧？」

「是媽媽……還有，諾倫的祖母……」

淚珠從愛夏的眼中滾落。

莉莉雅還有諾倫的祖母……也就是塞妮絲的娘家嗎？

莉莉雅本人這樣說算是無可奈何的事情。因為她對我和塞妮絲總是保持距離，堅持自己身為女僕的立場。所以，如果她也要求愛夏對塞妮絲的女兒必須站在退讓立場，這行動同樣無可厚非。莉莉雅大概會告訴愛夏，就算保羅平等對待兩個女兒，她們的立場也絕非對等。

至於塞妮絲的娘家是貴族，我記得是頗有淵源的一族。我的阿姨特蕾茲雖然不是壞人，然而不可能所有人都那麼不計較身分吧。

況且基本上，他們有理由疼愛塞妮絲的女兒，卻沒有理由必須疼愛莉莉雅的女兒。

畢竟彼此沒有血緣關係。

不管哪一邊都沒有錯，這是一種文化。
「是因為……我……只有一半血緣嗎……嗚嗚……」
然而，如果要說那樣會不會傷害到小孩，答案當然是會。
愛夏的表情扭曲成一團，開始抽泣。
或許我有點誤會，愛夏同樣有難以對應的一面。
「我沒有把莉莉雅小姐當成小妾，也認為妳和諾倫都是我的妹妹。」
「可是……我……嗚嗚……為了測驗……很努力念書……諾倫姊卻……」
愛夏斷斷續續地哭訴。
她果然有私底下用功。
明明到測驗只有一星期的時間，她卻為了獲得好成績而努力念書……
「愛夏。」
「什麼事？」
「口頭說明或許無法讓妳理解，但是我真的有肯定妳的努力。所以，我允許妳不想上學的要求。」
「可是，你答應讓諾倫姊去住宿舍……」
愛夏的啜泣聲刺痛了我的內心，不過，我的行為絕對不是偏袒。
「我自認有根據情況來分別做出判斷。例如……如果妳現在改變心意想去上學，想住宿舍，我會答應妳的要求。可是如果換成諾倫說不想去學校，要待在家裡幫忙做家事，我不會答應。這是因為妳在測驗中考到滿分。」

這樣說明之後，愛夏歪著嘴不再說話。

過了一會兒……

「…………我明白了。」

儘管看起來還有不滿，她最後還是點頭接受。

諾倫一臉沒好氣地看著愛夏的反應。

總之，我覺得自己稍微看出一些背景。塞妮絲的娘家瞧不起庶出的愛夏，導致愛夏不願意輸給諾倫，一直努力至今。再怎麼說，保羅對她們應該沒有差別待遇吧……不過看樣子在我不知道的時候，兩個妹妹之間的關係已經有點扭曲。

但是，周遭已經沒有貴族，也沒有瞧不起愛夏的人。只要我好好對待兩人，總有一天時間會解決這個問題。

「基本上，我要提出一個條件。諾倫，妳最少十天要回來這裡一次。」

聽到這句話，諾倫皺起眉頭。

「……為什麼？」

「因為我會擔心妳。」

還有，我必須負起監督的責任。要是把諾倫扔進宿舍裡就丟下她不管，我根本沒臉去面對保羅。

「……我知道了。」

諾倫心不甘情不願地點了點頭。

★ ★ ★

加上兩個妹妹的新生活開始了。

我替諾倫提出申請，讓宿舍那邊準備讓她入住。

也事先告知希露菲，拜託她在宿舍裡發生什麼事情時一定要多多照應諾倫。

「你要疏遠諾倫嗎？」

希露菲的語氣略帶責備。

她大概認為把諾倫放在家裡，在各方面都加以悉心照料才是最好的做法吧。

那也是一種辦法，但是看過前一陣子的狀況後，我不認為那是最好的選擇。

「或許把愛夏和諾倫分開會比較好，因為愛夏好像被說過一些難聽話，例如說她是小妾的女兒之類。而且我不是要疏遠諾倫，只是因為彼此突然靠得太近，所以想拉開一點距離。」

「嗯……是那樣嗎……我知道了，我也會盡量去注意諾倫的狀況。」

希露菲很爽快地點頭答應，希望今後的情況能夠好轉。

愛夏成了我家的女僕。

她很優秀。自從愛夏開始負責家務之後，大幅減輕了希露菲的負擔。不但包下打掃工作，洗衣也由她負責。我的工作被愛夏搶走了，再也不能拿希露菲穿過的內褲來享受芳香或是貼在臉頰上磨蹭。必須乾脆看開，徹底放棄，望著前方繼續邁進才行。

不過，希露菲或許是對購物和料理有什麼堅持，這兩件事還是由她自己處理，愛夏只是助手。

除此之外，愛夏還接二連三地幫我辦妥了一些先前沒注意到的事情。例如找人來打掃煙囪，還有向附近鄰居致意等等。她真的非常優秀，不會犯下明顯的失敗，也沒有缺點，一定是在私底下拚命努力吧。

看樣子愛夏打算以女僕身分認真工作。她拋開作為妹妹的面具，面無表情地處理事務。這是莉莉雅教育她的成果嗎？

愛夏基本上都待在家裡負責家務。等我們回來之後，她會幫忙希露菲煮飯，幫忙我準備浴室，在我和希露菲入浴時幫忙拿好替換用衣物，最後幫忙洗好澡的希露菲梳理頭髮。還會在希露菲要值夜班的日子協助她穿上防寒衣物，說著：「夫人，請慢走。」並送她出門。

希露菲似乎感到有點惶恐，看她們兩人的樣子實在很有趣。

此外，有客人來訪時，愛夏也會服侍對方。

話是這麼說，實際上這幾天只有七星來過。她是為了之前的事情再次前來致謝，還說要準備謝禮，所以我指定了大概能派上什麼用場的召喚魔術用魔法陣。她似乎會在實驗要進行到第二階段時向我說明，屆時再順便把魔法陣給我。

對於七星，愛夏照顧得非常周到。

愛夏不但準備了浴室和替換用衣物，甚至連刷洗身體都出手幫忙。七星好像覺得很煩。她回去時，還挖苦我說指使妹妹做這做那的傢伙根本是良心被狗吃了。或許對七星來說，洗澡是必須獨自享受充實感並藉此獲得滿足的情境。

七星下次再來借用浴室時，我要提醒愛夏別去打擾她。

吃完飯後，愛夏會為了在客廳打發時間的我提供各式各樣的服務。

一下檢查壁爐的狀況，一下幫我送上熱飲。

我自己也覺得讓妹妹服務似乎不太像話。

不過愛夏看起來很開心，所以暫時維持現狀吧。我不會強迫她做任何事。

原本這樣決定的我突然想起從小使用魔術可以增加魔力總量的法則。

既然愛夏不去上學，至少要讓她鍛鍊一下魔力比較好。

雖說十歲小孩無法成長那麼多，也不代表進步空間是零。

另外，也順便讓她的攻擊魔術提升到中級吧。

如果只是要過一般日子，初級也完全沒有問題。

然而一旦提升到實戰等級，用起來最方便的其實是中級。

「愛夏，妳過來一下，我要教妳魔術。」

「哥哥要親自教我嗎！」

愛夏露出非常高興的表情。她在感情大幅波動的時候，往往會忘記使用恭敬用詞。

還沒達到莉莉雅那種水準。

「這是要以防萬一，就算妳不願意……」

「我怎麼可能不願意！」

愛夏說完，跳到我的腿上坐下。哎呀真可愛。

「麻煩哥哥了！」

於是，我開始教導愛夏魔術。

話是這麼說，不過她已經懂得基礎。中級魔術也只是還沒記住而已，只要看過魔術教本，應該可以立刻熟習。順便說一下，愛夏無法省略詠唱。果然到了十歲，還是沒辦法學會無詠唱嗎？

總之，我規定她每天都要練習魔術到幾乎耗盡魔力為止。

到了晚上，愛夏會鑽進我的被窩。

「哥哥，我可以和你一起睡嗎？」

因為之前的事情，我會忍不住比較寵愛夏。算了，只是一起睡覺也沒什麼關係吧。

「當然可以，過來吧。」

我沒有特別多說什麼，接受她這種行為。

愛夏的身體比希露菲還嬌小，體溫也比較高。因為這個地區很冷，真是最棒的抱枕。

當然，我沒有做出任何色色的行為。老實說，連色心都沒起。

況且愛夏連第二性徵期都還沒結束。她似乎知道相關知識，不過性欲這方面還早得很吧。沒有發生任何見不得人的事情。

總之呢，萬一愛夏哪天對我產生性欲，我只能叫她放棄。

不是基於什麼近親之類的道德問題，而是因為我不想破壞家人之間的關係。

好啦，希露菲不在家的日子還沒關係。

問題是她不必值夜班的那些天，也就是我和希露菲三天一次的夜生活。

畢竟家裡有妹妹在，我原本想暫時克制一下。

然而一想到身邊躺著毫無防備的女孩子，我哪有可能忍得住。

不，其實還是可以忍住，只要我自己處理一下就行。

但是，在家裡愛夏會一直跟著我，也不能在學校的廁所裡解決。而且明明有老婆，還要自己處理總讓人覺得可惜。煩惱各種問題之後，最後就是全都累積下來。

這個性欲強烈的青春肉體只要一個星期沒有處理就會瀕臨爆發。

想像一下有個可愛女孩睡在這種年輕肉體旁邊的情境吧，而且那女孩是不會對任何行為喊NG的ALL OK，甚至還很堅強地說過會努力為我生孩子。

讓我覺得忍耐是一種很愚蠢的行為。

「呼……」

結果，一不小心就太有幹勁了。當然我有鎖門，還用土魔術強化了隔音。

……只能祈禱愛夏沒有偷看。

「魯迪你今天很驚人呢……」

事後，希露菲一臉倦怠。她全身汗水淋漓，凌亂的頭髮給人豔麗的感覺。

現在已經說完甜蜜的枕邊情話，還用濕毛巾擦拭過身體，穿著居家服坐在床上。

這套居家服採用柔軟的材料，看起來有點樸素。與其說是休閒風，其實更像是運動套裝。希露菲曾經說過這套服裝看起來不太性感，實際上完全沒那種事。反而正是要這樣的服裝才能展現出希露菲的魅力。

很類似看到田徑社的女孩子坐在床邊的那種感覺。

正因為性感度很低，反而讓人更加興奮。這就是所謂的內斂樸實之美。

假設服裝換成艾莉絲穿過的紅色連身睡衣或艾莉娜麗潔穿過的挑逗成套內衣；身材換成莉妮亞和普露塞娜那樣的豐滿體型，都無法形成那種境界。

希露菲很適合這種不顯性感的服裝。

「……」

「嗯？怎麼了，魯迪。」

等我回神時，才發自己正從後方輕撫著希露菲纖瘦的身體。

真是美好的身體。雖然沒有什麼起伏，但也不是整片平原。儘管沒有什麼脂肪，不知為何卻很柔軟。光是像這樣抱在懷裡撫摸，就讓我的避雷針朝向天際。

「呃……你還想要嗎？」

「不，希露菲，明天也要工作，我，會忍耐。只要明天早上，讓我揉一下，就可以，滿足。」

「真是的，你不必忍耐啊。」

希露菲很乾脆地躺到床上，對著我張開雙臂。

「可以喔，魯迪……來吧。」

看到希露菲滿臉嬌羞地這樣說。

我的忍耐力瞬間徹底崩壞。

已經無法理解什麼叫作忍耐。我合起雙掌，迅速脫掉衣服，然後以跳水動作撲向希露菲。

我們的夜生活大概就是這種感覺。

那麼關於諾倫，她在宿舍進行準備的這幾天裡相當安分。

沒有特別對我說什麼，但也沒有表現出惡劣態度。願意按照吩咐做事，也肯坦率聽從我的發言。只是，如果要問我是否和她已經建立起良好關係，依然難以給出肯定回答。

所以我來說，很想和諾倫再親近一點。

所以我曾經試著找她一起洗澡，也就是所謂的脫光光展現坦誠。

「……不要。」

然而諾倫卻以滿心厭惡的表情來拒絕我。反倒是愛夏表示願意，不但幫忙刷背，甚至還為我按摩。

愛夏不管什麼事都能做得很好呢。既然連幫人洗澡的技巧都這麼高明，將來可以成為優秀的泡泡浴女郎。

不，要是她真的去做那一行那可就慘了。

★ ★ ★

幾天後，宿舍準備好接納諾倫。

室友似乎是四年級學生。

和七星同一個年級啊……如果是五年級或六年級，我就認識一些比較社交的人物。

諾倫的室友是一個長得像是鸚鵡的少女，還擁有類似鳳頭鸚鵡那樣的頭冠。

頭冠會隨著感情起伏而抖動，大概是魔族或鳥系獸族吧。名字叫作梅莉莎，沒有負面的傳聞。

這間學校裡面有很多學生是混血，我必須事先提醒諾倫不可以講出歧視言論。

還有，基本上我至少也該和她的室友打聲招呼。這樣想的我帶著笑容靠近對方，那女孩卻害怕地逃走了，根本沒有說上話。

看這種膽怯反應，諾倫是我家人的事情在學校最好當成祕密。

畢竟我在學校裡被視為龍頭老大。萬一害諾倫也因此受到他人畏懼所以交不到朋友，未免太可憐了。

算了，應該不必擔心那麼多也會船到橋頭自然直吧。畢竟從一到十全都照顧妥當實在保護過頭。

萬一真的不行，可以去拜託希露菲、路克和愛麗兒。

那三個人在學校裡很受歡迎，只要和他們在一起，周圍就會有人聚集。

只要待在人群裡，自然能學會社交技巧，也能交到朋友。

不對，要是待在那三個人身邊，說不定反而會遭到嫉妒。不不，像那樣承受風雨歷練是不是可以促進成長呢？

唔～真是複雜，人際關係真的很難處理。

不管怎麼樣，這些是諾倫必須自己想辦法解決的問題。在真的發生什麼狀況之前，我最好還是不要干涉太多，暫時在旁觀望吧。

話是這麼說……唉，還是好擔心啊。

送諾倫出門的日子很快來臨，我對著穿好制服拿好行李的諾倫提出幾點注意事項。包括在宿舍裡要遵守規定，在學校要努力用功，以及見到魔族不可以歧視對方。雖然有很多事情想交代，但是說太多她大概也記不住，所以首先是這三點。

「還有，諾倫。如果在學校裡碰上什麼困難，要告訴我或是希露菲。」

總之，這件事一定要先讓她記住。

「是。」

諾倫嘴上回答，卻不肯正眼看我。我真的能和她建立起良好關係嗎，實在不安。

「另外，記得睡覺前跟起床後都要刷牙。」

「是。」

還有這件事要講一下。

「記得洗澡。」

「是。」

那件事也要講一下。

「記得寫作業。」

「……是。」

對了，還有健康方面。

「小心不要感冒。」

「……」

她用非常厭煩的眼神看我。可是，我還是有點擔心。

閒話「人偶研究與主從關係」

我記得那大約是在七星抓狂前一週發生的事情。

「師傅，請您看看這個。」

那天，我走進研究室後，札諾巴開心地拿了一個盒子過來。

臉上的得意神情比平常還誇張好幾倍。

「這啥玩意兒？」

「是那個人偶的手臂。」

札諾巴把盒子放在桌上，拿出被布包住的物體。

解開布一看，雖然裡面確實是他所說的人偶手臂，不過已經像羊羹那樣被切成一片片。

「我觀察塗料剝落的部分後發現接縫，所以試著從接縫處切開，結果就變成這個樣子。」
札諾巴把手臂切片的剖面遞給我看，上面密密麻麻地畫著類似ＱＲ碼的圖案。
是魔法陣。但是和七星畫的魔法陣完全不同，是很不可思議的花紋。
所有切片的剖面上都有這樣的圖案，包括正反兩面。這些圖案逐漸變化，即使是相對的剖面也不一樣。
「原來如此……連手臂都畫了密密麻麻的魔法陣嗎？而且每個連接面都略有變化，這點也很有趣。」
看起來很像肌肉的剖面圖，呈現出彷彿把人體切片般的逼真感。
「不過，我之前完全沒有發現接縫。」
「因為接縫上面有塗漆，如果塗料沒有剝落，恐怕看不出來吧。」
「這樣啊。」
這頭一遭的大發現似乎讓札諾巴非常興奮。
所以我要冷靜一點。畢竟我們早就知道必須有什麼特殊技術，否則無法讓那個人偶動作。
「是嗎，就是靠著畫上大量的魔法陣，人偶才能做出那麼細緻的動作啊。」
「哦？師傅您知道這是做什麼的魔法陣嗎？」
「不，我不知道。」
這個魔法陣只是為了讓手臂活動嗎？還是必須連手臂這種部位都畫上魔法陣，不然無法控制人偶的動作？或是有其他的作用？實際深入研究後，才有可能找出答案。

不管怎麼樣，這玩意兒可以半夜啟動在家中徘徊，前往各處打掃，一旦發現敵人就擊破對方，打掃完畢後還會回到充電地點進行充電，就連Ｒ〇omba的性能也沒有如此強大（註：Roomba，掃地機器人的品牌）。況且既然具備驅逐敵人的功能，已經是小〇惠的等級。（註：小惠惠，出自漫畫《一擊殺蟲!!小惠惠》）

怎麼可能只靠著在頭部或身體稍微畫上一點魔法陣就足以搞定。

我並不是想做出Ｒ〇omba。

目標是會動的人偶。不光是我本身想看到，真的做出來也會有市場。想必可以賣到相當高的價錢吧。不，我並不是想賺大錢。儘管和一般人同樣抱著發財夢，但是我這種傢伙就算有錢也只會亂花。

雖然這目標和利用人偶恢復斯佩路德族名譽的目標是不同的事情……

總之不管怎麼樣，這是一種夢想，做出女僕機器人的夢想。

「我推測頭部或身體某處應該有控制動作用的魔法陣，你在『切開』那些地方時要慎重一點。」

「是，師傅。」

札諾巴很開心地點點頭。

正因為有這段背景，札諾巴在七星發狂時才能夠提出解決方案。

提出方案之後，七星完成了多層構造魔法陣，幾乎放棄的異世界召喚也得以成功。我想女僕機器人也是一樣，總有一天能夠完成。實現夢想的日子並沒有那麼遙遠。

如此一來，自己也湧上幹勁。

於是，我今天也踩著輕盈的腳步，前往經常造訪的札諾巴研究室。

「札諾巴，我要進去嘍。」

我敲了一下門，走進札諾巴的研究室。只見眼前站著一名女性，就像是守門的警衛。

這名女性並非美女，但是很細心體貼。

「哎呀！金潔小姐，好久不見了。」

她原本用帶著懷疑的眼神看我，我打過招呼之後，她換上若無其事的表情低頭行禮。

「這不是魯迪烏斯先生嗎，久違了。」

前西隆騎士，原先隸屬於第三王子札諾巴禁衛隊的金潔．約克。真讓人懷念。

「我原本想去向您致意，無奈最近有點忙碌。」

「不，我才覺得過意不去。妹妹麻煩妳無償護送至此，我卻連聲謝謝都沒說……」

「這次麻煩愛夏小姐提供了一趟沒有白費任何時間力氣的旅程，反而是我想要道謝。」

金潔讓我通過後，我進入研究室。

札諾巴和茱麗一如往常，正在各自處理自己手上的工作。札諾巴忙著抄寫剖面上的魔法陣，茱麗是在用彫刻刀削著人偶。茱麗那邊看起來即將完工，所以我先過去檢查她的狀況。

「怎麼樣了？」

「是。快要，完成了，Grand Master。可以嗎？」

「還不錯，不過這個札諾巴人偶是不是有點太帥了？」

「Master，很帥。」

嗯，雖然雕工還顯得粗糙，不過頗有風味。我還是針對細部稍作糾正，但是茱麗的眼光品味都不錯，應該要讓她照這樣繼續成長。至於札諾巴那邊，大概還要花上一段時間。

這時，我突然發現金潔一直盯著我瞧。

「……妳有什麼事嗎，金潔小姐？」

「不，沒什麼……只是覺得您似乎成長了很多。」

「上次見面已經是大約四年前了吧？我當然已經成長了。」

最近好像有不少人說我看起來很帥，說不定自己開始展現出所謂的男性魅力。

如果沒有和希露菲結婚，我會不會已經建立起後宮？不，後宮狀態似乎有自己的難處，想來也不能隨便為了生孩子而上床。

「話說回來，金潔小姐以後打算怎麼辦呢？」

「我希望能待在札諾巴大人身邊。」

「也就是要回來擔任他的護衛嗎？」

「是的。因為我已經達成任務，家人也受到妥善照顧。」

看來金潔很忠實地執行了「護衛莉莉雅和愛夏平安抵達目的地」這個長達數年的任務。這份忠誠心令人敬佩，札諾巴也該給予更多回報吧。畢竟所謂的上下互惠關係很重要。

「札諾巴，你是不是應該獎賞一下金潔小姐？」

「不，魯迪烏斯先生。我……」

「唔，也對。金潔，妳想要什麼？」

札諾巴以誇張態度發問。

金潔愣住了。我想，札諾巴肯定從來沒有回報過她什麼吧。她考慮了一會兒，然後單膝跪地，低下頭開口說道：

「那麼，請您允許我教育茱麗。聽說她是魯迪烏斯先生的弟子，但是要侍奉札諾巴大人，實在有些欠缺禮儀。」

「嗯，本王子允許。」

「是！萬分榮幸！」

結果她居然請求教育茱麗的許可，真是意想不到的答案。到頭來，這獎賞還是為了札諾巴啊。

不，說不定這世界不會讓奴隸接受高等教育。

畢竟人類是因為偷嚐智慧果實才被逐出伊甸園。在擁有智慧之前，人類對於自己是綠葉隊成員的狀況不曾產生任何疑問。所以支配者會覺得手下越愚蠢越好，也不會讓他們接受教育，因為這樣可以減低發生叛亂的危險性。可是另一方面，發展的可能性也會跟著降低。（註：綠葉隊，原文為はっぱ隊，日本綜藝節目裡的搞笑舞群，特色是只穿著肉色短褲並在胯下貼著樹葉）

算了，如果她要求土地之類也很麻煩，況且我並不討厭這種寡慾的盡忠關係。

「好啦，我們繼續研究吧。現在進行到哪裡了？」

「本王子接下來想處理腿部。」

「我個人覺得先把手臂的魔法陣研究透徹之後再去動腿部會比較好，切成一段段之後就沒辦法復原了吧？」

「唔，也對。」

「要是拿去給克里夫學長和七星看看，說不定會有什麼發現。」

我和札諾巴一邊討論各種話題，一邊準備拆解第二條手臂。

這時，金潔突然來到我旁邊，看起來似乎有什麼話想說。

「有什麼事嗎？」

「魯迪烏斯先生……札諾巴大人再怎麼說也是西隆王族成員，就算兩位之間是師徒關係，您的用詞是否還是過於失禮？」

「唔？」

失禮啊……話說起來，我今天對札諾巴都改用比較隨和的語氣用詞。我想平常的用詞應該有保持一定的禮節，但是受到前幾天愛夏那些話的影響，或許有點鬆懈。
金潔身為家臣，看到有人用這種隨便語氣對待自己的主人，想必滿心不悅。
沒辦法，在她面前就換成恭敬用詞吧。
「妳說的對，是我多有冒犯。承蒙札諾巴大人的好意，一不小心就疏忽了……」
我話還沒說完，札諾巴就有了反應。
「金潔──────！」
札諾巴勒住金潔的脖子，直接舉起她的身體用力推向牆壁。
研究室內響起巨大的撞擊聲，讓茱麗嚇了一跳停下手邊動作。
「妳這傢伙！師傅好不容易願意向本王子打開心扉！妳卻說這什麼話！快點訂正！向師傅道歉！」
「嗚……嗚啊……！」
金潔看起來很痛苦。
是說……喂喂，札諾巴是不是真的很用力勒著她？做得太過火了吧！
「札諾巴！札諾巴！你快點放手！」
聽到我的叫喊，札諾巴很乾脆地鬆手。
但是他的手指已經在金潔的脖子上形成明顯的勒痕。
金潔想要舉起手摸向自己的脖子，卻皺起眉頭「嗚」了一聲。

她的手好像抬不起來，是不是被札諾巴推去撞牆時肩膀骨折了？

我隨即詠唱治癒魔術，幫她治好傷勢。金潔原地跪下，對著我垂下腦袋。

「咳……咳……魯迪烏斯先生，實在非常抱歉。」

她向我道歉了。就算剛剛被人掐住脖子，她依然開口向我道歉。

「……」

我有種如坐針氈的尷尬感。

向我道歉的行為應該是一種錯誤吧？該受責備的人不是金潔吧？

我轉向札諾巴。

「札諾巴！你是笨蛋嗎！」

「咦……？但……但是師傅，這傢伙明明不清楚本王子和師傅的關係，卻還敢擅自發言……」

「這種事情用嘴巴說明就好了！」

金潔長期侍奉札諾巴，還花了四年在異國土地保護我的家人。

這幾年想必也吃了不少苦，卻特地像這樣回到札諾巴的身邊。

結果卻因為僅僅一句失言，就被勒住脖子，打碎肩膀。實在太過分了。

我也很高興看到札諾巴如此重視他和我建立起的良好關係。

但是，那樣並不代表他可以把這位如同忠狗的女性不當一回事。

「不，魯迪烏斯先生，沒關係。一段時間沒見，札諾巴大人似乎已經成長。以我個人來說，並沒有任何不滿。」

金潔一臉平靜表情。

……咦？是我弄錯了嗎？

我覺得她有資格獲得更多回報啊，但是由我來講反而是不識趣嗎？

「……札諾巴。」

「是，師傅。」

「我把你當成一個不錯的朋友。」

聽到我這樣說，札諾巴的臉整個開朗了起來。

「但是啊，金潔小姐幫忙護送了我的家人。之前和她們分開後，大約過了四年吧？這段期間一直都在麻煩她。所以她可以算是我的恩人，我希望你對她不要過於藐視。」

「我知道了，師傅。金潔，不好意思。」

札諾巴換上反省表情點了點頭。

不過金潔卻有別的意見。

「不，札諾巴大人，請您不要說那種話。在下既然已經發誓效忠札諾巴大人，就算是死也沒有任何怨言。這次是我不該多嘴，實在非常抱歉。」

看到金潔這種畢恭畢敬的態度，我實在沒辦法再多說什麼。這也是一種主從關係吧。

在札諾巴犯錯的時候，金潔能夠確實勸諫嗎？

不，算了，那不是我該在意的事情。

畢竟我不清楚西隆在上下關係方面有什麼常識，就算插嘴也只會讓情況更加混亂而已。

好啦，先把札諾巴和金潔的關係放一邊去，總之自動人偶的研究進行得很順利。

「雖然我說過最好先研究手臂，不過還是看你自己怎麼判斷。」

「不，還是按照師傅的建議進行吧。因為比起整個拆散再重組，先製作同樣的手臂應該比較安全。」

就這樣，我們決定從手臂開始解析。

至於是否要找克里夫和七星幫忙，或是札諾巴想自己進行研究，這部分全權交給他決定。

雖然我自己也很想在各方面插手，不過札諾巴一個人就能夠確實推進。我沒有必要介入。

「請您放心交給本王子，因為本王子似乎擁有這方面的才能。」

「是這樣嗎？」

「是的。本王子自己也感到驚訝，不過最近每天都過得很充實。」

整天都埋頭於自己喜歡的研究，身旁還有專屬的人偶師在製作人偶。對於這傢伙來說，大概是最棒的生活吧。

話雖這麼說，他畢業之後打算怎麼辦？會在這裡定居嗎？嗯，這也不是我該擔心的事情，就算札諾巴待在這裡的理由有一部分是因為我也一樣。

「總之你好好加油吧，我會再過來看看。」

「本王子衷心恭候師傅。」

「記得對金潔小姐好一點。」

「那是當然。」

就這樣，人偶的研究持續進行。

第三話「龍頭老大和他的伙伴們」

如此這般，一個月過去了。

今天拉諾亞魔法大學的老大集團有個聚會。說錯了，是特別生的班會。

參加者和往常相同。

我、札諾巴、茱麗、克里夫、莉妮亞和普露塞娜，總共六人。擔任諮詢專家的七星和特別顧問的巴迪岡迪都缺席。

我目前有一個煩惱，也就是關於妹妹諾倫。

她住進宿舍之後，我們之間還是沒有任何進展。不只沒有進展，偶爾在走廊上錯身而過時，她往往對我視而不見，有時候甚至還會投來露骨的輕蔑視線。不，輕蔑視線大概是我自己的被害妄想……不過總而言之，我無法拉近和她的距離。

算了，也沒關係，真的沒關係。雖然有點寂寞，但還是沒關係。

也沒人規定兄妹一定要感情多好，而且就算平常沒什麼交流，出事時我還是會站在諾倫那邊。萬一發生什麼狀況，我也可以成為恐龍家長。

嗯，老大的立場在這種時候相當方便。要是諾倫碰上霸凌，就算導師不願處理，自己也能做點什麼。因為我認識吉納斯副校長，可以找他商量。能和導師的上級商量是非常重要的優勢，下次該找個機會送點年節禮品給吉納斯副校長。

只是這一個月以來，諾倫似乎沒有交到朋友。在校內看到她時，諾倫大多是一個人行動。雖然看起來並不寂寞，這狀況還是讓我耿耿於懷。

不，沒朋友日子也能過下去。但是她在班上過得好嗎？在宿舍裡過得好嗎？

實在很擔心。

話雖如此，我總覺得自己插手也不太對。講到認識的一年級學生，只有那個一號生筆頭的不良少年。要是找那種人強行介入，一定會被發現然後遭到諾倫討厭。是說那個一號生筆頭叫什麼名字啊？我只記得他長得很像哈士奇幼犬。

「老大最近沒什麼精神喵。」

「沒錯的說。」

我正在煩惱，莉妮亞和普露塞娜湊過來觀察我的臉。

喵喵汪汪很吵的這兩個人是男性獸族的偶像。

透過我和愛麗兒公主和解之後，在走廊上相遇時，她們身邊總是簇擁著一群小弟。肯定不曾煩惱過朋友很少的問題。

「所以我們準備了要送給老大的禮物喵。」

「花了一個月才準備好的說。」

莉妮亞這樣說完，把旁邊的包包放到桌上。

這包包相當大，裡面裝了什麼啊？

「等等，回家之後才可以開喵。」

「要在不會被任何人發現的地方偷偷打開的說。」

唔，真可疑。到底是什麼？該不會是那個粉末吧？快樂○購米果的粉？（註：快樂回購，ハッピーターン，龜田製菓的一種米果，上面撒有特製調味粉）

在北方大陸的東邊以及魔大陸的部分地區，流通著某種會讓人感到幸福的粉末。這個國家對那種粉末並沒有制定「要 High 不要害」之類的法律，米里斯和阿斯拉似乎有相關法律，不過在這一帶並不違法。

總之，我當然不打算沾染那種玩意兒。萬一成癮或是引發戒斷症狀，沒辦法靠自己會使用的解毒魔術來治好。據說要聖級以上的解毒魔術才能夠抑制那種粉末造成的戒斷症狀。

況且基本上，我沒有窮途末路到必須依賴那種玩意兒的地步。

不過，說不定能派上什麼用場。還是姑且收下吧，真的很缺錢時拿去賣掉也行。

「謝謝妳們。」

「這沒什麼喵。」

「待在老大手下很辛苦的說。」

啊，對了，這兩個人也是住宿生。既然已經住了六年，想必在各方面都吃得開。

找她們商量一下吧。

「其實我是在煩惱妹妹的事。」

「妹妹？噢，我上次有碰到，她穿著像是侍女的衣服喵。」

「是在市場看到的說。一聞就知道了說，她全身都是老大的氣味的說。」

愛夏似乎跟她們在街上打過照面了。女僕妹妹經常陪著我一起睡，也難怪會有我的氣味。

「不是那個妹妹，是一個月前開始住在宿舍裡的大妹。」

「咦？你有兩個妹妹喵？」

「是住宿生的說？」

兩人面面相覷。她們大概沒有見過諾倫，或是見過卻沒發現吧。

因為諾倫沒和我接觸，身上不會有我的氣味。

「嗯，不過她好像很討厭我，最近連話都沒有說上一句。到底要怎麼做才能和妹妹建立起良好關係呢？」

「呃……這個……對呀，這是個難題喵。」

「我們可以幫忙宣傳老大的優點。」

要操控情報嗎？要是諾倫知道魯迪烏斯先生在學校裡是個超級又英雄的風雲人物，或許會願意多少跟我說點話。但是我又覺得一旦交給莉妮亞和普露塞娜去處理，只會演變成魯迪烏斯老大超威的奇聞軼事集錦。

我想用救了小狗之類的溫馨插曲來發動攻勢，例如和茱麗相遇的故事說不定就不錯。

「噢，對了，我妹妹似乎還沒有交到朋友。雖然我自己也覺得才一個月就擔心好像太著急了，可是轉學生通常無法順利融入班上環境，所以還是很不安。」

「對……對呀喵，現在還沒辦法判斷喵。」

「說不定只是沒機會跟其他人搭話的說。」

從先前開始，莉妮亞和普露塞娜的態度就很奇怪。

她們看起來有點坐立不安。這兩個傢伙像這樣說話不乾不脆時，都是在遮掩什麼事情。

「……我說妳們兩個，該不會已經在不知情的狀況下對我妹出手了吧？」

「沒……沒那回事喵！」

「是啊！這懷疑太讓人遺憾了說！我們有確實遵守老大吩咐的：『不能欺負弱者』的

說！」

是嗎，那麼這個慌張反應是怎麼回事？真的很可疑。

不過啊，既然我已經趁現在把話講明了，之後要是諾倫真的碰上霸凌，她們兩個應該會幫忙吧。

「老……老大的妹妹大概是幾歲喵？」

「和那個像侍女的妹妹相比是比較大？還是比較小？」

她們提出奇怪的問題。諾倫算是姊姊，不過出生時間只差了幾小時。

「兩個妹妹同年，都是十歲。」

「是……是嗎！」

「那麼可以放心了說！我們什麼都沒有做的說！」

看樣子她們做了什麼虧心事，我猜應該是對著新生大擺架子之類吧。

如果只是那種程度，其實也沒問題。

「那個，老大。關於那個包包喵……」

「如果你不喜歡，請不要生氣的說。那是我們為老大特意準備的東西說。」

兩人一副戰戰兢兢的樣子，送禮給別人時總是會感到緊張嘛。

雖然我有點好像哪裡不太妙的感覺，還是從現在起就抱著期待。

「這是妳們為我準備的禮物，我怎麼可能會生氣呢。」

就算裡面是死老鼠之類的東西……嗯，我頂多也只會覺得很傻眼而已吧。
這時，我注意到克里夫從旁邊送來的視線。
「克里夫學長覺得如何？」
所以姑且請教他的意見。
「……哼！人沒有朋友也能活！」
這句話從克里夫口中說出顯得特別沉重。放心吧，你不是一個人。
有艾莉娜麗潔陪著你……啊，當然還有我。
不過身為哥哥，還是希望諾倫就算和克里夫一樣不識相，還是至少要交到一個朋友。

到了午休時間。七星現在也會前來餐廳露臉。
大概是那傢伙總算察覺到飲食的重要性了吧。不過呢，她在吃飯時很安靜。
「怎樣……」
「不，沒事。」
觀察她的後果是遭到反瞪。這些料理明明是七星推廣出去的東西，但是至今為止，她自己好像都沒有嚐過。味道大概不怎麼樣，她基本上都沒有表現出感到好吃的表情。
「似乎很難吃。」
「嗯，雖然食譜是我寫的，不過真是糟透了。」

「因為這世界的食材比不上日本的水準。」

「是啊。」

「妳在這邊的世界裡沒有喜歡的食物嗎？」

「上次在你家吃到的洋芋片，那個很好吃。」

希露菲做的洋芋片嗎？也對，像那種單純的東西，和原本世界的口味應該比較不會差那麼多。

「要不要再做給妳吃呢？」

「……不必了。」

知道了知道了，七星下次再來借用浴室時，就幫她準備洋芋片吧。

話說回來，這個月都沒見到巴迪岡迪。

連在餐廳裡都不曾看到人。我很想找他好好聊一下關於瑞傑路德的事情……

不過幸好他不在，茱麗的餐桌禮儀才能越來越有水準。負責教導茱麗的人是金潔，如果巴迪岡迪在場，就不可能這麼順利。

只是少了他也讓我覺得好像少了什麼，果然那個笑聲很重要嗎？我記得在哪裡看過笑可以促進大腦產生感到幸福的物質，那就來笑吧。

「呼哈哈哈哈！」

「這……這是怎樣，你怎麼突然大笑？是我做了什麼嗎？」

「師傅？」

「Grand Master……？」

我試著發出笑聲，卻只有引起眾人注目，徒增羞恥。

沒辦法像巴迪岡迪那樣。

「你在笑什麼？」

這時，路克突然出現。他今天依舊很帥，不過沒有帶著跟班。

希露菲也不在。

「因為沒看到魔王陛下，所以我想利用笑聲呼喚他。」

「是嗎……魯迪烏斯，你可以來一下學生會辦公室嗎？」

路克的表情有點嚴肅，或許是發生了什麼問題。

「我知道了。」

我把午餐整個扒進嘴裡，然後跟著路克移動。

他似乎不太高興，腳步也有點粗暴。

進入學生會辦公室後，照例是那兩個人出來迎接。

愛麗兒的表情一如往常，臉色卻不是很好。希露菲也滿臉不安。

她們前方的桌子上放著一個像是小化妝包的物品。

看來新學期才剛開始就發生問題。

「辛苦了，是不是出了什麼事？」

「是的……」

愛麗兒邊嘆氣邊點頭，或許是棘手的案件。

「其實呢，女生宿舍的新生這陣子都面帶愁容。」

「哦？」

女生宿舍的新生啊……感覺可能是和諾倫也有關的話題。

「調查之後，發現都是些胸部偏小，長相清秀的女孩在煩惱。」

難道諾倫也被捲入其中？

如果真的是那樣，我無論如何都要幫忙。要是能夠華麗地解決這個事件，或許身為哥哥的我可以在她心中獲得稍微受到尊敬的立場。

「我們今天找了其中一人詢問詳情，結果她說是被莉妮亞和普露塞娜……那個……」

聽起來這件事跟莉妮亞和普露塞娜也有關。

兩人宣稱沒有欺負弱者……不過有可能做了敲詐勒索之類的勾當。例如把拿著鰹魚乾和肉乾的女學生逼到角落裡，還強迫對方跳個幾下。（註：日本漫畫裡常出現類似場景，流氓或不良少年勒索時會叫被害人跳幾下，聽聽看有沒有硬幣撞擊聲）

「她們好像強迫新生當場脫下貼身衣物。」

貼身衣物……？

「……」

我的視線迅速移往放在旁邊的那個包包。難道……不，不會吧？

「進一步收集情報之後，那兩個人好像在吃飯時說過：『老大一定會很高興』。」

「……」

也就是說，包包裡面裝著內褲嗎？而且還是沒有洗過的內褲。我的天啊，到底是誰拜託妳們做這種事？呃啊，我好厭惡有點開心的自己。

「而且，聽說她們把搶到的貼身衣物全裝在一個包包裡……」

愛麗兒這樣說完，靜靜地把視線投向我帶來的包包。

在場的所有人都把眼光集中在那個包包上。我想他們一定連包包外型的情報都調查清楚了吧。

然後，這包包裡有極高機率裝著內褲。

也就是塞滿了夢想。

「魯迪烏斯大人，雖然這話有點失禮……」

「這個包包是今天早上從莉妮亞和普露塞娜手上拿到的東西。因為她們叫我回到家獨處之後才可以打開，所以還沒確認內容。但是根據先前的情報，裡面恐怕是『那些東西』沒錯。」

我先發制人，這種事情不能落入被動。

「這樣啊。不過基本上還是要確認一下……她們的行動是基於你的命令嗎？」

「不，完全不是。」

我斬釘截鐵地回答。這裡沒有任何答錯的空間，而且還必須展現出毅然的態度。

因為一切都是誤解。

「意思是此事和魯迪烏斯大人你無關？」

「當然無關。我跟希露菲才剛新婚，怎麼可能還會有那種不滿。」

況且基本上，我為何要在這種自己妹妹剛進入宿舍的時期策劃那麼瘋狂的行動啊？

可是我沒有證據。可惡，該怎麼解釋才行？有沒有什麼解開誤會的方法……

「我明白了，就相信你的說明吧。」

愛麗兒輕嘆一口氣，如此回答。

她居然這麼乾脆地相信，明明我沒有提出任何證據。

「謝謝您。」

「不，我原本也感到很奇怪。畢竟你已經和希露菲度過那麼激情的夜晚，怎麼還會需要其他女性……」

等一下，我們的激情夜晚怎麼洩漏出去了？也就是說，連我昨晚講的那些可恥發言也包括在內嗎？

「……希露菲，妳把我們的夫妻夜生活也告訴公主大人了？」

「沒……沒有，我才沒有提過那些！愛麗兒大人，這到底是怎麼一回事呢？」

希露菲很慌張地搖頭。我想也是，無論彼此多要好，她也不會把和丈夫的夜生活詳細告訴公主吧。不過就算說了，其實也沒什麼好困擾。

只要希露菲沒有私下抱怨「我家那口子真是又短又小」之類的話就好。

「不，我只是想套話而已。看來你們的結婚生活很順利，真是太好了。」

愛麗兒若無其事地這樣回答。

這件事就算了。不過，為什麼那兩個傢伙會做出那種行為……收集內褲根本不是正常人會想到的點子。

不對，話說起來，以前好像提過要收集女學生的內褲之類……我還以為肯定只是開玩笑，沒想到竟然是認真的。

唔……嗯，這不是我的錯，和我沒有關係。就當作是那樣吧。

「總之，我想這應該是基於善意的失控行動，所以由我來警告她們吧。啊，這些請透過愛麗兒公主您這邊來幫忙還給被害人。當然我沒有看過裡面的東西，也絕對沒有碰過。」

我這樣說完之後，把包包交給愛麗兒。

莉妮亞和普露塞娜應該沒有惡意。但是我必須跟她們好好說清楚，除了剛脫下來的內褲，其實我都不需要……還有如果想討我歡心，要直接脫給我看。

不，不對。不是那樣不是那樣。

「好的，我確實收下了。」

愛麗兒檢查過包包內部後，點了點頭。

這下總算解決。

「不過……對於這麼多貼身衣物，會不會有點捨不得呢？」

她居然講出這種話，還一邊偷瞄著希露菲。

「這話真是讓人遺憾，我對貼身衣物並沒有興趣。」

「……也對呢，真是不好意思。」

「不，您沒有誤會就好了。」

呼，好危險啊。要是把這些內褲拿回家，真不知道該如何處理。

我想自己肯定會慌亂到手足無措，說不定最後還會莫名其妙地把內褲泡進酒裡，開始釀起內褲酒。

然後會被希露菲或愛夏發現，結果遭到她們蔑視。

「幸好只是誤會一場，不然我還以為是自己沒辦法滿足魯迪。」

希露菲這句赤裸裸的發言讓現場氣氛稍微緩和下來。

不過她很快發現這句話代表什麼意思，羞得面紅耳赤。

這時，響起宣告午休結束的鐘聲。

「哎呀，這可不好。上課要遲到了。」

「實在非常抱歉，都是因為莉妮亞和普露塞娜闖了禍。」

「不，難免會發生這種事。」

路克把門打開，示意我離開這裡。

我按照他的要求走出辦公室。愛麗兒和希露菲也跟著離開，路克最後一個走出來並鎖上房門。

「我們走吧。」

我邁步前進後，愛麗兒走在我的旁邊，希露菲和路克則跟在後面。

嗯，在這種情況下，或許我也該走在後面會比較好。

「啊。」

當我正在煩惱這個問題時，諾倫從轉角冒了出來。

她似乎很不安地東張西望，一發現我的身影，立刻用力抿緊嘴唇。

「諾倫，妳怎麼了？馬上要開始上課了。」

「……」

諾倫用力把頭轉開，結果正好轉向愛麗兒。

「初次見面，我是在這間學校裡擔任學生會長的愛麗兒。」

愛麗兒笑容可掬地這樣說完，諾倫整張臉都紅了。

領袖魅力果然厲害。

「我……我叫諾倫·格雷拉特……」

「那麼諾倫小姐，有什麼問題嗎？馬上要開始上課了喔。」

「那……那個，我不知道第三實習室在哪裡……」

「是這樣啊……」

諾倫是在換教室時被同學丟下了嗎？

真可憐。這種事看起來沒什麼，實際上卻很傷人。她在班上果然格格不入嗎？

「路克，你帶她去吧。」

「是。來，我們走這邊。」

路克溫柔地推著諾倫的背，護送她離開。

諾倫面紅耳赤，看起來很害羞。畢竟路克是帥哥，不過這傢伙不行，他可是個花花公子。

「……」

這時，諾倫突然回頭看向這邊。

她的視線在我、愛麗兒還有希露菲三人之間移動。然後，又很快轉開視線。

……哥哥覺得好寂寞。

那天放學後，我把莉妮亞和普露塞娜叫來校舍後面。

因為關於今天這件事，有必要跟她們把話好好講清楚。

校舍後面，這是經常上演學生青春一幕的場所。前來赴約的莉妮亞和普露塞娜一副志得意滿的樣子。

「怎麼了老大，叫我們來這種地方喵？」

「愛的告白的說？你要先跟菲茲說好才能納我們為妾，否則她會生氣的說。」

「關於那個包包，我今天中午交給愛麗兒公主了。為了要物歸原主。」

聽到我這句話，原本得意洋洋的兩人先是愣了一下，隨即開始用手肘戳著彼此的腰。

「看吧，果然不行喵。」

「這是莉妮亞的錯說，是妳說老大一定會很高興的說。」

「普露塞娜妳自己還不是很有幹勁喵。」

「我說過要先用莉妮亞的內褲測試一下的說。」

「只用我的太不公平了喵。」

「所以我們才去收集了住宿生的內褲的說。」

「我的意思是拿妳的出來喵。」

「我的胸部很大所以不行的說。」

她們一搭一唱地互相推卸責任，實在醜陋。還有誰是貧乳控啊，要知道我對波霸也很有興趣。

「Shut up。」

總之，我先讓兩人閉嘴。

「我之前是怎麼跟妳們說的？我沒有交代過不可以欺負弱者嗎？」

兩人開始瑟瑟發抖。

「我……我們沒有欺負弱者喵。」

「對……對的說，只是去拜託那些人給我們而已……」

講什麼拜託，哪個一年級學生敢拒絕這兩個傢伙。

「妳們兩個身為獸族，應該很清楚衣服被別人扒走的屈辱吧……」

「我……我們有給對方替換用的衣服喵。」

「可是聽說很多一年級都一臉沉痛喔。」

「一定是尺寸不合的說。要是對方無論如何都不願意，我們也沒有硬搶的說。」

嗯？這些說詞怎麼和愛麗兒給的情報有點出入？

如果真的是強搶，實在太噁心了。甚至讓我想在公眾面前把這兩個傢伙扒光。因為除非自己親身經歷，否則無法體會被害人的心情。

「老……老大你說過不喜歡也不會生氣喵。」

「這次是不幸的雙方觀念落差，希望你原諒我們的說……」

兩人看起來很害怕。仔細想想，她們也是為了我才做出這種事。

因為看到我悶悶不樂，所以她們去研究什麼事情能讓我開心，然後決定為我收集。

行為本身沒什麼問題，只是我看不順眼而已。當然，站在被害人立場會覺得非常憤怒，不過莉妮亞和普露塞娜的動機是為了我好。

和我生前的遭遇不同，她們的目的並不是想要羞辱對方。要是換個講法，其實跟小孩子收集蟬殼送人是差不多的行為。要是我反應過度並給予嚴重懲罰，真的是妥當的處理嗎？

「如果有哪個女孩因此嚴重受創，我會叫妳們去對方面前全裸下跪。」

「我……我知道了喵。」

「對不起的說……」

算了，接下來就交給愛麗兒去善後吧。

我這邊實在沒辦法動怒。是因為這兩個傢伙是自己人嗎？難道我也變成那種會護短的人了？

「那麼，妳們為什麼會想到要送內褲給我？」

聽到這個提問，兩人愣愣地回看著我。

一臉「這傢伙在說什麼啊」的表情。

「老大的宗派不是把內褲當神嗎？」

「我們有看到你很恭敬地祭祀著內褲的說。」

噢，原來如此，是我的錯嗎？起因是我曾經讓這兩個傢伙看過聖物。

「那個不一樣，我並不是把內褲當神。那是某位神聖尊貴的人物曾經實際穿過的東西，也就是一種神聖的衣物。」

「原……原來是這樣喵。」

「我還以為老大是內褲教的說。」

我的確喜歡內褲，不過兩件事不能混為一談。

「所以啦，我希望以後不要再發生今天這種事。」

「我知道了喵。」

「以後會注意的說。」

接著，我忍不住多說了一句。

「如果真的要送，我比較想要妳們在我眼前脫下來給我的東西。」

「咦？」

「咦？」

不小心失言了。

莉妮亞和普露塞娜滿臉賊笑。

「老大果然被我們的魅力迷得神魂顛倒喵。」

「這也沒辦法的說。老大也是雄性動物，在我們面前沒辦法保持冷靜的說。」

嘖，好吵。

只不過說了想要內褲，她們就表現出這種反應。這兩個傢伙該不會喜歡我吧……

不，那種推論不太對，有點不一樣。她們的態度確實是好意，但是和希露菲對我的感情不同。

我不確定到底哪裡不一樣。雖然不知道，不過就當作是友情吧。

不管怎麼樣，事情交代完畢。

我們離開校舍後面。自己的風評似乎有點受損，但是算了，想來不是什麼嚴重問題。

我是不在意傳聞的類型。

我們三個人一起移動的時候，碰上一群剛離開校舍的學生。

對方是一年級學生。看他們都帶著包包，大概正要回宿舍吧。一行人紛紛從旁邊通過，避免和我們正眼相對。走在隊伍最後面的人是諾倫。

「……！」

諾倫看了看我，又看了看站在兩邊的莉妮亞和普露塞娜。

接著露出難以置信的表情，狠狠瞪了我一眼才離開。

莉妮亞和普露塞娜很不高興地回頭看她。

「那個一年級是怎樣喵，有夠囂張喵。」

「法克的說，我要讓她懂得什麼叫輩分的說。」

「我話說在前面，那女孩就是我妹妹。」

這句話才剛脫口，兩人就垂下耳朵。

「啊……嗯，就是要那麼有精神才好喵。」

「她長得非常可愛的說。」

這兩個傢伙真好懂。我拍了拍她們的肩膀。

「總之，妳們要和她好好相處。」

「當然喵。」

「我們不會虧待她的說。」

不過，我很想和諾倫多說上幾句話。到底該怎麼做才好？

也罷，就算沒辦法對話，只要她過得平安順利就好。

就這樣，平穩無事的日子一天天過去。

我還是沒能和諾倫拉近距離，但是她有遵守十天回家一次的規定。

明明很討厭我，卻願意坦率聽從吩咐。我還以為她會更加排斥，不過至少諾倫不曾當面反抗過我……倒是一臉厭惡表情啦。

唔……仔細想想，扣掉兩個妹妹還不懂事的時期，我和她們只見過一次。

要是認為彼此馬上就可以像普通兄妹一樣感情融洽，反而是錯誤的想法吧。

和愛夏的融洽關係算是異常。

就算是家人，也不代表彼此能夠無條件地和睦相處。我自己非常清楚這一點。反而正因為是家人，對於某些事情會覺得無論如何都無法原諒。我在諾倫面前毆打保羅就是其中一個例子吧。我後來和保羅和解，也認為這件事已經過去。然而在諾倫心中，或許這件事根本還沒解決，也依舊不可原諒。

……如果諾倫哪天又提起這件事，我要好好道歉。千萬不能責怪她翻舊帳。

算了，也沒有必要著急。

反正從現在開始，大家要一起生活幾十年。不管要花上一年還是兩年，只要慢慢修復關係就好。

所謂的兄弟姊妹並沒有必要整天黏在一起。應該要維持適當的感情，保有適當的距離。想要找出正確的距離，必須花上一點時間仔細觀察。

我才剛做好這種心理準備。

諾倫卻開始躲在宿舍裡不出門。

第四話「大哥的心情」

那天和希露菲一起來到學校後，我得知諾倫閉門不出的消息。

來報信的人是莉妮亞和普露塞娜。她們一大早就在校門口等待，然後當場告訴我，諾倫昨天一整天都把自己關在宿舍的房間裡。

「……我去看看！」

才剛聽完她們的說明，希露菲立刻衝向女生宿舍。

至於我，已經整個人呆住。明明我直接跟著希露菲一起過去就好，卻因為得知「諾倫閉門不出」的事實而不知所措。

對我來說，「閉門不出」的意義就是如此沉重。

「老大……你不去看看嗎？」

「你要丟著她不管嗎？」

我還沒回神。

完全不明白自己該怎麼做，該做什麼。

當初我把自己關在房間裡以後，就再也不曾外出。

為什麼？因為外面有太多敵人，因為我認為去上學又會遭到霸凌。

沒錯，就是霸凌。就算強逼自我封閉的人踏向外界，也只會碰上討厭的遭遇。

那麼，自己該採取的行動是排除原因。在去見諾倫之前，要先消除導致她閉門不出的理由。

我迅速做出這種決定。

當年的記憶清清楚楚地浮現。那是在高中的餐廳裡，我排了五分鐘的隊，原本以為總算輪到自己，卻有一群長相凶惡的不良少年突然從我前面插入隊伍。

我秉持著無聊的正義感，開口糾正對方。雖然不良少年們擺出不知道我在說什麼的態度意圖裝死，我卻提高音量指責他們的行為，好讓周圍的人們都能聽到。

發現周圍都在偷瞄這裡，我得意忘形地聲張自己的正義。

結果慘遭對方痛毆，遭受讓我幾乎再也無法振作的打擊。

只因為一點小事，日常生活成了地獄。

如果諾倫也正身處同樣的地獄，我想把她拯救出來。

我要打垮那些不良分子，為她創造出安身之處。

要是不良分子背後還有保護者，我要挺身一戰。不管對方是貴族或王族都無所謂，我會使出全力對抗。

我要讓對方後悔逼我拿出真本事。

就算起因是諾倫的言論或行為，世界上還是有些事可以做，有些事不該做。

諾倫是我的妹妹。即使她討厭我，討厭愛夏，也對目前的狀況全都看不順眼，她還是我妹妹。

身為大哥，必須保護弟弟妹妹，絕對不能捨棄他們。

我帶著莉妮亞和普露塞娜一起前往一年級的教室。一個人過去也是可以，但是我對自己的外表氣勢欠缺自信。只要帶著莉妮亞和普露塞娜，想必不會被人看扁。

「老大……」

「莉妮亞，妳別多嘴的說。老大好像真的生氣了，很可怕的說。」

兩人對我的行動似乎抱有一些疑問。

我可以理解她們的反應。因為我自己知道現在的行動很不像話，也能夠體會被迫陪同的人感到難堪的心情。但是，我已經化身為恐龍家長，把羞恥心完全捨棄。

我們到達諾倫就讀的一年級教室。

裡面看起來已經在進行班會。

「打擾了。」

我打開教室的門，大搖大擺闖入。

「魯……魯迪烏斯……同學，我們正在上課。」

「我想借用一點時間，沒問題吧。」

「可是……」

「沒問題吧？」

我推開教師，站上講台。

接著環顧教室。每一個學生都露出嚇一跳的表情，這裡面有欺負諾倫的傢伙。是對她實際動手動腳嗎？或者也有可能是言語暴力。有人讓剛來到此地，和家人也相處不好的諾倫遭受言語形成的利刃攻擊，把她的內心傷害到支離破碎。

「我想各位都知道，昨天有一名這班級的學生拒絕上學。」

「……」

「另外這件事我不確定各位是否知道，總之那名學生是我的妹妹。」

教室裡起了一陣騷動。

「我還沒聽過我妹妹的說法，但是會導致拒絕上學的理由並不多。所以我認為在各位當中，存在著讓她不想上學的理由，以及造成那理由的人物。」

我邊說邊看向整個教室。

有幾個人和我視線對上後紛紛低下頭。都是些長相有點凶惡，才一年級就不把制服穿好的傢伙。真可疑，說不定犯人就是那幾個小子。

是說，那個學生應該是以前被介紹給我的一號生筆頭吧？

我想不起來他叫什麼名字，難道……不，現在斷定還太草率。

「對於造成理由的人，我沒有太多要求。也許原本只是想鬧著玩，或是想跟我妹妹建立友情，卻不小心演變成奇怪的狀況。我想，我妹妹這邊肯定也有什麼不對之處。」

我睜大眼睛仔細觀察教室內的眾人。

是誰？到底是誰做出那麼過分的行為？是那傢伙嗎，看起來像貴族少爺的學生？還是另一邊那個看起來很壞的魔族？不，反而是外表普通的女學生比較可疑，因為霸凌通常由那種乍看

之下顯得很普通的孩子發起。

「如果可以，請自己承認。我絕對不會生氣，只希望你們能理解我妹妹受到的傷害，並且向她道歉。」

我會在犯人自首的那瞬間把對方大卸八塊。

教室裡也有看起來和諾倫同年的學生。

但是大部分比較年長，有幾個人看起來已經十七八歲。這些人是對霸凌視而不見？還是也參與其中？

那是該對十歲小孩做出的行為嗎？

「……」

沒有任何人開口，他們只是目瞪口呆地看著我。

「那……那個……」

這時，一名女學生戰戰兢兢地舉起手。

我原本想立刻對她擊出岩砲彈，最後作罷。

因為那是個顯得很內向的女孩，年齡大約十三歲，是狸系的獸族。她留著一頭短髮，有著圓圓的體型，看起來似乎很遲鈍。該怎麼說，這種人應該屬於會被欺負的那一邊。

「我……我之前……跟諾倫聊了幾句……」

「然後不小心講了過分的話？」

如果只是口頭吵架，或許也無可厚非。

「不……不是。那個……我聽說過魯迪烏斯學長的事情，可是諾倫是個普通的孩子。所以我就說她和哥哥不一樣，結果諾倫卻非常生氣……」

生氣？因為別人說她和我不一樣，所以諾倫生氣了？這是怎麼一回事？

「啊。」

旁邊的教師突然發出聲音。

我轉身看向她，是一位上了年紀的女教師。該不會是這傢伙說了什麼吧？霸凌這種事情並非只有孩子們會參與，也有可能是由教師主導。

「老師，您也想到了什麼嗎？」

「前幾天，我有對諾倫同學出了一份作業……」

「妳出了大量功課，然後再因為諾倫沒寫完而逼她脫光光在教職員室裡罰站嗎？」

「當……當然不是！只是她的表現不太好，所以我叫她要向哥哥看齊，更加用功念書。」

「……」

「結果她露出一臉快要哭了的表情，說她會繼續加油。」

咦？

這次是快要哭了？

「這樣說起來，我也……」

以教師的發言為開端，教室裡有好幾名學生也跟著說明自己碰到的狀況。

我們離開教室，移動到餐廳。

這個時段的餐廳很冷清。我找了一個位置坐下，彎腰趴在桌子上。

有點被打垮的感覺。

結果是我的錯。聽說諾倫只有在被拿來和我比較，或是聽到別人舉我為例子時才會表現出情緒。

班上同學已經發現我和諾倫是兄妹。

這也當然。跟愛夏不一樣，我和諾倫是同父同母的兄妹，外貌也頗為相似。

總之，諾倫很討厭別人把她和我扯上關係。拿來比較當然不行，好像連為了誇獎她而提到我也會引起反感。

嗯，當然，這不是其他人的錯。至少他們的比較行為並沒有惡意。

甚至其中有些人是對諾倫抱著好意吧，認為她和那個惡名昭彰的龍頭老大不一樣。

只是我在這間學校裡很有名。既然有名，就代表我很容易被其他人提到。

對諾倫來說，這可能是很痛苦的狀況。她在以前的學校總是被拿來和愛夏比較，也總是被認為不如愛夏，想必過著壓力不斷累積的生活。

好不容易來到新的學校，開始住宿生活，可以跟愛夏切割乾淨……卻換成會被拿來和我比較。不管去到哪裡，都會被迫面對自己在兄妹當中顯然最為差勁的事實。

我想她一定很痛苦。

最後一根稻草，是那個內褲事件。一年級的學生中並沒有人因此受到嚴重的精神創傷，多虧愛麗兒幫忙善後，這件事基本上被當成一場鬧劇。雖然我聽說是莉妮亞和普露塞娜去強脫一年級學生的內褲，實際上似乎不是那麼悽慘的場面，而是一種和莉妮亞交換內褲的逗趣光景。

只是看在旁人眼裡卻以為是敲詐現場，所以跑去向愛麗兒報案。

這件事我已經交給愛麗兒處理，我想她會有辦法解決。

話雖如此，諾倫大概受到了難以言喻的打擊。

覺得自己居然比不上那樣的變態。

「唉……」

我到底在做什麼啊？一個人貿然判斷，甚至闖進教室。

做出那種行為。什麼恐龍家長，根本只是個笨蛋。

「今天謝謝妳們了，總覺得我真的很蠢。」

總之我先向莉妮亞和普露塞娜道謝。我害她們也成為笨蛋之一，還讓她們白費力氣時間。

「為了妹妹行動不是笨蛋喵。」

「不過我有點意外的說，刮目相看了的說。」

我用魔術做出一個杯子，裝水喝了下去。雖然沒有任何味道，還是讓自己緩了一口氣。

「那個，老大。你接下來打算怎麼辦喵？」
「哪還能怎麼辦？她是因為我才會閉門不出。」
沒錯，諾倫她封閉住自己。雖然目前才為期一天，但她確實是那樣做了。
「我覺得應該要強迫她去上課的說。」
「對啊喵。」
「一直關在房間裡會變成笨蛋的說。」
「沒錯喵。」
「會變成跟莉妮亞一樣的笨蛋說。」
「普露塞娜說的對喵……喵嗚！」
我才沒心情理會這兩個傢伙的一搭一唱。
我自認比誰都清楚鬫居族的難處，沒有人是自己心甘情願躲在房間裡閉門不出。鬫居族之所以不願意出門，當然是有相對的理由。就算旁人強制鬫居的當事人外出也無法解決任何問題，只會導致事態更加惡化。
話雖如此，讓當事人繼續封閉下去也不是辦法。
因為事後必定會感到後悔。不管是一個月也好兩個月也罷，這段什麼都沒做的時間會對將來造成不良影響。這意見出自於我本身的經驗，所以肯定沒錯。只是就算如此說明，當事人也不會馬上明白。

就是要到了已經心生悔意的地步，才會講出「要是能回到當初有多好」這種話。

但是除非閉門不出個一年、兩年，甚至十年，否則不會感到後悔。

然而到了那時，已經一切都太遲了。

所以每個父母都想讓孩子們好好努力，因為他們對自己的過去多多少少都感到後悔。

「如果自己在兄弟姊妹當中能力最差，還被其他人針對這件事囉唆一堆，到底該怎麼辦才好？」

聽到這句話，莉妮亞和普露塞娜看著彼此聳了聳肩。

「……我不是笨蛋所以不清楚喵。」

「我們算是還有能力的類型說。」

我記得這兩個傢伙正是因為太笨又不是率領種族的料，才會被送進這間學校，要她們好好用功以達到夠格擔任族長的水準吧。不過就算是笨蛋，只要樂觀成這樣就不會有問題嗎？

可是諾倫更加纖細純粹，怎麼能跟她們混為一談。

「啊……不過，我知道一個例子喵。」

莉妮亞似乎很自豪地說出一個名字。

「基列奴姑姑本來是個什麼都做不好的粗暴人物，但是她接觸劍術之後，最後成了劍王喵。」

「啊……原來如此。」

基列奴有點算是例外吧。不過，或許諾倫也有什麼意想不到的才能。

基本上，諾倫沒有必要和我或愛夏做一樣的事。如果不想被人拿來比較，只要去做完全無法相互比較的事情就好。不過，我目前還想不到有什麼事情符合這種條件。但是，這世界很廣大。她應該能在魔術和劍術之外找到某種專屬於自己的事物吧。

找到自己真正想做的事情後，諾倫也有可能欠缺相關才能，就像札諾巴那樣。

然而即使如此，札諾巴的日子似乎還是過得相當開心。他總是忙著製作人偶，觀賞人偶，愛護人偶，收集人偶。只要這樣就夠了，只要能過著幸福的生活，其實就能滿足。

可是，我不認為這些話能讓諾倫信服。

因為換成我自己也無法接受。

「話是這麼說，但我該跟她談什麼才好？」

「老大沒必要想得那麼複雜喵，直接喝斥一聲就可以了喵。」

「沒錯的說，只要叫她快點出來乖乖上課就可以了說。」

她們講得還真輕巧。不，但是……說不定只是我自己想得太複雜了？

畢竟仔細想想，諾倫才十歲。或許這次只是稍微鬧起脾氣。

況且她雖然閉門不出，但實際上才過了一天，今天是第二天。與其說是真正的繭居，搞不好只能算是把自己悶在房裡而已吧？像這種因為心情有點低落所以窩在房裡不想出門的事情，大概每個人都有做過。

現在不該去打擾她，也不該去干涉她，應該要保持一點距離隨著她去……這樣的想法會不會只是一種「逃避」？

我是不是該以哥哥身分提供最大限的支援，盡可能讓她過著舒適生活就對了？是不是該關心到會讓她覺得我很煩的地步就對了？

如果是國中生或高中生還可以另當別論，但是諾倫才小學三年級左右。

「好，去見她吧。」

等我回神時，自己已經做出這樣的決定。

「那樣比較好喵。」

「給她一巴掌就能馬上解決的說。」

諾倫會願意聽我說話嗎？這次的起因是我，我實在不認為她聽得進去……算了，不要多想了。總之，我現在必須去和她當面談談。

「我能見到她嗎？」

諾倫待在女生宿舍裡。雖說我已經獲准使用宿舍前面那條路，恐怕還是不會允許我進去。

「要主動硬闖喵。」

「要偷偷潛入的說，就交給我們幫忙的說。」

莉妮亞和普露塞娜用力拍了拍她們豐滿的胸口。

說是潛入，其實沒那麼困難。因為我有很多幫手，還可以去找希露菲和愛麗兒公主。

對愛麗兒說明現狀後，她很爽快地加入我的陣營。話雖如此，想必辛馨亞蒂和女生宿舍守望相助隊的諸位成員不可能體諒我的苦衷，結果還是要偷偷潛入。

臥底包括莉妮亞，普露塞娜，希露菲三人。

希露菲看起來很消沉。

「對不起，我明明說過諾倫在宿舍裡的問題可以都交給我處理……她卻不肯聽我說……」

「不，不是希露菲的錯。基本上是我造成的問題。」

我向希露菲說明前因後果，告訴她諾倫是因為誰才會閉門不出。

於是，希露菲帶著憂鬱表情搖了搖頭。

「魯迪你沒有錯。」

「但是，是我……」

是我……是我……不，其實我什麼都沒做。

雖然我同樣不明白應該要做什麼才對。

但是，我無論如何都必須解決這件事。

★★★

當天晚上，我趁著吃飯時間來到女生宿舍。

現在大部分女學生都在餐廳，因為愛麗兒在那裡演講。

為了聽她演講，餐廳裡聚集了很多人。不過並不是所有女學生都在那裡，因為餐廳容納不下那麼多人。

話雖如此，愛麗兒似乎事先用了什麼辦法，讓盤據在女生宿舍一樓的守望相助隊成員都積極參加。

我盡可能神不知鬼不覺地前往指定的窗戶下方。

那扇窗戶的窗框上插著一朵花。我朝著那朵花移動，從下方丟出小石子。

小石子命中窗框之後，窗戶立刻打開。我使用土魔術「土槍(Earth Lancer)」舉高自己的身體，俐落地從窗口入侵。同時解除土槍，讓地面恢復平整。

「……」

一進到室內，一股很濃的動物騷味撲鼻而來。

雖然是動物的騷味，我卻沒什麼厭惡感，大概是因為這味道終究是來自於青春期的少女。

聽說生物對於能和自己傳宗接代的對象身上的氣味似乎天生比較寬容。

「辛苦妳了。」
「歡迎喵。」
接應我的人是莉妮亞。她的眼睛在黑暗中閃閃發光，果然是貓眼。
我看了看周遭。基本上宿舍的房間都是相同的格局，有雙層床鋪、桌子椅子，還有衣櫃。
雖然暗到難以看清，還是可以發現這房間有點亂。
「希望你不要看得那麼仔細喵，會讓人不好意思喵。」
「抱歉。」
我在黑暗中摸索著朝出口前進。這時碰到了某個物體，摸起來相當柔軟。
「啊，那是普露塞娜的胸罩喵。」
「……」
這是普露塞娜的尺寸嗎，好大。
「喵呼呼，你可以帶走喔。」
「那樣不好吧。」
我拋開普露塞娜的胸罩。如果是平常，我至少會貼在嘴邊盡情吸取香氣吧，不過現在沒空做那種事。
莉妮亞從房間裡面敲了敲門，隨即有敲門聲回應。
「ＯＫ的說。」

我在聽到這句話的同時衝了出去，跳向眼前準備好的推車。

這是用來運送待洗衣物的推車，我鑽進放在推車上的床單裡。

香味讓我知道這是希露菲用過的床單。大概是為了讓我能把身體完全藏住，連推車下方也塞了毯子和襯衫之類，而且全都是希露菲的東西。

然而很不可思議的是，我並不覺得興奮。

現在的重點是諾倫。諾倫正在承受痛苦，躲在房裡閉門不出，封閉自己，孤單獨處。既然我身為她的大哥——

就有義務拯救她脫離這種困境。

「好，走了喵。」

推車開始移動，我趁著這段期間思考諾倫的事情。

如果這次只是小孩子鬧脾氣也就算了，萬一是更根深蒂固的問題……

我真的有辦法解決嗎？

至少我自己直到被大哥他們掃地出門為止，從來沒有踏出家裡一步。就算換成大哥和父母的立場來思考，我也想不到把自己弄出房間的辦法。

「到了喵。」

還沒有得出結論，推車已經到達目的地。

也就是諾倫的房間。

我走進房間。

室內很暗，沒有點燈。因此我點起設置於房間角落的蠟燭。

在昏暗的燭光下，可以看到一名少女抱著膝蓋坐在床上，她的雙眼在黑暗中浮現。諾倫就這樣坐在床上，目不轉睛地看著這邊。

「……」

我慎重地走過去，在椅子上坐下。

這種時候該說什麼才好？以前的我又是希望聽到別人對自己說什麼？

我想不起來，原本想說的話也全都不知道飛哪去了。

現在能回想起來的事情，只剩下那些聽了會讓人火大的言論。尤其是我最不想聽到別人說那種把什麼都想得很簡單的發言。

最起碼，那些不分青紅皂白的數落是大忌。

例如：「給我乖乖去上學」「知不知道是誰在出錢？」「別給人添麻煩」。

這些話只會造成反效果。

按照莉妮亞和普露塞娜的建議，直接一巴掌打醒她或許也不錯。畢竟諾倫才十歲，可能會因此而願意乖乖聽話。不過，那樣根本沒有解決問題。在不久的將來，一定會再發生類似的事情。到時候，諾倫想必會變得更加頑固。

而且基本上，她閉門不出的原因是我。自己哪裡有資格對她大放厥詞，怎麼能自以為了不起地打她呢？既然如此，果然該先道歉嗎？可是就算道了歉，又能解決什麼問題？我的傳聞不會消失，諾倫依舊會被其他人拿來和我比較。

「諾倫。」

「哥哥。」

我們兩個同時開口。

為了聆聽諾倫的發言，我閉上嘴靜靜等待。但是諾倫做出同樣的反應。總覺得自己好像錯過了千載難逢的機會。

不，那應該不是千載難逢的機會。。我決定主動發話。

「諾倫，真是抱歉。妳來到這裡以後，一直很痛苦吧？」

諾倫沒有任何回應。

「好不容易進了新的學校，卻因為我而變成這樣。我該說什麼才好……」

諾倫還是一言不發。

「我啊，實在不太了解妳……」

諾倫繼續保持沉默。

明明路上想了很多，我現在卻找不出其他能說出口的話。

畢竟基本上，我對諾倫的事情一無所知。是我自己疏遠她，盡量不去接觸她，也不打算去了解這個妹妹。

「……就算演變成這種情況，我還是不知道該怎麼做才好。」

諾倫緊閉著嘴，一聲不響。我不知道她在想什麼，甚至不確定她有沒有在聽我說話。

果然還是不行嗎？在保羅回來之前，只能把她丟著不管嗎？

嗯，也對。我應該暫時撤退，然後去找各路人士商量一下。

例如七星大概懂得這年齡的女孩子在想什麼，艾莉娜麗潔說不定能順利幫我把諾倫帶出房間。我其實不需要自己一個人扛起來解決。

「……啊。」

這時，我突然想起往事。

自己成了家裡蹲以後，大哥曾來到我的房間。那時，他對我講了各式各樣的大道理。例如人生總是會碰上逆境，世界上多得是遭遇比我更慘的人。現在或許很痛苦，但是一旦逃避就會一直逃避下去，到時會更加痛苦。還有暫時不上學也沒關係，總之和他一起去吃個飯吧……類似這樣的發言。

我在內心對大哥嗤之以鼻。也沒有開口回應，而是徹底無視他的存在。

即使如此，大哥還是繼續待在我身邊。他一直看著我，眼裡帶著想要說些什麼的神色。我認定這樣的傢伙不可能明白自己的感受，直到最後都全面拒絕。

……我現在的心情，就是大哥當時的心情嗎？

面對毫無反應的我，大哥也保持沉默。持續幾個小時之後，他離開我的房間。

後來，大哥再也沒有和我接觸。我不知道他在那件事之後有什麼想法。

只是大哥自己沒有來，卻來了各式各樣的人。或許……那些人都是大哥安排的吧。不過到頭來，我還是沒把那些傢伙的言論聽進耳裡。

……我想要是自己現在離開，就再也回不來了。諾倫也會繼續閉門不出。所以我不能走。

在昏暗的燭光下，我一直看著諾倫。

第五話「諾倫・格雷拉特」

自己是從什麼時候開始覺得哥哥很可怕呢？

至少一開始的時候不是那樣。我第一次見到哥哥時，他正在打爸爸。

我很喜歡爸爸。雖然爸爸有一些實在無可救藥的缺點，但是我很清楚爸爸給了我毫無保留的愛情。就算不是那樣，我身為不到五歲的小孩，還是毫無疑問地愛著自己的父親。

哥哥打了這樣的爸爸。他突然出現，還對爸爸動粗。

當時，我無法理解聽到的對話。自己是到了現在才明白，那是因為爸爸嘲笑越過嚴苛土地好不容易前來相會的哥哥，所以他們才會打起來。

但是，當時的我看到爸爸被壓在地上連連毆打，還以為爸爸會被殺。而且對當時的我來說，這是唯一的事實。

一個想要殺掉爸爸的人，當然不會被我視為家人。

我對他不是害怕，而是厭惡。

這種厭惡感持續了很久，因為每個人都在稱讚哥哥。爸爸當然不用說，連後來見到的妹妹和女僕也是一樣。他們越稱讚哥哥，我心裡的厭惡感就越加頑強。

除了哥哥，我也討厭妹妹。她在我們一起就讀的學校裡，不管是課業還是運動，每一件事情都要和我競爭。而且還在各方面都贏過我，一直把我踩在下面。

光是和妹妹在一起，就讓我總是受到自卑感折磨。

我覺得自己沒辦法和她好好相處。

有一個人無法容忍我這種遭受自卑感壓迫的現狀，那就是祖母。她蔑視沒有血緣關係的妹妹，同時對我抱著過度的期待。不，或許那並不是期待。

只是祖母她曾經說過。

「妳身為拉托雷亞家的淑女，必須具備上得了檯面的能力。」

所以她強迫我學習禮儀規矩以及複雜的儀式。我總是做不好，也失敗了好幾次，惹得祖母生氣。每次失敗，她總是會這樣說：

「大概是因為做了什麼冒險者，所以連血統都髒了吧。」

我立刻明白祖母是在批評爸爸跟媽媽雙方。爸爸那麼拚命努力，祖母卻瞧不起他，讓我也開始討厭祖母。

所以，當自稱是哥哥老師的人前來，說他們已經找到媽媽在哪裡時，我決定跟著爸爸走，不願意留在祖父母家。

沒錯，爸爸當時很猶豫，不知道該不該把我留在祖父母這裡。

媽媽擁有米里斯貴族血統，爸爸是阿斯拉貴族的直系，我的血統無可挑剔。所以祖父他們似乎有考慮直接收養我。

但是我不願意。所以我去拜託爸爸，哭著求他，最後跟著爸爸離開。

本來是那樣，後來……爸爸卻把我趕去哥哥那裡。

他的理由是接下來的路程很危險，還說哥哥在北方建立了據點，叫我先過去那邊。等他找到媽媽以後，一定會前來跟我們會合。

我哭著抗議，吵著要一起去媽媽那裡。因為我認為自己不能離開爸爸身邊。

如果當時瑞傑路德先生沒有出現，說不定我已經和爸爸一起行動。而且可能會因為在貝卡利特大陸上的嚴苛旅程而生病，造成爸爸的困擾。

瑞傑路德先生。

我還清楚記得他的事情。第一次見到他的日子，正好是遇上哥哥的那一天。瑞傑路德先生出手幫助差點跌倒的我，還溫柔地摸了摸我的頭，送我一顆蘋果。

那時候，我連這個人叫什麼名字都不知道。後來聽說他是哥哥的護衛，卻沒能問清他的名字。

瑞傑路德先生還是和那時候一樣，摸著我的頭，很和善地開導我。

最後，我決定過去哥哥那邊。

這趟旅程一開始，妹妹就幹勁十足。她拋開在爸爸和自己媽媽面前絕對不會脫下的面具，擺出隊長架子，訂出一堆亂來的計畫。

我覺得她的行為很笨，也認為明明有兩個大人，就算再有幹勁也根本沒有意義。

可是，瑞傑路德先生和金潔小姐都願意聽從妹妹的指示。

我覺得很不公平。因為只有妹妹的主張會被採用，我的意見卻沒有人要聽。

不過幸好瑞傑路德先生很照顧我，我才能夠忍耐。他一直很關心我。

只是，就連這樣的瑞傑路德先生也會稱讚哥哥。

他說哥哥是很了不起的男人，也很期待見到哥哥。明明瑞傑路德先生很少笑，提到哥哥時卻面帶微笑。

所以我猜想……自己認識的哥哥和其他人認識的哥哥一定不一樣。

啊，這樣看來，我大概就是從這個時期開始覺得哥哥很可怕。

哥哥很強，大家都說他是個值得尊敬的人物。

但是在我心中的哥哥，還是那個把爸爸打倒在地的人。

說不定……雖然這只是我自己亂猜，但是哥哥可能也會打我。

是不是只要我講了一點讓他不高興的發言，他就會打我？

我開始害怕見到哥哥，也很害怕要在那種人的家裡住上好幾個月。我不安到睡不著覺，半夜也會醒來好幾次。每次睡不著，瑞傑路德先生都會來安慰我。他會讓我坐在他的腿上，仰頭看著夜空，然後講一些往事給我聽。那些故事大部分都很悲傷，但不知道為什麼，我卻能安心入睡。

見到久違的哥哥時，他喝得爛醉，旁邊還帶著女人。

聽說那個人是哥哥在布耶納村的青梅竹馬，他們兩個還結婚了。

我對那個人沒有印象。雖然隱約記得好像有個人一直跟著妹妹和妹妹的媽媽，不過卻覺得和眼前這個女性的感覺不一樣。該怎麼說，雖然我記不清了，但總覺得有哪裡不同。

哥哥看起來很幸福。

看到他的樣子，我心中湧上一股怒氣。爸爸並沒有對女性出手，他說在找到媽媽之前，在那方面要暫時擱置。爸爸連妹妹的媽媽都沒碰，也沒有去招惹一直跟在他身邊的女性。

可是……可是哥哥卻不一樣。

怒氣不斷湧上。

不過，我什麼都說不出口。因為我太害怕了，害怕說出來會害自己挨打。

如果哥哥動手打我，瑞傑路德先生會生氣嗎？見到哥哥以後，瑞傑路德先生好像很開心。說不定他不會為我生氣。

反而會斥責我，叫我不要耍任性。

所以我什麼都說不出口。

到了隔天，瑞傑路德先生已經離開。我還以為他會繼續陪在我身邊。也一直希望他不要走，可是他卻離開了。

我變得更加害怕。

在這個家裡，只有哥哥、妹妹，還有哥哥的妻子。妹妹因為順利見到哥哥而充滿幹勁。至於哥哥的妻子，她看起來是個溫柔的人。但是，她依舊不會站在我這邊，這個家裡沒有任何人會站在我這一邊。

從今以後，直到爸爸回來之前，我必須每天都生活在恐懼中。

哥哥應該會很疼愛愛夏吧，但是對我肯定不一樣。他會偏寵妹妹，然後叫我要更加努力。

妹妹說，我是因為沒有好好努力才會做不到。可是，做不到的事情就是做不到。不管自己怎麼去試著做好，不管自己怎麼練習，還是會遠遠落後給妹妹。這是要我到底該怎麼辦才好？

所以我為了避免遭到責罵，為了避免因為做了什麼而被拿來比較，過著躲躲藏藏的生活。

我很害怕自己會在這種積著雪的季節被趕出家門。

在哥哥的決定下，我們都要去上學。

聽說這裡和米里希昂的學校不同，是一間有點特殊的學校。同一個學年的學生並非全都是年齡相近的小孩，而是有各種年齡的人們一起學習。

老實說，我不想上學。反正又會被人拿來和妹妹比較。

不過，幸好妹妹似乎不打算繼續求學。

這對我來說是一線光明。如果妹妹不在，或許自己也能更努力一點。

這是我的想法。

可是哥哥卻對妹妹提了一個條件。

他要求妹妹必須參加考試。要進入這間學校就讀，必須先接受入學測驗。當然，他叫我也要參加。

我感到很失望。就算參加測驗，我也不可能會合格。這樣回答後，哥哥卻說要用錢來解決。

聽到這種不要臉的說法，我忍不住大聲怒吼。結果妹妹生氣了，我們兩個打了起來。

「快住手。」

聽到哥哥的冰冷語氣，我內心萌生恐懼。

我還以為自己會挨打。真的好可怕，我忍不住哭了出來。

也很擔心自己從今以後，可能要一直過著這種心驚膽戰的生活。

測驗當天。

我從哥哥那裡聽說了關於宿舍的事情。這間學校似乎有那種讓學生離開父母獨自生活，藉此培育自主性的設施。我心想，就是這個。

妹妹一定能夠合格。而且，她不會來上學。如果自己住進宿舍，就連哥哥都不必見到，可以過著不必和任何人比較的自由生活。

一想到這個主意，我就覺得這似乎是最棒的辦法。

幾天後，我們收到測驗結果。哥哥問我有什麼想法，於是我戰戰兢兢地提出自己想住校的意見。

我有想過哥哥或許會生氣。爸爸說過要我們和哥哥住在一起，應該也有在信裡交待過哥哥一樣的事情。所以，我怕哥哥會罵我不可以耍任性，還會打我。

結果，沒想到哥哥很輕易地答應了我的要求。

反而是妹妹生氣了。她說我很狡猾，還說哥哥偏心。因為妹妹至今受到的待遇都比我好，所以很不滿這次只有她必須以測驗成績作為交換條件。

可是，為什麼哥哥會答應呢……我不明白，我不懂哥哥在想什麼。試著回想之後，我發現除了和妹妹打架那次，其實哥哥從來沒有對我發過脾氣。

……說不定，哥哥對我根本沒有興趣。

他很有可能是因為覺得要在家裡照顧我很麻煩，所以想趁這個機會把我丟進宿舍裡。

就算我沒有主動要求，或許最後也會被送去住校。

這麼一想，不知道為什麼，我覺得有點難過。

明明這種狀況應該很符合我自己的希望。

宿舍生活一切都很新鮮。

首先，室友對我就是一件新鮮事。我的室友梅莉莎學姊是魔族。

祖母說過魔族都是壞蛋，還教導我魔族是必須排除的存在，理當滅絕的邪惡。如果我沒有遇見瑞傑路德先生，肯定到現在還是抱著那種觀念。因為有那段經歷，我在第一次見到梅莉莎學姊時，才能表現出符合禮儀的態度。

看到我很有禮貌地致意，梅莉莎學姊對我表示歡迎。她不但溫暖迎接半途插班的我，還在各方面都對我多加照應。包括用餐的方法、廁所要怎麼用，以及宿舍有什麼規則，全都是麻煩梅莉莎學姊教導。守望相助隊的學姊還對我說，住在宿舍裡的學生都是一家人，要我跟大家好好相處。雖然那位學姊因為種族之故而長得有點凶惡，不過聽說是個很有責任感的人。

我內心非常期待今後的生活。每十天要回哥哥家一次是個很麻煩的規定，但是哥哥並不會向我追問學校生活的詳情，所以還算輕鬆。

住宿生活開始後。

首先，上課的內容很難。我想大概是因為這裡的教學方式和米里斯的學校並不相同。能從頭學起的話應該會不一樣，不過因為我是中途加入，對很多事情都無法理解。

在米里斯有宗教相關課程，在拉諾亞卻是被魔術課程取代。

這個課程同樣跳過了最初的部分，所以我也覺得很困難。

要是成績太差，說不定會被哥哥帶回家。

擔心這件事的我回到宿舍後也繼續用功，卻還是無法學會。梅莉莎學姊發現我不知道該怎麼辦才好，於是很好心地過來教我。直到這個時候，我才發現這些是以前已經學過的知識。我想要是換成妹妹，她一定可以馬上學會。我好討厭理解力這麼差的自己。

這間學校的校地很大，我迷路了好幾次。

尤其是碰到運動和魔術實習這些在米里斯的學校沒有的課程時，不知道教室位置的我總是很困擾。每次都麻煩班上同學來找我，或是受到不認識的學長學姊和老師幫助。

還有一次是碰到哥哥。那時，哥哥和這學校最了不起的學生在一起，所以我覺得很丟臉。

哥哥在學校裡受到大家畏懼。

聽說他率領著六個手下，到處隨意亂來。其中兩個手下在宿舍裡也是架子特別大的人，梅莉莎學姊警告過我最好不要違抗她們。

哥哥好像指使那兩個人收集校內可愛女學生的貼身衣物。

他的妻子知道這件事嗎？可能不知道吧。雖然我也不明白哥哥收集那種東西是想做什麼，但是爸爸正在辛苦奮鬥，哥哥卻這樣玩樂。所以我感到很生氣，也唾棄哥哥。

可是，明明哥哥做了那種壞事，其他人對他的評價卻出乎意料的好。

聽說他不會對一般學生使用暴力，就算隨意亂來，也沒有造成哪個人的不幸。

不光是那樣，甚至還禁止學校裡的不良學生欺負弱小。

班上有個看起來很可怕的同學，很自豪地到處炫耀他有跟哥哥說過話。

哥哥的魔術比任何人都高明，而且也很擅長教導別人。似乎還教導過比我小很多的孩子。

班上的同學、梅莉莎學姊，還有老師都要我效法哥哥，把哥哥當成目標。

叫我要變得跟那個不知道在想什麼，很可怕，很討厭，很讓人唾棄的哥哥一樣。

我才不想變成那樣。

可是更讓我不甘心的是，哥哥他也和妹妹一樣，在所有方面都比我厲害。

是那種我不管怎麼努力也無法追上的存在。

明明他是自己討厭的人，是自己瞧不起的人。

但是，自己卻比那樣的人還差勁。

某一天，我回到宿舍，趴在床上。

各式各樣的感情已經亂成一團。悔恨、悲傷、鬱悶、憤怒……情緒化為淚水，從自己的眼裡湧出。

沒有多久之後，梅莉莎學姊回來了。她看到我在哭，溫柔地問我出了什麼事。我拒絕她的關心，只說了沒事就拉起毯子蓋住頭。

自己到底該怎麼做才好呢？

我對哥哥的態度錯了嗎？

……嗯，說不定真正的哥哥並不是我想像的那種人物。

那一天……哥哥打了爸爸那天，自己還很小。後來，雖然爸爸說過很多次哥哥也很辛苦，我還是無法理解。但是到了現在……如果是現在，好像稍微能夠理解。因為我現在也很痛苦。如果換成是自己在這麼痛苦的時候還繼續加油拚命努力，好不容易打起精神，卻有人跳出來懷疑我只是在悠哉玩樂，我也一定會生氣。就算講那種話的人是爸爸，我也有可能會和他吵架。

所以到頭來，其實哥哥也有跟我一樣的地方，我們並沒有很大的不同。

可是，如果是那樣。我應該用什麼態度面對哥哥才好？哥哥希望我怎麼做呢？哥哥跟爸爸當初是怎麼和好的？

我一直想。

一直想。

還是沒有答案，肚子也痛了起來。

胸口下方一陣陣縮緊，而且覺得想吐。

我躲在被窩裡忍耐。

自己什麼都做不到，連去見哥哥這麼簡單的事情都沒辦法做到。

以前，會在這種時候幫助自己的人一直都是爸爸。每次碰到討厭的事情躲進被窩裡以後，爸爸就會來到我身邊，溫柔地摸著我。和爸爸分開之後，就換成瑞傑路德先生。他總是讓我坐在腿上，用他的大手摸著我的頭，告訴我各式各樣的事情。

這裡沒有人會救我。梅莉莎學姊確實很照顧我，但是她也沒有站在我這邊。只會說一些要我去見哥哥，還有去上課比較好之類的話。

那些我自己都懂。可是，我的身體就是動不了。

★★★

不知道自己開始煩惱後已經過了多久。

我一直在思考，思考到累了就睡，睡醒了再思考。總覺得在不斷重複這些動作的過程中，似乎已經過了好幾天。

現在，我坐在床鋪的角落。

回過神時，才發現哥哥出現在自己的面前。反坐椅子的他把手臂搭在椅背上，正在盯著我看。

「諾倫。」

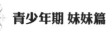

「哥哥。」

這好像是我第一次稱呼哥哥為哥哥。

我們幾乎同時出聲，看來眼前的哥哥不是幻覺。這裡是女生宿舍，他為什麼會在這裡？

我感到很混亂。哥哥一直看著這樣的我，我們暫時互相凝視。

或許這是我第一次像這樣仔細觀察哥哥的臉。

他看起來很不安。感覺跟爸爸很像，是一種能讓我安心的臉孔。很像也是理所當然，因為他和爸爸是父子。

「諾倫，真是抱歉。妳來到這裡以後，一直很痛苦吧？」

哥哥喃喃開口。

「我啊，實在不太了解妳……就算演變成這種情況，我還是不知道該怎麼做才好。」

他很不安地說了這些話。這個樣子，讓我覺得看到爸爸的身影。

「……」

接下來，哥哥都沒有動。

他一直用不安表情看著我，卻堅持坐在椅子上沒動。如果是爸爸，一定會沒有任何顧慮地過來抱住我；如果是瑞傑路德先生，大概會把手放到我頭上。

可是，哥哥卻沒有靠近我。

「啊……」

我明白為什麼會這樣了。

哥哥是沒辦法靠近，因為他怕會被我拒絕。

一想通這件事，很不可思議的，我突然覺得內心整個開朗起來。

對哥哥的厭惡感不再出現，也不再覺得他很可怕，因為哥哥和爸爸很像。

我想哥哥他一定……絕對不會打我，而且以後也絕對不會再對爸爸動手。

「……嗚嗚……」

自己無論如何，都必須原諒哥哥。

「嗚……嗚嗚……」

等我回過神時，眼淚已經滴滴答答往下掉，不斷顫抖的喉嚨深處也發出啜泣聲。

「對不起，哥哥……對不起。」

哥哥以戰戰兢兢的態度來到我身邊坐下，然後慢慢地舉起手放到我頭上，把我抱進懷裡。

他的手很溫暖，胸膛既寬廣又結實。

而且，還有很像爸爸的味道。

那一天，我在哥哥懷裡哭了一整夜。

★魯迪烏斯觀點★

結果，我沒能做出任何行動。

諾倫什麼都沒告訴我。我不知道她內心有什麼不滿什麼疙瘩，也不清楚諾倫真正的想法。

她只有在我面前哭了一場，然後在哭完之後喃喃說了一句：「我沒事了」，就只是這樣。

不過，她一臉如釋重負的樣子。

還願意正面看著我的雙眼。

這種態度讓我沒來由地鬆了一口氣，覺得已經不要緊了。

所以我把接下來的事情交給希露菲處理，自己離開諾倫的房間。

從隔天起，諾倫變開朗了。

並不是哪裡有什麼明確的變化。只是彼此在走廊上相遇時，她會對我打個招呼說：「哥哥，早安」的程度。我們之間很少對話，也不會隨便膩在一起。被人拿來和我比較的狀況應該毫無改變，不過諾倫似乎已經不再介意。

我之前無法理解諾倫，所以什麼都沒辦法說，也什麼都沒辦法做。

真的很不中用。我一直以為自己很清楚繭居族的心情，對於那種凡事都做不好的傢伙也能有同理心。結果實際碰上這種事之後，卻表現出這種醜態。

我猜……雖然只是推測，不過諾倫大概已經整理好自己的心情。
她調整好各種情緒想法，克服了現在的狀況。
真是了不起的孩子。
保羅和愛夏或許都認為諾倫很笨拙。
我並不那樣認為。因為至少，她已經達成我生前沒能辦到的事情。
如果我生前能跟諾倫一樣把自己理出頭緒，是不是會有什麼不同？是不是就能夠避免被原本很溫柔的大哥痛毆的未來？
我不知道過去會不會改變。自己當時的狀況和諾倫不同，就算能夠整理好心情，也不確定是否能踏向外界。而且轉生來到異世界之後，要是沒有遇到洛琪希，我想自己一定會繼續當個家裡蹲。
基本上，事到如今也不可能回到過去。
過去無法改變，已經扭曲惡化的骨肉親情再也無法挽回。不管是大哥的真正想法還是其他任何事情，都埋藏在黑暗之中再也無法釐清。
……但是，我總覺得長久以來一直卡在喉嚨裡的某種東西終於取出來了。
如果七星哪一天真的能夠回到原本的世界，到時候，我就拜託她給大哥帶個口信吧。
要謝謝大哥那時為作弟弟的我擔心，還有……要說一聲對不起。

第六話「和妹妹共度的生活」

又過了一個月。

季節更替，進入溫暖的時期。這是我來到這城市後的第二個夏天。

雖然這裡並沒有熱到真的有夏天到來的感覺，人們的服裝倒是變得更加輕薄。學校裡的女生制服和愛夏的女僕服都換成短袖，正適合保養眼睛。希露菲在家裡也經常穿著無袖的上衣，我記得她以前沒有這樣的便服，聽說是最近才為了我買的。沒有包緊緊的希露菲，感覺真的很新鮮。

看著她那嫩白纖瘦的肩膀，讓我自然而然地想從後方抱上去。

真是很美好的季節，而且這個國家也沒有那種會擅自住進別人家裡的黑色害蟲。

不過講到黑色，最近一直沒看到巴迪岡迪。那傢伙到底跑哪裡去了？

另外，這一個月裡有很多事情都發生變化。

首先是諾倫好像交到朋友了。我看到她還找了其他班級的女生，組成通常是兩個男生三個女生的集團一起行動。

這是她第一次交到的朋友。我身為大哥，很想和對方先打聲招呼，所以曾經要諾倫帶朋友回家。可是諾倫拒絕了，好像是因為不好意思讓朋友和家人見面。

不管怎麼樣，我闖進教室的行為似乎沒有造成什麼奇怪的影響，總算稍微放心。

我本身和諾倫之間的關係也不錯。

最顯著的例子，就是諾倫前幾天來拜託我幫她補習。

對於這個提案，我一開始幹勁十足，還想把自己的奧義全部傳授給她。不過我後來又想到要是做得太誇張，恐怕會換成愛夏鬧起脾氣。

所以，我最後決定等放學後在圖書館指導諾倫。時間大概是一小時，內容是複習一天中學到的課業，然後預習明天的進度。光是這樣做，應該就能有很大的不同。

諾倫非常拚命，卻經常白忙一場。大概是因為不懂得應用吧。

不過呢，並沒有愛麗絲和基列奴那麼糟。我想只要好好努力，她很快就會達到一般水準。

「話說起來，瑞傑路德先生說過他出身於巴比諾斯地區。哥哥有在魔大陸上旅行過吧？你知道巴比諾斯地區在哪裡嗎？」

「嗯？這個嘛……聽說在比耶寇亞地區附近，不過我沒有去過。」

我和諾倫已經建立起可以透過學習來閒聊一些其他話題的關係，只是諾倫會主動提起的話題多半是關於瑞傑路德的事情。我和諾倫的共同話題就是瑞傑路德，共同話題果然重要。我也很高興有人可以和我聊聊瑞傑路德。

「是這樣啊……魔大陸是什麼樣的地方呢？」

「那裡的魔物都很巨大，文化也有相當大的差異，不過和這一帶算是沒有那麼不一樣吧。總之是個有住人的一般土地。」

諾倫對我講話時很有禮貌，這就是所謂的敬語型妹妹嗎？她和愛夏講話時不會這麼客氣，或許是在調整和我之間的距離吧。

「啊，哥哥你知道瑞傑路德先生那把槍的故事嗎？」

「嗯，是個讓人潸然淚下的故事呢。」

「對啊……我們能不能幫他做點什麼呢？」

「……是啊。」

也差不多該把那個計畫推進到下一步了。

製作斯佩路德族的人偶，搭配書本成套出售。

這個計畫依然存在。只是以茱麗的魔力總量來看，目前還不可能量產吧。

不過呢，現在或許是試著製作原型的好時機。

如果要撰寫關於斯佩路德族的書籍，最大的問題是用來執筆的時間。前幾天，我完全學會了上級治癒魔術和中級解毒魔術。雖說我很擅長背誦，卻還是花了相當長的時間。

接下來該學什麼呢？

扣掉預定要選修的上級解毒後，沒有其他特別想學的科目。乾脆把火和風都學到聖級好像也是個辦法。不，基本上聖級大多是操縱天候的魔術，很少有機會用到。要學也是可以，但是我比較想學些更加實用的東西，例如騎馬……考慮到這邊，我突然想到其實正好可以把空下來的時間拿來寫作，於是就此定案。順便還決定要在幫諾倫補習的時候也來抽空寫一些。

一本徹底揭露斯佩路德族過去的書籍。自己不太擅長寫這種整合性的文章，不過應該會有辦法吧。

原本這樣認為的我實際動筆後，卻發現根本不知道該怎麼寫。

採用偏紀實的手法是不是比較好？還是該寫成日記風格？

首先，經常聽到「下筆時最好不要一開始就試圖寫出大作」的建議。

所以差不多十頁左右就可以了吧。然後製作成類似自己影印裝訂的那種冊子，附上人偶發送出去。既然是那樣，那麼輕鬆點的風格應該比較好。內容要勸善懲惡，然後把拉普拉斯寫成壞人……

不，拉普拉斯在魔大陸上好像被視為英雄。要是把他寫得太壞，可能會引發讀者的反感。

「哥哥，你在做什麼？」

當我正在艱苦奮戰時，諾倫開口提問。

「噢，我想寫一本頌揚瑞傑路德偉業的書，可是卻不知道該怎麼下筆。」

「哦……」

諾倫邊回應邊看向我手邊。

剛動工的原稿中，有一張題名為「偉大的戰士・瑞傑路德的鬥爭與遭受迫害的歷史」的封面。

內容目前只有差不多一張稿紙的量，而且只寫了關於瑞傑路德這個人物的概要。

因為我戴了粉絲濾鏡，他被寫得很像是聖人。

「只有這些嗎？」

「嗯，還沒寫完啊，才剛開始。」

首先呢，我根本不知道該從哪裡開始寫起。我還記得瑞傑路德在拉普拉斯戰役中戰鬥的情形，也知道他們在戰役結束後受到迫害的歷史。可是這些都是在幾年前聽說的，現在的記憶實在有點模糊。早知如此，或許我當初應該留下筆記。

「我……我也可以幫忙嗎？」

諾倫以有點戰戰兢兢的態度，對我提出這個問題。

我問了一下理由，才知道原來瑞傑路德每個晚上都會讓我家妹妹坐在腿上，輕輕摸著她的頭，然後把往事講給她聽。

怎麼會這樣。連我自己都沒坐在瑞傑路德的腿上過，只有諾倫妹妹有這種待遇實在太奸詐了。

啊不，我反應錯地方了。

「喔喔，真是幫了我的大忙。不過，妳不能疏忽課業喔。」

「是。」

如此這般，我開始和諾倫一起寫作。

從那天起，諾倫會利用讀書的空檔寫下關於瑞傑路德的事蹟。她的文筆拙劣，也有顯得粗雜的部分。然而很不可思議的是，我讀著讀著就會回想起瑞傑路德的事情，還因此流下眼淚。就是這樣的文章。

說不定諾倫擁有文學寫作的才能。

不，搞不好是因為我戴了疼妹妹的哥哥濾鏡。

可是，也有句話說正是因為喜歡才會更加精進。只要諾倫像這樣繼續下去，或許將來能成長為大作家。總之，我決定從旁關注她的執筆活動，只針對文法上的錯誤進行修正。

感覺她寫出來的作品應該會比我自己寫的有趣好幾倍。

另外，我和諾倫的關係改善後，愛夏也出現了一些變化。

話雖這麼說，但是所謂的變化並不是針對諾倫。

她們兩人還是跟以前一樣處得不太融洽，不過或許是因為我特別吩咐過，愛夏頂撞或是輕視諾倫的次數減少了。這樣一來，我反而有點擔心。畢竟愛夏有可能是把想說的話憋在心裡。

「愛夏，如果妳有什麼想說的話，一定要好好說出來喔。」

所以我總之先這樣交代一下。就算和諾倫的關係改善了，我也不打算輕忽和愛夏之間的感情。

「自己想說的話……嗎？」

「對啊。例如覺得我太照顧諾倫了，希望我對妳也能多關心一點；或是感到工作太辛苦，想要休息一下也行；甚至想睡一整天也沒有問題……」

「也就是可以提出任性要求嗎？」

愛夏把手指搭在下巴上，歪著頭發問。這動作真可愛。

「沒錯。因為妳再任性一點也沒關係，不必那麼客氣喔。」

「任性啊……那，我只有一個要求。」

愛夏露出淘氣的笑容。她打算要求什麼呢？是想要我的肉體嗎？如果我主張自己剛剛只有叫她提出要求但沒有保證會答應，愛夏肯定會生氣吧。

「請給我薪水！」

聽到愛夏的回答，我有點困惑。

「薪水……」

仔細想想，她一直以女僕身分俐落勤快地工作。

反而是我一直沒付薪水的狀況比較奇怪。不，我們是一家人，其實也不奇怪吧。

換言之，所謂的薪水是指零用錢吧？也就是愛夏覺得自己有幫忙做家事所以想拿到零用錢的狀況。

「好，我明白了。」

我很爽快地答應。

不過關於金額方面，還找了希露菲加入，三個人一起商量決定。本來有提議給多一點，但是愛夏拒絕了。多給也拒絕，這傢伙真的是十歲嗎？

結果，以一個不算多也不算少的金額定案。

「妳拿到薪水以後想買什麼？」

我姑且問了一聲。只是問一下而已，隨口問問。她要買什麼都行，我真的只是問一下。

「買各式各樣的東西。」

可是，愛夏的回應卻很冷淡。那個，哥哥我就是想知道所謂的各式各樣到底是什麼……

正在煩惱這問題，愛夏卻開口邀請我。

「那麼，下次我去買東西時，請哥哥一起來吧。」

這是約會，和妹妹約會。聽起來多麼美好。

我有事先跟希露菲報備說要去購物。丟下在假日還要上班的希露菲跑去約會的行為讓我覺得很過意不去，不過對象是妹妹所以沒關係，這不是外遇。

不過，愛夏到底想買什麼呢？該不會是要買強壯的男性奴隸吧？我不太想在家裡放那種粗野的傢伙，更何況平常已經有個又黑又強的巨大傢伙偶爾會來家裡搶飯吃了。不，其實那傢伙最近都沒出現啦。

約會當天。

愛夏前往的目的地是雜貨店。那是一間位於市場角落，販賣日用雜貨的小店。店裡擺滿商品，但是沒有客人，商品也給人一種全都很陳舊的印象。

愛夏在這間店裡買了三個空的小花盆。

「那東西要拿來做什麼？瞄準路過的魔王頭頂往下砸嗎？」

「不，我只是很普通地想拿來種花而已，很奇怪嗎？」

愛夏從下方抬眼看著我，我的答案當然已經決定。

「完全不奇怪。」

不過，我有點無法想像愛夏居然想要種花。我對她的印象是精力充沛的天才少女，喜歡的東西是掃除還有核算收支以及計較得失，大概就是這樣。

但是園藝是一種要慢慢享受的興趣，一種要託付給自然力量，同時放慢步調仔細處理的事物。無論再怎麼天才，還是會碰上很多不按照計畫走的狀況吧。不，說不定正是因為那樣，愛夏才會選擇園藝。或許正是因為不會事事如意，所以才讓她覺得有趣。

「那麼，是不是連土壤也一起買下會比較好？這附近的土地相當貧瘠，我想大概不適合園藝。」

「……我想麻煩哥哥用魔術做給我，不行嗎？」

她又從下方抬眼看我，答案同樣已經決定。

「怎麼會不行呢。」

我也是男人，所以很喜歡耕田播種之類的行為。

就來幫忙準備能讓鬱金香種子長成猢猻樹的厲害土壤吧。

「種子怎麼辦？」

「我手上有在旅行期間一點一點收集到的種子。」

「如果是撿來的種子，有可能不會發芽喔。」

「嗯～我想應該沒問題。」

我們一邊閒聊，一邊在店裡隨便逛逛。我也買了一對耳環要送給希露菲，是鑲著藍色石頭的水滴型耳環，一定很適合她。

「那是要送給希露菲姊姊的禮物嗎？」

「嗯，我是很重視老婆的男人。」

「希露菲姊姊很幸福呢。哥哥大人，有空的時候也請給我恩寵。」

愛夏再度從下方抬眼看我，答案還是已經決定。

「我不要，會被老爸痛打。」

「嘖……」

閒聊著這些話題的我們結完帳，離開雜貨店。

下一個目的地是紡織品專賣店，店內有大量手工織成的成卷布匹。

之前想幫家裡買條地毯時，是愛麗兒告訴我這家店的貨品很齊全。

店內商品的價格範圍很廣，並沒有特別針對高級商品，而是一間客層廣泛的店家。不知道愛夏是從哪裡獲得這些店鋪的情報。

她在這裡買了窗簾，是一條有荷葉邊的粉紅色窗簾，價錢有點貴。

愛夏盡可能殺到了最低價。她抬出我的名號，愛麗兒的名號，用上一切有效的手段來殺價。不過最後，店家還是給了個稍微偏高的價錢。

「如果錢不夠，我幫妳出一點吧？」

「不，沒問題。因為剛好！」

愛夏用剩下的全部零用錢買下這條窗簾。居然把拿到的零用錢一毛不差地全部花光，這已經不只是擅長買賣了，甚至讓人有點敬畏。

「我覺得把零用錢留一點下來會比較好喔。這是為了以防萬一。」

基本上我還是給了個忠告。畢竟無法預測什麼時候會在哪裡發生什麼事，搞不好會被突然轉移到魔大陸上。其實我在身上各處都藏著錢，例如鞋底。

「那麼，我下次開始會那樣做！」

話說回來，愛夏居然買了花盆和粉紅色荷葉邊窗簾。雖然對她先有了是個天才的印象，不過說不定愛夏的感性還是個少女。

「我一直很想要這種可愛的東西。」

「莉莉雅小姐沒有買給妳嗎？」

「媽媽說不行，還說女僕不可以按照自己的興趣買家具……哥哥也認為不行嗎？」

愛夏不但聰明，而且很會撒嬌。她先抱住我的腰，然後從下方抬眼凝視著我。雖然我知道她是在演戲，老實說還是很可愛。

看到她這種表現，我的答案當然只有一個。

「怎麼會不行呢。」

如果我是怪叔叔，大概會忍不住把她帶走。

那次約會之後，愛夏房間裡的少女風格物品越來越多。

她好像很喜歡小東西，例如用小花盆種著小型開花植物，在櫃子上放了一整排拳頭大的人偶……不知道什麼時候還在圍裙角落繡上了小小的花樣，對流行也很敏感。

將來應該不會變成辣妹吧……哥哥我有點擔心。

總之，我跟兩個妹妹的關係就是這種感覺。

另外，雖然七星不是我妹，但她也恢復正常了。

她在上次的實驗中召喚出「寶特瓶」，那個寶特瓶現在被當成花瓶，放在研究室的窗邊。

以這次的成功作為基礎，研究推進到第二階段。

「下一次，我要從以前的世界召喚出『有機物』。」

七星如此宣布。

「有機物？」

「對，有機物，最好是食物。」

或許是上次的事情提升了七星對我的信賴度，她把今後的研究步驟告訴我。

1.召喚「無機物」。

2.召喚「有機化合物」構成的物品。

3.召喚「植物」或「小動物」之類的「生物」。

4.「附加詳細條件」後，召喚這世界的生物。

5.最後，是把召喚來的生物「送回原本場所」的實驗。

雖然寶特瓶嚴格來說不算是無機物，有必要做一些調整，不過好像只是小事。

「所謂的『附加條件』是必要的嗎？」

「嗯，萬一送回去的時候被突然拋向外國，那可就麻煩了吧？」

總而言之，要逐步召喚出越來越接近人類的對象，還要在最後精準地回到日本。就只是這樣的實驗而已。

順便提一下，據說現在的召喚也能附加某程度的條件，但是範圍很粗略，好像還會出現個別差異。

例如用「貓」作為條件來召喚，結果有可能出現三花貓、一般花貓，甚至是老虎或豹。

七星似乎就是要針對這部分做研究，然後更加縮小範圍。做到不會出現「貓科」而是出現「貓」，而且還要能在「貓」當中更進一步指定詳細種類。

「為了研究如何附加條件，我必須再去見那個人。」

七星喃喃說了這麼一句。她口中的那個人，就是指那個召喚術的權威吧。

「那個人很懂附加條件的祕訣嗎？」

「是啊……」

七星把手搭在下巴上，思考了一會。然後點點頭「嗯」了一聲，開始解說。

「我說明一下，這個世界的召喚術，其實分為魔獸召喚和精靈召喚兩種。」

「哦？」

所謂的魔獸召喚，似乎是一種能叫出魔物的魔術。透過魔法陣來召喚高度智慧的魔物，支付某種代價後就可以驅使對方。可以說這就是一般我們會稱為「召喚」並抱有既定印象的那種魔術。

能利用魔獸召喚叫出的存在相當多元化。從這附近的魔物，到據說棲息於其他異世界的傳說生物都包括在內。當然，對象並非僅限於生物。其實之前的寶特瓶就被分類於魔獸召喚，也就是這個魔術也能夠召喚物品。

只要徹底精通這個魔術，說不定連「召喚！洛琪希身上穿著的內褲！」都可以辦到。

相較之下，精靈召喚的性質不同。
精靈召喚是「使用魔力製造出」被稱為精靈的存在，也就是用魔力創造的魔術。
類似程式設計。
「可是，這件事最好不要講出去。」
「為什麼？」
「因為這世界一般認為精靈存在於無的世界，然後被魔術召喚出來。」
也就是說，精靈召喚被視為和魔獸召喚相同。
魔獸有難以控制的問題，不過可以自行思考行動，便於應用。
相較之下，精靈雖然容易控制，不過只能重複同樣行動。然而實際上只要編寫複雜的程序，精靈似乎可以像人類那樣行動。據說七星本身親眼看過那樣的精靈，就在「那個人」那裡。
「那麼，我要換個話題。這是之前講好的魔法陣。」
七星把一份卷軸遞給我。
那是一張B4大小的紙，上面畫有精緻的魔法陣。
「這是？」
「召喚『燈之精靈』的魔法陣。」
所謂的燈之精靈，是一種能發出明亮光芒並跟在術者身後的精靈。能聽從「照亮那邊」之類的簡單命令，經過一段時間後，會因為魔力枯竭而消滅。似乎是這種很弱小的存在，不過灌注的魔力越多就能維持越久。

只是……真平凡啊。要作為實驗第一階段的成功報酬，感覺有點小氣……

「連魔術公會都不知道這個魔法陣，是剛才提到的那個人的原創。」

「哦？是這樣啊。」

聽到是限定商品，Zapanese滿心雀躍。

「要是下一次的實驗也成功，我會送你更厲害的東西，所以拜託了。」

七星這樣說完，合起雙手。這動作真讓人懷念。

當然，我這邊也不打算半途丟下她。

「我想，只要用你的土魔術做出類似地瓜印章那樣的版型就可以量產。把那個版型拿去魔術公會的話，應該可以賣出相當高的價錢。」

「居然叫我賣掉，原創者不會生氣嗎？」

「那個人的肚量沒有小到會因為這種事而生氣，所以沒問題。」

話說回來，刻個版型來印啊……原來魔法陣可以不必手繪嗎？

「如果要賣給魔術公會，記得報上我的名字，那樣就不會莫名遭到坑騙。」

「我知道了。」

就這樣，我獲得一項收入來源。

話說回來，精靈全部是人工精靈嗎，感覺和札諾巴的研究也有些關係。要是把雙方知識綜合起來，說不定能夠製造出會說「哈哇哇」的機器人，夢想越來越廣大。（註：「哈哇哇」是電玩遊戲《To Heart》裡的角色 HMX-12 Multi 的口頭禪，是一個女僕機器人）

「啊，對了。如果從我們的世界隨機召喚出無機物，或許會出現什麼好東西吧？」

我突然想到這個可能性，於是開口提議。

然而七星卻搖了搖頭。

「雖說是無機物，但是現階段基本上只能召喚出由單一材質構成的東西。不過我們成功召喚出寶特瓶，所以涵蓋的範圍應該相當大。」

單一素材……那個寶特瓶確實沒有瓶蓋和標籤。不過，如果先進行指定條件的研究，我覺得或許能夠召喚出零件再進行組裝。

「還有，我之前應該說過，我不太想把原本世界的東西帶到這個世界裡。」

就是會改變歷史之類的理論嗎？

「我覺得妳想太多了。」

「如果你那樣認為，等我回去之後再試吧，我恕不奉陪。」

實在冷淡。

講到札諾巴，其實赤龍模型終於在前幾天完成了。

這個模型和我實際見過的赤龍不同，額頭上還長了角，不過很帥氣所以別計較吧。

儘管花了相當長的時間，茱麗還是很高興。她原本是個很少笑的孩子，卻把赤龍模型高舉起來，邊抬頭看著邊發出喔喔感嘆。

「Master！Grand Master！非常感謝！」

她用有點生硬，不過依舊優雅的動作對著我們低頭道謝。

「嗯，以後也要努力工作。」

札諾巴大搖大擺地對她點了點頭，架子雖然擺得很大，茱麗卻很高興地同樣點頭回應。

「是！」

話說回來，茱麗的人類語變得流暢很多。與其說是我教得好，反而該歸功於金潔隨時糾正茱麗錯誤的行動。果然在犯錯後立刻訂正會比較容易記住。

「太好了，茱麗。妳要好好珍惜這東西。」

「也謝謝，金潔，大人。」

金潔總是在房間角落待命，有時會為札諾巴送上飲料，有時會負責對應訪客。

我記得她好像在學校附近的公寓租了間房。我有說過她直接使用札諾巴房間隔壁的護衛用小房間就好，金潔卻說住在札諾巴大人旁邊實在不勝惶恐，因此拒絕這提議。

與其說是騎士，現在的她其實很像那種和另一半分居只能通勤過來處理家務的女性。

或者有點像宗教狂熱分子，就是那種札諾巴叫她去死也會開開心心切腹的感覺。

「有事嗎？」

「我在想金潔小姐妳為什麼會對札諾巴宣誓忠誠。」

我一時興起提出這問題，金潔點點頭，露出這問題問得很好的表情。

「札諾巴大人的母親曾經親自把札諾巴大人託付給我，所以我當時發誓，必定要殫心竭力侍奉札諾巴大人。」

「哦，真是一段美談……然後呢？」

「沒有然後了。」

只是這樣，就讓金潔即使遭遇悲慘經歷也願意持續忠誠嗎？

不，或許這正是所謂宣示效忠的表現，意思是那種被主子稍微使喚一下就會動搖的忠誠還不如不要嗎？不，等等。說起來，我以前在某本漫畫裡看過「封建社會是由一部分的虐待狂和多數的被虐狂構成」的說法。（註：出自漫畫《劍豪生死鬥》）

原來金潔是個被虐狂啊。

一這樣想，就覺得稍微可以理解。不過呢，我想應該不是那麼低俗的原因啦。

克里夫的研究也出現進展。

他居然做出了能抑制詛咒症狀的魔道具第一號試作品。

然後志得意滿地跑來跟我報告。

「這東西可以從外部送入魔力，和體內的魔力相互抵銷。雖然還沒達到完美抑制的水準，不過已經能夠把期限往後延長數倍的時間。」

他對我說明了一些很難懂的事情，例如這個魔道具能夠讓外側的的魔力和內側的魔力同調，然後把艾莉娜麗潔子宮裡的詛咒魔力怎樣又怎樣之類。

聽起來很像是只有克里夫自己才懂的理論，還是略過不提吧。

總之，這個魔道具好像可以緩和詛咒的症狀。

「不過，還有兩個問題。」

克里夫把實物拿給我看。結果那東西很像是相撲橫綱穿的，有前方垂飾的粗硬兜襠布，要是換個角度來看，甚至挺像尿布。

「原來如此，第一個問題是……太醜。」

「是啊，我怎麼能讓麗潔穿上這種東西。」

聽說克里夫和艾莉娜麗潔因為這件事，很難得地吵了一架。

艾莉娜麗潔說她並不介意，但是克里夫不肯讓步。他似乎無論如何都無法接受自己的女友打扮得那麼難看，真是個很有克里夫風格的理由，令人安心。

順便說一下，他們兩個只花一個晚上就和好了。這對冤家真是有夠肉麻。

「基本上，多虧札諾巴和塞倫特的協助，對於小型化已經有了頭緒。雖然效果方面也還差很多，不過只要交給我這樣的天才，自然是綽有餘裕。」

克里夫的目標好像是內褲尺寸。雖然我不清楚實際上能縮小到什麼程度，不過如果可以製作成手套大小，札諾巴也會很高興吧。因為那樣一來，他就能親手製作人偶。

不，看起來那傢伙原本就很笨拙，就算沒有詛咒，還是有可能行不通。

「那麼還有一個問題是什麼？」

我開口發問後，克里夫滿臉苦澀。

「我這次就是為了那個問題才來找你，魯迪烏斯。」

「哦？」

「其實啊，這個魔道具必須消費的魔力實在太多了。」

消費魔力是指啟動魔道具時必須由使用者注入的魔力。這個魔道具需要的魔力似乎太多，因此無法拿來實際應用。讓使用者艾莉娜麗潔持續穿戴也沒問題的數值才是最理想的消費魔力。

但是現在別說艾莉娜麗潔，好像連克里夫的魔力都無法撐過一個小時。

「我會從現在開始一點點改良，所以想麻煩你在每次改良後都幫忙測試一下。如果是我們，一天內能實驗的次數實在有限。」

「原來是這樣，包在我身上。」

克里夫既然敢以天才自居，他的魔力總量應該也相當多，結果卻還是完全不夠。所以這下輪到我上場。

因此從這一天起，我也加入克里夫的實驗。

順便再說一下，關於這個魔道具……

似乎沒有抑制發情的效果。

★★★

最近，我覺得自己過著很棒的生活。

早上起床後先進行晨間訓練，然後吃早飯。接著去學校，和札諾巴見面，和克里夫見面，詢問研究的進度，偶爾提一些類似建議的發言。吃完午餐後，去七星那裡協助她的實驗。等到放學，幫諾倫補習約一個小時。

回家的路上和希露菲一起購物，一到家，愛夏會出來迎接我們。和希露菲一起洗完澡後，三個人一起吃晚餐。然後，大家一起邊聊天邊練習魔術。

接著哄愛夏睡覺，再跟和希露菲增產報國。最後，把希露菲當成抱枕鼾鼾沉睡。

在每一天都很類似的日子中，一步一步往前進。

這樣的生活大概就是所謂的「幸福」。

這是生前的我沒能得到的東西。再過差不多一年，等保羅他們回來以後，一定會變得更加、更加幸福吧。

第七話「轉折點三」

某天，事件發生了。

那天早上，我一如往常地進行訓練。雖然好一陣子沒見到巴迪岡迪，然而這件事不需掛心。那傢伙向來隨性，動不動大驚小怪也沒有意義。

……這是從艾莉娜麗潔那裡現學現賣的想法，不過應該沒錯。

做完訓練回到家後，我發現愛夏和希露菲都一臉嚴肅表情。

才剛進門，她們就盯著我的臉看。

「……啊。」

「魯迪……」

這是怎麼了？難道是出了什麼事？我感到有點不安。

「那個……啊哈哈，臨到關頭，我總覺得有點害怕……」

希露菲搔著耳朵後面，臉上掛著苦笑。

「沒有什麼好害怕的。好了，希露菲姊姊，妳要鼓起勇氣！」

在愛夏的催促下，希露菲開始往前走。她把雙手放在胸前扭來扭去，面紅耳赤地站到我面前。然後，摸著肚子開口說道：

「那個，魯迪。我……兩個月沒有來了。」

我才不會那麼傻地反問什麼沒有來。

「還有啊，最近身體也不太舒服，我就在想有可能是……」

我凝視著希露菲的腹部。雖然看起來很平坦，但是難道……不，真的嗎？

「所……所以，我昨天和愛夏一起去看了附近的醫生……結果對方說，應該是……恭喜了。」

「哦……哦哦……」

我的聲音在顫抖，手腳也在顫抖。

恭喜了，意思是懷孕了嗎？我居然有了孩子，這不是在作夢吧？我忍不住捏了捏自己的臉頰，結果很痛，真的不是作夢。

我吞了口口水。

是嗎，也對呢。那對搭檔不是也有說過嗎？「肯幹就會有結果」。（註：指在2CH上以字元圖畫成的二人組）自己本來就是抱著這種念頭奮鬥，要說這是符合預定的發展倒也沒錯。不過之前有聽說過長耳族不容易懷孕，所以我只是因為出乎意料地快，現在有點困惑而已。

「那個，魯迪……你覺得怎麼樣？」

希露菲滿臉不安。她居然問我覺得怎麼樣，我到底該有什麼反應才對？

因為太突然了，腦中一片混亂。

「我……我可以摸摸看嗎？」
「咦？啊……可以，請。」
我輕輕摸著希露菲纖瘦的腹部。纖細的腰肢，脂肪不多的緊實腹部，摸起來很溫潤柔軟。
雖然和平常相同，但是剛才聽過那些話後，我總覺得好像變大了一點。
不，只是錯覺吧，應該還不到能摸出來的時候。
「是嗎，這裡有……我的孩子嗎……」
實際說出口之後，我覺得喉嚨深處似乎有一股東西往上衝。
這是什麼，我好想大叫。
我的小孩……我有小孩了。還沒有現實感，但是，該怎麼說？我非常高興。不，「高興」這形容完全不足以表達我的心情。這是什麼，到底是什麼……
「哥哥大人，您是不是該對夫人說些話呢？」
聽到愛夏的發言，我終於回神。
「咦？」
該說的話？是什麼呢？恭喜嗎？不對，不是那樣。
謝謝。對，是謝謝。
「希露菲，謝謝妳。」
「咦？謝謝？」

希露菲露出淺淺的苦笑。我說錯了嗎？那麼，正確答案是什麼？我翻找著自己的知識，保羅當初對塞妮絲說了什麼？快點回想起保羅知道塞妮絲懷了諾倫時，到底說了什麼？

我記得都是一些稱許塞妮絲「做得好」的發言。那傢伙為什麼那麼高高在上啊，他該不會誤以為能否懷孕全都要看女性有沒有努力吧？有可能，那傢伙確實有可能那樣想。

……懷孕，希露菲懷孕了。這個可愛的女孩懷了我的孩子，我……

光是想到這些，心中就浮起無法用言語形容的感情，眼淚不由自主地奪眶而出。

「抱歉，總覺得……不知道該怎麼說才對，希露菲……」

「……哇！魯迪？」

我一把抱住希露菲。原本想直接把她舉高，兩人一起轉圈，不過又想到不能對她太粗暴，動作要輕，要溫柔一點才行。因為有可能會影響到肚子裡的小孩。

「……嘻嘻，魯迪你一直很想要小孩嘛。」

希露菲伸手環住我的背，輕拍了幾下。

我又緊緊摟住她一次，然後才鬆開手，和希露菲彼此凝視。她圓圓的雙眼裡照出我的臉孔，滿臉淚水真是難看極了。

希露菲很快就閉起眼睛。我輕撫著她的頭，然後吻向她的嘴唇。感受到柔軟的觸感，這就是愛嗎？

「嗯哼！」

聽到愛夏的咳嗽聲，我總算回神。

原來自己不知不覺之間已經揉起希露菲的胸部和屁股。

「哥哥大人，顧慮到夫人的身體狀況，請暫時嚴禁性行為。」

不行不行，這個時期不能出手，不管希露菲再怎麼可愛也不能出手。唔，可是如果算是兩個月，其實我們之前也有做，只是稍微的話……不，不行，還是忍耐吧。

「嗯，當然要嚴禁。」

愛夏輕輕一笑，拉起裙角。

「不然的話，這段期間也可以由我來擔任對手喔。」

「說什麼鬼話。」

愛夏失望地垂下頭。雖然很感謝她的好意，但是不知道為什麼，我對她就是提不起性趣。

不過呢，其實我並不認為對妹妹出手的行為本身是什麼壞事。

所以這樣正好。自己在這個世界裡，不會做出導致家庭崩壞的事情。

「那麼哥哥大人，我接下來要去向愛麗兒大人報告這件事情，畢竟夫人的工作應該要暫停一陣子會比較好。」

愛夏一臉正經地說明。懷孕之後沒辦法擔任護衛，確實是請假比較好。

「不，我去吧，由我自己去說明才合乎禮儀。」

「唉……哥哥你應該要陪著希露菲姊姊啊，你們還有很多話想說吧？」

結果被妹妹嘆著氣勸退。有很多話想說……對了，例如今後種種，我們必須商量很多事情才行。

「那麼我出門了。」

「嗯，拜託妳了。」

愛夏一個人離開，留下我和希露菲。

我和希露菲並排坐在沙發上。

我戰戰兢兢地握起希露菲的手，她也回握住我的手，然後靠到我的身上。

「……」

「…………」

我不知道自己該說什麼才好。

雖然腦中浮現「我會負起責任」這句話，但是我們已經結婚了。

「那個，希露菲……」

「什麼事，魯迪？」

「我想今後應該會很辛苦，所以……請妳多多關照。」

「嗯，交給我吧。」

希露菲嘻嘻一笑，把頭枕到我的腿上。我用另一隻手摸著她的頭，輕搔她的耳後。

「那個，魯迪……」

「嗯。」

「你覺得男孩子好？還是女孩子好？」

聽到這個突然的問題，我感到很困惑。也對，小孩子有兩種。

「不過，其實也沒辦法選呢。」

希露菲這樣說完，靦腆地笑了。

男孩和女孩，哪一邊比較好呢？會生下男孩還是女孩呢？

如果考慮到繼承家業之類的理由，果然長子是男孩會比較好嗎？不，反正我們家又不是古時候那種武士家，讓女兒繼承也不會有問題吧。更何況講到我目前的財產，其實根本沒什麼大不了。

應該不必想得那麼複雜。

男孩或女孩……如果是生前的我，肯定會毫不猶豫地回答女孩。而且還會一臉低俗地表示自己要用數位相機每天拍下女兒的女孩子部分如何成長，並寫下觀察紀錄。真是愚蠢透頂。

但是，我現在已經覺得哪一邊都好。只要孩子健康有活力，這樣就夠了。

「可是啊，魯迪。我總覺得安心了。」

「為什麼？」

「因為我覺得這樣一來，自己好像終於可以真正成為魯迪的妻子。」

「……」

不管在哪個世界，男女成對就是為了要留下子孫。或許希露菲之前也多少感到不安，或是該說有點焦急，因為她的體質不容易懷孕。當然，根本不需要擔心那種事。

「只是關於那方面，魯迪你從現在起就得忍耐一下了。」

「那不能說是忍耐。」

而是所謂理所當然的義務，我跟保羅可不一樣。

「要是我對其他女孩出手，妳可以真的生氣。」

「……我不會生氣，不過可能會覺得有點寂寞。」

她只會覺得寂寞，不會有更進一步的反應嗎？不，可是啊……以常識思考，當然無法背叛自己的老婆吧。

站在相反的立場想想看吧。

「如果換成有其他男人對希露菲出手，我認為自己會生氣。」

這樣說完，希露菲嘻嘻笑了。這是專屬於我的笑容，真開心。

我們兩人暫時都沒有開口，度過一段平穩的時間。

傍晚，愛夏帶著諾倫回來。

「恭……恭喜妳，希露菲小姐。」

「嗯，謝謝妳，諾倫。」

諾倫對著希露菲低下頭。希露菲微微一笑，摸了摸她的頭。

被摸頭的諾倫稍微笑了，看起來似乎並不排斥。她喜歡被摸頭嗎？總之，兩個人關係融洽就好。

「原本各位大人想今天就過來致意，但是我麻煩他們延到日後。」

愛夏淡淡地報告，似乎是揣摩出我希望今天只有家人團聚的意願。

所以她才會只帶諾倫回來。

老實說，我並不覺得自己有表現出那種意願，不過也沒關係。畢竟要是有人現在來跟我說這說那確實會讓人惶恐，或者該說會讓人很難為情，應該要緩個幾天比較好。

「另外愛麗兒大人下達夫人最少要休假兩年的命令，還有要記得先向學校申請休學。另外，親家奶奶艾莉娜麗潔大人自願在這段期間內負起責任，擔任愛麗兒大人的護衛。」

「奶奶她不要緊嗎，還有詛咒的問題……」

「艾莉娜麗潔大人表示會想辦法解決，應該不會有問題。」

畢竟艾莉娜麗潔看起來很擅長自我管理，而且還有魔道具。

想來沒問題吧。更何況不管是空教室也好體育倉庫也好，有很多上課中也能拿來利用的地方。

「札諾巴大人預定五天後的傍晚來訪，聽說他要在這邊用餐，我會先做好準備。愛麗兒大人預定在十天後，同樣會在傍晚光臨。我有請教是否要準備晚餐，對方回覆沒有必要。克里夫大人和親家奶奶艾莉娜麗潔大人這兩位會和愛麗兒大人一同前來。莉妮亞大人和普露塞娜大人決定過一陣子會找適當時間前來露個臉，還不確定具體的日程。七星大人有表達祝賀，內容只有一句恭喜。另外沒有找到巴迪岡迪大人，不過我有留下口信。」

愛夏很平靜地報告，看起來就像是個祕書，她真的很優秀。

「這樣啊。辛苦妳了，愛夏。」

「是，哥哥大人。」

愛夏回答後，哼了一聲看向諾倫。

諾倫則是以不高興的表情回看愛夏。

愛夏在我的面前似乎很想展現自己的優點，經常做出這種動作。大概是同父異母這事讓愛夏心裡總是有點疙瘩。

雖然我叮囑她不必介意，也說過雙方平等，不過這兩人依然經常因為一些小事吵架。俗話說感情好才會吵架，只要沒演變成冷戰狀態，應該就不要緊吧。而且她們吵架時也不會說出什麼致命性的發言。

「話說回來，如果告訴爸爸家裡要有新成員了，他回來時會嚇一跳吧。」

「爸爸！」

聽到我這麼說，諾倫的表情一口氣開朗了起來。

諾倫是個很愛爸爸的孩子，我想她以前一定說過將來的夢想是嫁給爸爸。

「我想看看爸爸吃驚的表情！」

「嗯，爸爸是那種會很寵孫子的類型，他一定會很高興。當初諾倫和愛夏出生時，爸爸也是樂到不行。」

我這句話讓愛夏和諾倫都露出有點為難的表情，聽到自己根本不記得的往事或許會讓人有點尷尬吧。

「真讓人期待呢，哥哥。」

聽到諾倫這句話，大家都面帶笑容。

自己和希露菲結婚，保羅和塞妮絲還有莉莉雅也在，還有兩個妹妹。

我心想，從前在布耶納村曾描畫過的理想已經近在眼前。

然而兩個月後，我收到噩耗。

使用緊急快捷送來的那封信上的寄件日期是半年前，寄信人是基斯。

內容符合快捷的特色，只有極為簡短的文字。

「塞妮絲難以救出，請求支援」。

看到這句話的那一瞬間，我的眼前變得一片空白。

★★★

等我回神時，已經待在一間純白的房間裡。

外型恢復成肥胖又自卑的模樣，同時精神也煩躁起來。我不爽地看著前方。

那傢伙就在眼前，藏在馬賽克後方笑個不停的人神。

「嗨。」

喂，那個是怎麼一回事？

「你是指哪個？」

我是說那封信！基斯寄來的信，說塞妮絲難以救出，到底是怎麼一回事！

「也沒哪回事，就是事態很棘手吧。」

你這傢伙不是說過嗎！說我要是去貝卡利特大陸就會後悔！

那句話是怎樣！你騙我嗎！

「我才沒有騙你。你去了貝卡利特大陸就會後悔，這點到現在還是沒變。」

噢，是嗎，我懂了。換句話說就是那樣吧，其實你的意思是要告訴我……

去了貝卡利特大陸就會後悔，但是，不去也會後悔吧！

「沒那回事。實際上，你到昨天為止有後悔過嗎？你結交很多朋友，認識各種人物，自己也稍有成長。身體的異常治好了，和妹妹的關係也有改善。而且還結了婚，甚至有了孩子。」

……這種生活是不錯，確實不錯。但是啊！你明明說過！叫我不要去貝卡利特大陸會比較好！你騙了我！

「我沒有騙你。實際上我現在還是要說同樣的話，不要去貝卡利特大陸比較好，否則你會後悔。」

可……可是，我的家人碰上危機了啊，至少要告訴我理由吧。

「那個我不能說。」

可惡！說起來，你確實是這樣的傢伙。

「講得真難聽，明明我的建議總是有幫到你。」

幫到我跟欺騙我是兩回事。我說，你至少……至少透露一些情報吧。我到底會後悔什麼事？現在這樣子，連要把條件放到天秤上衡量都沒辦法。

「一般人根本沒機會衡量呢，你也過太爽了。」

管他是過太爽還是怎樣都行，總之我不想後悔。

「稍微想想就懂了吧。你過了一年半的學校生活，而你的妹妹們則是花了一年來到這裡。毫無疑問是錯過了吧？」

不，妹妹們是收到我的信之後才過來這裡。如果沒有那封信，她們應該會留在米里斯或港口。

「不，就算沒有你的信，保羅也會把女兒送回阿斯拉王國，因為那裡有莉莉雅的家人。」

……原來如此，這麼一講確實有理。

「到了現在也是一樣。如果你踏上旅程，那樣一來，和希露菲的小孩要怎麼辦？前往貝卡利特大陸，然後再回來……這段期間內，你要讓自己的妻子一個人面對嗎？」

意思是不管我怎麼做，到頭來都會後悔嗎？

「沒錯，就算你不想後悔也躲不開。一旦前往貝卡利特大陸，你會錯過巨大的機運。所以，還是不要去比較好。」

嘖……

算了……既然你已經講得這麼白，那麼我一定會後悔吧。我明白了。

「是嗎。那麼，要聽建議嗎？」

嗯，就姑且聽之吧。

「嗯哼。魯迪烏斯，你要等待下一次的發情期。到了那時，莉妮亞和普露塞娜應該會來誘惑你，你要和她們其中之一發生關係。那樣一來，你就會變得更加幸福吧。」

喂喂，怎麼突然叫我搞外遇？我已經決定要為希露菲守貞了啊！而且基本上，我和那兩個傢伙根本不是那種關係！

「更加幸福……更加幸福……更加幸福吧……」

我的意識在回聲中逐漸遠去。

★ ★ ★

當我醒來時，發現自己躺在床上，希露菲正擔心地看著我的臉。

「啊，魯迪，你還好嗎？是不是作惡夢了？」

「嗯……」

我不記得收到那封信之後發生了什麼，只記得自己陷入茫然若失的狀態。或許是因為最近過得太順利了，所以打擊特別大。

基斯寄來的信，信裡請求救援的內容。到底發生了什麼事？

可是，必須考慮到人神的發言，也就是我現在出發卻和他們錯過的可能性。

這種想法或許有點過於樂觀，不過那封信說不定只是基斯慌亂中自行寄出。

沒錯，寄信人並不是保羅，而是基斯，那個猴子臉的新人。

那傢伙為什麼會寄這種信給我？是因為他也在幫忙尋找塞妮絲。至少保羅的信上並沒有提到基斯的名字，所以應該是基斯獨自尋找塞妮絲，然後找到了吧。

寄件日期也是半年前。說不定他寄信的時間是在和保羅他們會合之前，而且還是因為當時已經束手無策才會寄信給我，搞不好還把同樣的信也寄給了保羅。然而後來卻立刻和保羅會合，順利解決問題……有可能是這樣。

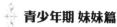

這些推論全部都是「或許」。

實際上狀況如何，身在遠處的我完全不得而知。

而且也要顧慮到和希露菲的孩子。無論途中如何趕路，前往貝卡利特大陸至少也要花上一年。從這邊到東部港的路程已經走過一次，或許能再縮短一些時間。可是，就算半年能夠趕到，來回還是要耗時一年。

果然不行。我不能把孕婦丟著不管，自己離開。

「你一定是在煩惱那封信的事情吧。」

「……」

我無法回答。畢竟之前承諾過希露菲，答應自己不會突然不見。我確實這樣和她約好了。說什麼「只要事先告知就不算突然」只不過是詭辯。

就算彼此有好好討論，或是我有留下能讓對方接受的書信，被留下的那一邊還是很痛苦。

「那個，魯迪……你可以不必那麼在意我的事喔。而且還有愛夏陪我。」

希露菲臉上帶著有些心酸的表情，她怎麼可能沒有不安。當然，希露菲沒有懷孕的經驗，也沒有面對過會一天天變大的肚子，以及連上樓梯都越來越辛苦的生活。

而且我說不定會死在路上，也有可能再也回不來。

希露菲必須去抵抗這樣的不安。

「……我不去，我會陪在希露菲身邊。」

聽到我這麼說，希露菲露出為難的表情。

人神的發言還殘留在我腦中。那些告訴我不管選了哪邊，到頭來都會後悔的發言。

之後，三天過去。

不管是希露菲、愛夏，還是諾倫，每個人都一臉不安。我已經宣布自己不會前往貝卡利特大陸，但是這個決定真的沒有錯嗎？我並不確定，也無法判斷。儘管已經宣布，實際上卻還在猶豫。

能商量這件事的對象並沒有那麼多。

其中之一是艾莉娜麗潔。

「也對，你那邊還是留下來比較好。」

你「那邊」。聽到這句話，我察覺出艾莉娜麗潔的真正意思。

「難道艾莉娜麗潔小姐妳……要趕過去嗎？」

「魯迪烏斯，希露菲是我的孫女，讓我為孫女夫妻盡一點心力吧。」

看樣子那封求救信也有寄給她。

可是，明明艾莉娜麗潔也有必須留下的對象，她卻決定離開。

「護衛愛麗兒公主的工作該怎麼辦？」

「在學校裡的期間幾乎不會有危險，甚至讓人覺得特地去護衛她是一件很蠢的行為。」

就算危險很少，還是有可能碰上什麼緊急狀況，所以才需要護衛吧。不，這是愛麗兒自己要考慮的事情，艾莉娜麗潔是出於善意才幫忙護衛她，愛麗兒沒有理由阻止。

「克里夫那邊要怎麼辦？」

「我會和他分手。或許他會恨我，但這也是沒辦法的事情。」

「妳為什麼不跟他說明呢？我想克里夫可以明白。」

艾莉娜麗潔靜靜地笑了。不是平常那種妖艷的笑容，而是帶著寂寞的笑容。

「克里夫是個純真的孩子。他有才能，也很積極，具備將來或許能成為教皇的器量。對我的愛只不過是年輕人一時昏頭……就當作是這麼一回事才是最好的辦法。」

講成這樣……克里夫未免太可憐了。

米里斯教的教義要求信徒對伴侶專一。要是艾莉娜麗潔離開，克里夫的信仰心或許會動搖。那傢伙雖然是個有骨氣的男人，萬一失去信仰，還是不知道會變成什麼樣子。

「而且……」

最後，艾莉娜麗潔這樣說道。

「當初是我建議你留下來待在這地方，所以至少，請讓我去收拾爛攤子。」

聽到她斬釘截鐵的語氣，我一時無言以對。

「你就把這件事交給我處理，在這裡慢慢等待吧。只要在我回來時，能讓我見到健康活潑的曾孫就好。」

艾莉娜麗潔的意志似乎非常堅定。

我也去找札諾巴商量了一下。即使聽完我的想法，他的表情還是沒有變化。

「這樣啊，不過師傅您很快就能解決問題回來此地吧。」

而且還滿不在乎地如此回答。

「本王子會在這裡一邊繼續研究一邊等待，希望您能盡早回來。」

「我還以為你會叫我不要去，或是會說要跟我一起去。」

以前在西隆分別的時候，札諾巴哭了。說不定自己在期待這次也會發生同樣的狀況，不過，札諾巴的態度卻正好相反。

「如果師傅希望本王子同行，本王子自然無法拒絕……但是本王子不習慣在外旅行，想必會拖累師傅。更何況……」

札諾巴看了茱麗一眼。

「也不能帶著她長途旅行。」

茱麗年紀還小，雖然把她留在這裡交給金潔照顧也是一個辦法，然而那樣會造成研究停滯。要是帶著她一起旅行，每天把魔力幾乎耗盡的訓練也很危險。

「札諾巴……我該去嗎？」

「那是該由師傅您自己決定的事情。」

該由我自己決定的事情。這句話聽起來很像是要置身事外，但是我就是想找他商量啊。
這時，札諾巴突然又開口說道：
「不過，師傅。如果可以讓本王子講個意見……」
「嗯？」
「就算父親沒有親眼看到，小孩依舊會出生。如果您無法放心，那麼應該要去。在這段期間，本王子會負起責任保護夫人。」
札諾巴這些話充滿親身經歷過的實際感受。也對，畢竟國王不會親自一個個關心懷孕的王妃和側室。
「當然，本王子很希望隨時陪在師傅身邊。」
「是嗎……謝謝你，札諾巴。」
希露菲不是只有一個人。有愛夏在，還有愛麗兒他們。
不是一個人，她不是孤單一個人。

自己該前往貝卡利特大陸嗎？
還是不該去？
艾莉娜麗潔說她要去所以叫我在這裡等，札諾巴說這裡交給他所以我應該去。
我到底該怎麼做？自己是不是該去？札諾巴說的很有道理，確實只要母親健康，小孩子自然會平安出生，父親在不在都無所謂。

不，這啥蠢話。我又不是國王之類的大人物，父親當然是在場會比較好。

希露菲說過要我不必在意儘管去，但她畢竟是第一次生產，絕對會感到不安。

其實她應該很想哭著叫我別走。

而且，雖然我之前動不動就跟希露菲說想要孩子，可是實際上，連我自己也不確定是不是真的那麼想要小孩，反而是希露菲很真摯地承受了我這個願望。

在她懷孕之後跑去旅行的行為，是不是一種背叛呢？

但是，我覺得自己至今為止，總是把保羅他們的事情往後放。每次都優先處理自己的事情，還為了治療ＥＤ來到學校。

正因為如此，正是在這個時候，我是不是該去幫助保羅，幫助家人呢？

那些因為擱置而欠下的帳，現在難道不是必須去還清的時候嗎？

……我無法判斷，感覺無論怎麼選擇都會後悔。

我在煩惱中迎接第四天。

已經好幾個晚上都難以入眠，早上也打不起精神訓練，只能在玄關發呆。

這個城市的夏天依舊相當涼爽，特別是清晨甚至還有點寒意。

我茫然地望著朝陽慢慢升起。

「……啊！」

這時，背後突然傳來聲音。我回頭一看，大門開了，站在那裡的人是諾倫。她揹著我在冒險者時代用過的大包包，而且包包被塞得很滿，一副會讓人聯想到長途旅行的打扮。不過或許因為她只有十歲，看起來反而像是要去郊遊……

「……」

我默默地看著諾倫，諾倫則是很尷尬地轉開視線。臉上表情就像是惡作劇被逮個正著。

「妳要去哪裡？」

「……」

諾倫沒有回答，所以我再度發問。

「妳這是想去哪裡？」

諾倫看了看我，以下定決心的態度開口。

「哥……哥哥你不去的話，我想自己去。」

我再度仔細觀察她，所謂想去的地方應該是指貝卡利特大陸吧。

所以我又看了看諾倫。諾倫還很小，真的很小，才十歲而已。

「……」

她準備的行李是不是根本沒有把必要的東西備齊？看起來好像有帶錢，但是她知道該怎麼用嗎？有把路線調查清楚嗎？有避開危險的手段嗎？她會不會才踏出這個城鎮，就立刻被綁票集團抓走？

「諾倫，妳辦不到。」

「可是哥哥……爸爸和媽媽他們碰上困難了啊！」

諾倫那盈滿淚水的雙眼轉向我。

「為什麼……哥哥你為什麼不去救他們！」

她問我為什麼。當然是因為我的孩子要出生了，這裡有我的家人。

「哥哥你明明非常強，也有能力應付旅程！為什麼卻……」

我確實有能力應付旅程。雖然不敢說比得上艾莉娜麗潔，但是我也曾以冒險者身分度過五年。

擁有不少相關的知識和訣竅。即使比上不足，也還算是相當有能力吧。

如果是現在，就算沒有瑞傑路德，或許我也有辦法闖越魔大陸。

「……」

沒錯，我可以辦到。雖然我一直在去或不去這兩個選項中猶豫，然而我並不是像諾倫這樣即使想去也去不了。自己擁有能力，從這裡往返貝卡利特大陸的能力。正因為如此，基斯才會寄信向我求援，不是寄給別人，而是寄給我。

「……諾倫，我明白了。」

「哥……哥哥……？」

照顧希露菲這件事，有其他人可以幫我做。但是，救援行動非得我自己去才行。

除了我以外，沒有別人。沒有其他人能夠闖越貝卡利特大陸，前往迷宮都市拉龐，然後解決在那裡發生的問題。

「由我去吧。諾倫，家裡的事可以交給妳嗎？」

諾倫的表情一整個明朗起來。不過她立刻抿緊嘴唇，以非常認真的表情點了點頭。

「是！」

「妳不可以和愛夏吵架，還有要幫忙希露菲。」

「……是！」

「嗯，好孩子。」

我覺得自己很對不起希露菲，也很對不起即將出生的孩子，他們說不定會因此對我心灰意冷。

不，不對。此時此刻，我應該要相信希露菲才對。

「我……要前往貝卡利特大陸。」

去那裡救出我的家人……我如此下定決心。

第八話「道別的問候」

貝卡利特大陸是和中央大陸隔海相對的另一塊大陸，目的地迷宮都市拉龐則位於大陸東側的內陸地區。

能前往貝卡利特大陸的路線有兩條。

第一條是先移動到中央大陸的右下角落，再從王龍王國的港口都市東部港搭船前往。如此一來會從東側登陸貝卡利特大陸，雖然有點繞了遠路，不過在貝卡利特大陸上移動的距離比較短，是安全的路線。

另一條路線則是在阿斯拉王國的港口搭上船，從貝卡利特大陸的北側上岸。這條路線必須橫越貝卡利特大陸所以有點危險，但是可以大幅縮短時間。

根據位置來評估，前者大概要耗上十八個月，後者則是十二個月左右。就算能找到高效率的移動方法，還是絕無可能在七個月內往返。換句話說，我趕不上預產期。

要擔心的問題不只這個。

我這次的行動將會完全違背人神的建議。畢竟是那傢伙，說不定他早就把我違抗建議的情況也一併假設進去。然而一旦像這樣徹底抵觸，果然還是要另當別論吧。

舉例來說，這種狀況很類似我回到中央大陸後選擇不前往西隆王國。如果我當初沒有前往西隆王國，就不會認識札諾巴，莉莉雅和愛夏也會一直遭到囚禁。只是那樣時間將會錯開，我們可以不必遇上奧爾斯帝德。

那樣一來，現在會演變成什麼狀況呢？大概會順利到達難民營，然後還是會和艾莉絲睡上一晚再被甩掉吧？接著大概要過了十年才會知道莉莉雅她們的下落，因此感到非常後悔吧。

沒錯，那傢伙說過我會後悔。不管是上次的建議還是這次的建議，都一樣說我會後悔。

原因恐怕和某些限定時期的事情無關，而是只要我前往貝卡利特大陸就會後悔。

我不知道自己會為了什麼事情後悔。

不過可以想像出幾個理由。例如，說不定……自己會失去什麼，可能是右手或左手，甚至有可能是保羅或塞妮絲的……不，還是不要想那麼多吧。

反正不管怎麼樣，就算我決定不去，接下來的一兩年也只能憂鬱度日。

而且結果還有可能是收到哪個人的死訊，遭到身心俱疲的保羅或基斯責備。

可能碰到的情況多得數不清。所以我只能去，即使明知會後悔也還是要去。

我決定先去找艾莉娜麗潔商量。因為告訴希露菲後萬一她哭了，我的決心恐怕會動搖。所以想先告訴周圍的人，藉此鞏固自己的決心。

我通知艾莉娜麗潔前來學校裡的空教室，在那裡宣布要前往貝卡利特大陸後，她露出苦悶的表情。

「是說……魯迪烏斯，我有叫你留下來吧？」

「嗯，但是啊……」

看到我吞吞吐吐的樣子，艾莉娜麗潔繼續說道：

「況且基本上，那封信有可能只是基斯的莽撞判斷。」

「莽撞判斷？」

「魯迪烏斯你應該也知道吧？那傢伙有時候會自以為是地搶先行動，卻根本沒有確認過重要事項。」

也對，感覺這也有可能。基斯確實是那種會把真相矇混過去，意圖暗中行動的類型。

「所以這次很有可能也是那樣。搞不好再等一個月左右，我們就會收到『撤回前言，塞妮絲平安』的信件。」

「我也有考慮過那種可能性。」

或許自己趕到當地時，保羅等人已經解決問題，結果反而和他們錯過。確實有可能會發生那種事……

「可是仔細想想，基斯怎麼會知道我在哪裡呢？這不是很奇怪嗎？」

「……咦？」

「我們是在一年半前寄信給保羅說要留在這裡吧？如果基斯半年之前就已經在待在貝卡利

特大陸上，他是怎麼知道我們人在哪裡的？」

畢竟光是移動就要花上將近一年，信件遞送當然也會耗費相當長一段時間。這並不是用手機互傳簡訊那麼簡單的事，就算是特別的快捷件也要半年以上才會寄到，時間根本對不起來。如果基斯當初是和艾莉娜麗潔一起來到這裡才立刻分道揚鑣前往貝卡利特大陸，或許還可以另當別論，但是一直待在貝卡利特大陸的傢伙為什麼會有辦法知道我們目前待在哪裡？

「思考這問題後，我推測基斯已經和父親他們會合。所以他才會知道我待在哪裡，並且寄出那封快捷。」

「那麼，為什麼寄信人是基斯呢？」

「我想可能是基斯擅自決定寄信，或是父親的自尊心在作梗吧。」

「自尊心……」

艾莉娜麗潔把手放在下巴上思考。保羅之前寄給我的信裡有提到後面的事情可以交給他處理，或許是這件事反而成了阻礙，讓他很難開口找我們求助。

艾莉娜麗潔看著我沉吟了好一陣子，最後，她終於點了點頭。

「……實在不得已，我們兩個一起去吧。」

我不知道她內心有過什麼掙扎，不過艾莉娜麗潔還是帶著苦笑這樣提議。

看起來就像是早就知道會演變成這樣。

於是，我們決定要結伴前往貝卡利特大陸。

一個小時後。

「那麼，我們立刻來選出路線吧。」

艾莉娜麗潔回到自己的房間，拿來一張大型地圖，大概是為了旅行而事先準備的東西。我們兩個面對著面，一起看向地圖。

這是一張沒有標明詳細道路和城鎮所在，只能看出大陸輪廓和山脈位置的簡易地圖。

艾莉娜麗潔這幾天似乎已經調查過路線，拉龐的大概位置和途中的重要據點都做了記號。

果然正如我的預想，有兩條路線可以走。

「總之，能越快到達拉龐越好。」

艾莉娜麗潔指出比較短的那條路線，也就是從北方登陸的路線。

「但是，從北方登陸的路線很危險啊。」

這條路線的風險很高。畢竟我們不清楚詳細路徑，還要橫越危險的大陸。關於和魔物的戰鬥，我還算頗有自信，所以戰力方面並沒有不安。話雖如此，未知的土地還是令人畏懼。

「魯迪烏斯，我記得你懂鬥神語吧？」

「咦？是啊，不怎麼道地就是了。」

「那麼，我們只要在當地僱用嚮導和護衛就行。」

「原來如此。」

在熟知旅行訣竅的艾莉娜麗潔建議下，我們很快選定路線。

接下來，規劃出這趟旅行的大致行程。

首先，要在這城市裡買下馬匹。行李只要帶上差不多能到達阿斯拉王國的分量，因為行李太重會拖慢移動速度。然後途中更換馬匹，在體力許可的範圍內儘快前往阿斯拉的港口。

到達阿斯拉的港口後，在那裡買齊裝備和食物，尤其是食物方面。畢竟到了貝卡利特大陸之後，不見得還能買到充足的食物。所以就算阿斯拉的物價比較高，還是要把食物確實備齊。

準備好之後，我們就搭船前往貝卡利特大陸。直接在貝卡利特大陸的港口僱用嚮導，再根據情況決定是否要追加幾個護衛。到時候由艾莉娜麗潔負責交涉，我擔任口譯。接下來在嚮導的帶領下穿越貝卡利特大陸，往拉龐移動。

在拉龐和保羅他們會合，解決問題。然後就可以沿著原路返回。

「我已經走過好幾次到阿斯拉為止的這段路程，所以不必擔心。問題是要如何選擇帶去貝卡利特大陸的行李……」

畢竟也不是什麼都能帶去。到時候如果能弄到馬車會輕鬆很多，不過聽說貝卡利特是遍布著沙漠的土地，應該會有別種運送手段吧，就像魔大陸的大蜥蜴那樣。我個人推測是駱駝。

「行李方面，就由我想辦法根據經驗準備吧。」

「果然薑是老的辣。」

「請不要那樣奉承我。」

我自己也當過五年左右的冒險者。然而和艾莉娜麗潔這樣的老手相比，甚至只能算是菜鳥。所以有很多事情都要全面拜託她處理。

「而且我們的體力很好，可以採用比較嚴苛的急行軍。」

「是啊。」

艾莉娜麗潔大概可以因應，問題是我的體力可以支撐到什麼地步。雖說自己有持續鍛鍊，但是會不會拖累慣於旅行的艾莉娜麗潔呢？

我覺得大概沒問題吧。

「正好，這一帶有飼養適合長距離移動的馬匹。」

目標是在兩個月內抵達阿斯拉的港口。我不知道搭船渡海需要多久的時間，先假設為一個月。

至於在貝卡利特大陸上的移動時間，雖然我們兩個都沒去過，不過聽說那裡的環境嚴苛，所以目標時間定為半年以內到達。

……單程最少八個月，來回要十六個月以上。

比我之前預測的時間還短很多。總覺得使用魔術似乎有機會再縮短一些，但是外行人自以為是的行動一旦失敗，很有可能反而會浪費更多時間。這次還是選擇能確實到達的方法吧。

此外，我們還一一確認在途中必須注意的問題。

應該稱讚艾莉娜麗潔不愧是老手吧。她針對細節逐條確認，排除雙方在認知上的差異，讓我們不會在旅途中出現爭執和意見衝突，也不會因為無聊爭論而浪費掉一整天的時間。
「問題是……」
最後艾莉娜麗潔把手放在下巴上，一臉為難。
我還以為大致上都決定好了，還有什麼問題嗎？
「我的……詛咒吧。」
「嗯……」
艾莉娜麗潔必須和男性進行性行為，否則會死。她身上有這種詛咒。
如果是隨性旅行那還好，只要繞去城鎮裡找個適合的對象解決就行。必須踏上長途旅行時，挑一支隊伍加入也是個辦法。但是像這種要趕路的行程，大概會碰上實在無法顧及這方面的時候吧。
「……」
「…………」
我們兩人都保持沉默。
這件事其實有辦法解決，只要我擔任她的對象就好。
我的ＥＤ已經治好了。和前來大學那時不同，如果她要求我獻身，想必可以辦到。
可是，我不願意背叛希露菲和克里夫。
「在這趟旅行的期間，我不會和艾莉娜麗潔小姐妳上床。」

「嗯，也對。」

「我們就在途中去利用妓院之類解決吧。」

雙方在旅程中都不會對彼此出手，還是先確實講好這一點吧。要不然，感覺會慢慢順水推舟最後就做了。

「話說起來，那個魔道具怎麼樣了？那東西不是可以減弱詛咒的效果嗎？」

「如果要把那東西帶走，就會被克里夫……」

「妳沒有告訴克里夫嗎？」

艾莉娜麗潔是不是想瞞著克里夫偷偷離開？

那樣做的話，克里夫未免太可憐了。

「怎麼能瞞著克里夫呢。」

「但是，我……」

「交給我吧，我會妥善處理。」

於是，我們一起前往克里夫那裡。

進入克里夫的研究室後，他笑容滿面地展示那個魔道具（尿布）。

「你們看，我稍微改良並縮小了尺寸。這樣一來，就算長時間穿著，胯下也不會因為摩擦而疼痛……」

「克里夫學長，你愛艾莉娜麗潔小姐嗎？」

我打斷他的話，直截了當地發問。克里夫愣愣地回看我。

「這還用問嗎？」

看他的表情，似乎覺得這問題跟「昨天有沒有吃飯」差不多，不愧是克里夫學長。

「不管發生什麼事，你都會一直愛著她嗎？」

「當然。我深愛麗潔，你也很清楚吧？」

「我就是想聽到你這句話。」

接著，我向他說明目前狀況。

我的家人似乎陷入困境，由於艾莉娜麗潔和我的父親也關係斐淺，所以她想去幫忙。然而這會是一趟長途旅行，這段期間內，艾莉娜麗潔很有可能和其他男人發生關係。另外，還說明了其他各式各樣的事情。

「……」

隨著我說明得越多，克里夫也越來越沉默。最後，他喃喃說了一句話。

「……我一起去的話，應該會拖累你們吧。」

實際上是那樣沒錯，不過這問題讓人難以回答。結果，回答他的人不是我，而是艾莉娜麗潔。

「沒錯。老實說，克里夫的體力無法負荷。」

平常的艾莉娜麗潔應該會更加委婉。

但是，這次她卻表示明確的拒絕。

「是嗎……」

克里夫似乎很不甘心地往下看，這個反應讓我感到很過意不去。

他現在想必心潮澎湃。一旦踏上旅途，艾莉娜麗潔無論如何都必須和別的男人發生關係。就算她的心還是向著克里夫，就算克里夫也很了解艾莉娜麗潔的詛咒，果然還是很痛苦吧。

「我說，艾莉娜麗潔小姐，還是讓克里夫學長也一起來吧。他會使用結界魔術，神擊魔術也是上級。體力方面或許真的不夠，但一定能派上其他……」

「不，沒關係的，魯迪烏斯。之前一起去冒險的時候，我就是個累贅。這次就算跟著去旅行，我一定也只會拖累你們。」

克里夫說完，把那個魔道具（尿布）放到我手上。

「魯迪烏斯。」

「是。」

「麗潔就拜託你了。」

老實說，我原本以為他會更加激動。

不過，看來克里夫對自身力量的理解果然比我想的更加客觀。

「麗潔。」

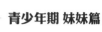

克里夫轉向艾莉娜麗潔，挺起比她矮一點的身體，然後輕輕抱住她。

「克里夫……」

他們兩人就這樣緊緊擁抱彼此。

「麗潔，等妳回來以後，我們就舉辦婚禮吧。雖然詛咒還沒有解除，不過我們可以先買間房子住在一起。一定是因為我過去都沒有做這些事，所以讓妳感到很不安吧？擔心我是不是嘴上說說而已。」

「啊啊，克里夫……我是個很過分的女人。這次也是，其實我本來想瞞著你離開。」

「雖然麗潔妳不是米里斯教徒……但是我想採用米里斯式的結婚儀式，可以嗎？」

克里夫是不是刻意無視艾莉娜麗潔的發言呢？不管怎麼樣，艾莉娜麗潔大概也不在意。她似乎已經因為克里夫的這番話而感動不已。

「啊啊，克里夫……我愛你！比世界上任何人都愛你！」

艾莉娜麗潔推倒了克里夫。

在克里夫的上半身被扒光時，我走出研究室。

接下來是屬於兩人的時間，電燈泡還是快閃吧。

不過克里夫那傢伙居然在這種時候做出結婚承諾，真是讓人徒增不安。

後來，我前往其他各相關處所致意。

這趟旅程預計耗費十八個月，換句話說，我至少要離開一年半。而且根據問題的實際狀況，恐怕會花上兩年吧。兩年是很長的一段時間，必須事先好好打過招呼才行。

第一個拜訪的對象是吉納斯副校長，至少事務相關手續最好要先處理妥當。

教職員室裡的他一如往常地面對成堆文件，正在精力充沛地工作。

「您好，吉納斯副校長。」

「噢，這不是魯迪烏斯先生嗎？好久不見。我也有收到消息，聽說賽文斯塔小姐那邊的大規模實驗已經成功了是吧？」

「嗯，要歸功於札諾巴和克里夫的協助。」

「原來是那樣。」

吉納斯副校長似乎也知道那個實驗的事情，原來他這邊會收到那些情報啊。

「那麼，請問今天有何貴幹？」

「我預計離校兩年左右，所以想辦理手續。」

「長達兩年嗎？」

「因為有很多事情擠在一起。」

「這樣啊……」

雖然也不是什麼說不出口的理由，不過吉納斯副校長沒有繼續追問。

「我明白了。那麼會為您辦理休學手續，等您回來之後，請再來我這邊報到。」

「休學兩年沒關係嗎？」
「普通學生的話是不太好，但是特別生可以特例獲得許可。」
一般學生大概會被退學吧。
「非常感謝您。」
「不，特別生就是這樣的制度。」
「那麼，可以麻煩您順便幫一個名叫艾莉娜麗潔的學生也辦理休學嗎？她雖然不是特別生，但是我這邊要請她擔任護衛。」
「是這樣……知道了，由我來想辦法吧。」
吉納斯副校長很爽快地答應幫忙，真是讓人感謝。
我向他表達謝意，然後離開教職員室。

才剛踏出教職員室，我立刻碰上莉妮亞和普露塞娜。
她們發現我之後，揮著手靠了過來。於是我也向兩人說明要離校兩年的事情。
「是這樣啊，會感到寂寞喵。」
「兩年的話，我們已經畢業了說，不會再見面了說。」
這句話提醒了我。她們現在是六年級生，再兩年就會畢業，然後回到大森林。
沒辦法親自送她們離開，讓人覺得有點寂寞。

「也對呢……」

話說起來，人神曾經要我和這兩人發生關係。等到大約兩個月後發情期來臨時，大概就會演變成那種情況吧。我試著仔細觀察她們。

「怎麼了喵，我身上有什麼嗎？」

莉妮亞。特徵是偶爾抖動的貓耳和搖來搖去的尾巴，還有看起來很健康的大腿。胸部也很豐滿，差不多是E或F吧。不過獸族女性都很有料，這樣應該算是平均水準。給人的印象就是一個健康的波霸少女，我想她在床上應該也會表現出讓人愉悅的強硬反應吧。

「聞聞……老大該不會覺得既然以後見不到了，所以想來一次的說？」

普露塞娜。特徵是柔軟的犬耳以及豐腴的身材。犬系獸族的胸部在獸族裡或許也特別驚人，我想大概是G。自己揉過幾次，觸感相當柔軟。如果能抱住她把頭埋進去，肯定非常舒服吧。

「抱歉。我只是突然想到前些日子有個人士建議我，等發情期來臨後就推倒妳們兩個。」

「真的嗎，老大。你對我們有那種意思喵？」

「因為你都不理會我們的誘惑，還以為被討厭的說。」

兩人有點驚訝，不過還是露出賊笑。

和她們上床。而且根據人神的說法，希露菲似乎不會責怪我。

我不知道那是因為希露菲正在懷孕，還是經過一場大吵之後的狀態。但是，既然人神說過會更加幸福，就表示最後是對我有利的結果吧。
雖然決定為希露菲守貞，不過我也是男人。果然還是有點動心，畢竟後宮是男人的夢想。娶她們為側室，和希露菲一起4P。其實也有這種未來等著我。
……不，沒有，那種未來打從一開始就不存在。
「莉妮亞、普露塞娜。」
「什麼喵？」
「什麼的說？」
我叫了她們的名字後，兩人都以略帶緊張的表情看我。
「我們還是繼續當朋友吧。」
兩人笑了起來。然後聳了聳肩，從兩旁戳著我的側腰。
「……真沒辦法喵，因為老大很怕寂寞喵。」
「我就當你的朋友說，背叛的話會討厭你的說。」
我和兩人都握了握手。仔細想想，這或許是自己第一次和她們握手。
女性朋友啊……我聽說過男女之間沒有純粹的友情，不過算了，就算多少摻雜著一點性欲，友情依然可以繼續只是友情，重點是彼此之間的距離感。
「那麼，以後有機會再見了。雖然不知道會是十年以後，還是二十年以後。」
「沒錯喵。十年之後我們會變得很偉大，到時要好好叩拜我們喵。」

「我們會征服大森林的說。」

「我會幫忙祈禱，希望妳們不會被手下推翻。」

對於發表野心的兩人，我只說了這樣一句話，然後就和她們分別。

如果運氣好，將來還會相見吧。

我來到七星的研究室前。

該怎麼開口提起這件事？其實七星很容易感到寂寞，和表面冷淡自大的態度相反，實際上她的內心裝滿寂寞。

既然我要離開兩年，等於研究會因此耽擱，七星能回到原本世界的時間也會跟著延後。所以她當然會找出各式各樣的理由挽留我，說不定還會語出威脅。萬一她說如果我敢離開的話就要×了希露菲，那該怎麼辦？不，我想七星沒有那麼病嬌啦。

「呼……」

我吐了一口氣，伸手敲門。

「請進。」

聽到回應之後，我走進研究室。原本看著桌上的七星抬起臉，望向這邊。

「什麼事？今天你來的時間跟平常不一樣。」

「其實，我是來告知一個壞消息。」

「壞消息？」

七星滿臉疑惑。算了，反正怎麼講都一樣，還是直接說吧。

「我的家人遇上危機，所以我要去旅行一趟，前往貝卡利特大陸的迷宮都市拉龐。來回大概要花上兩年的時間。」

「……咦？」

七星愣住一陣子之後，才撞開椅子站了起來。

她把雙手撐在桌上，一臉茫然地看著我。

「……貝卡利特……迷宮都市拉龐……兩年……？」

嘴裡還喃喃重複著我剛剛的發言。

「明明是我自己答應過要幫忙妳，實在很抱歉。不過，我無論如何都必須趕過去。」

聽到這些話，七星睜大雙眼，還用力倒吸了一口氣。最後重重坐回椅子上，抬頭看著天花板。

「兩年……」

「回來之後，我會好好繼續研究。」

「……兩年……」

七星雙手抱胸，一直喃喃說著「兩年」。

除此之外，她什麼也沒說。沒有挽留我，也沒有大吵大鬧。只是看著天花板，似乎在思考什麼。就這樣過了五分鐘，實在是讓人坐立難安的時間。

「那麼，我要告辭了。」

一切都是逼不得已。想來七星自己也知道，我幫忙她的實驗完全是基於好意。

其實她應該很想挽留我吧，只是忍住了。

我原本轉過身子準備離開。

「你等等。」

卻因為這句話而停下腳步。

老實說，自己不太想跟七星多說什麼，因為我很清楚她會阻止我。可是，還是把話說清楚會比較好吧？於是我抱著這種想法又轉身面對她。

七星從桌子最下層的抽屜裡拿出一本像是小冊子的東西。

然後翻開那本冊子，把其中一頁拿給我看。

「你看看這個。」

我按照指示看向那本冊子。

只見上面貼著一小塊地圖，而且我看得出來是哪裡的地圖，就是這城鎮周遭。話雖如此，比例尺好像有點大。

這張地圖的上方寫著大大的「N1」，位於西南的森林則標了個紅色的×，×記號的上方還寫著「B3」。

「這是什麼？」

「…………」

七星她顯然在猶豫，猶豫著到底該不該說。不過，她最後還是開了口。

「這是……記載世界各地的轉移魔法陣遺跡位置的地圖。」

轉移魔法陣？

「咦？」

我再度看向那本冊子。「B3」……難道是……

「那是前往貝卡利特大陸的轉移魔法陣。」

「我說妳……」

話說起來，我記得……七星說過她曾經和奧爾斯帝德一起旅行。

而且是利用散布在世界各地的轉移魔法陣到處移動。

「明明說過不記得位置了……」

沒錯，七星應該說過她不記得轉移魔法陣的位置。

「因為奧爾斯帝德叫我要封口啊，而且這是禁忌……那時候我認為反正自己也記不住，所以回答他說哪可能會講出去，可是……」

可是，她還是為了以防萬一而留下紀錄嗎？每到一個地方就偷偷買下地圖，或是自己畫出地圖。還若無其事地向奧爾斯帝德問出所在地的名稱，記下周圍有哪些城鎮和大概的位置……

B3

不是靠記憶，而是用紙筆記錄。

我翻看著這本冊子。

內容的完成度很低。如果是沒買到地圖或是連城鎮都沒經過的地方，則寫著：「左邊能看到山脈，大概是往東三天，渡過一條河，然後再走兩天可以到達」之類的註解。

她似乎是使用英文字母來表示大陸的名稱，數字是通過的順序。

N是中央大陸北部，S是中央大陸南部，W是中央大陸西部。MT是魔大陸，ML是米里斯大陸。

果然還是沒有天大陸……不過B是貝卡利特大陸。

不確定是哪一塊大陸的地方，就用X或Y來表示。這是能感受到七星奮鬥心血的一本冊子。

「我記得有聽過名叫拉龐的城鎮，而且還有印象。聽說只要從這個轉移魔法陣附近的集市往北移動約一個月就可以到達，我想應該沒錯。」

「妳說……一個月……」

我翻回剛才那一頁。從拉諾亞王國的魔法都市夏利亞前往西南方的森林……雖然靠這個地圖的比例尺很難判斷，不過大概是需要十天左右的距離吧？說不定實際上更近。

使用那裡的魔法陣前往「B3」這個地點。

我翻找冊子，「B3」在前一頁。從「B3」魔法陣到附近的城鎮看起來要一星期，接下來再走一個月，這樣計算下來……

四十七天，往返是九十四天，只要短短三個月就可以來回一趟。如果在那邊能一個月就解決問題……總共是四個月。

能趕上，可以趕上了。趕上希露菲的預產期。

雖然趕不上莉妮亞和普露塞娜的發情期，不過那方面根本無所謂。

「但是……真的不要緊嗎？不是禁止說出來嗎？」

「雖然我也很猶豫，不過之前麻煩你很多事。只是，我希望你不要到處宣揚。因為轉移魔法陣是禁術，消息一旦傳開，會立刻被國家毀掉。」

要是魔法陣被毀，奧爾斯帝德的移動手段就會減少。這筆帳，他應該會算到把這件事洩漏出去的七星或我身上。

奧爾斯帝德……一想到這名字就讓我忍不住發抖……我才不會說，對誰都不會說。

「謝謝妳，七星。真是幫了我很大的忙。」

「我只是想早點回去。」

七星這樣說完又哼了一聲，傲嬌真是麻煩啊。

我拿起冊子，彎下腰對她深深一鞠躬，然後志得意滿地轉身離開。

「啊，我忘了說。第一頁有寫明用來找出遺跡的識別標誌，還有破解隱蔽魔術的方法，記得先好好看過。」

「知道了，實在感謝。」

「我只是報恩而已。」

我以苦笑回應七星的發言，然後離開她的研究室。

接著，我回頭去找艾莉娜麗潔。

這趟旅程的時間能夠縮短。真是個好消息，她一定也會很開心。還有旅行計畫必須修改，單程一個半月……說不定可以帶著克里夫一起去。

發現嘴角不由自主地上揚，我拍打臉頰提醒自己繃緊精神，然後打開克里夫研究室的門。下一瞬間，文藝復興時期那幅畫裡的維納斯映入我的眼中。

「對不起，魯迪烏斯！我果然還是沒辦法離開！」

艾莉娜麗潔慵懶地躺在地上，而且只用一條毯子裹住模特兒般的身材，真是讓人心癢難耐的模樣。

我認為乍看之下，艾莉娜麗潔那宛如尼加拉大瀑布般平洩而下的胸部和苗條勻稱的身材顯得很藝術。不過呢，我完全感受不到任何藝術性，只覺得很色情。而且基本上，我根本不懂什麼藝術。只覺得如果把她做成人物模型，應該會顯得既帥氣又性感吧。

克里夫待在研究室角落，呈現法老王狀態。

他已經成了木乃伊，不過表情充滿幸福。我覺得這幅光景看起來更藝術，似乎還可以命名為《在性與死之間的掙扎》。

「我沒辦法忍受和克里夫分開兩年！就算這樣很不講義氣，但我還是不去了！」

女人是感性的生物，這句話從我的腦海裡閃過。

「更何況既然魯迪烏斯你自己要去，我根本沒有必要勉強跑這一趟吧？而且我和保羅之間還有心結，他應該也不想見到我吧？身為丈夫的魯迪烏斯你要遠行，那麼我的任務應該是要好好照顧第一次生產的孫女吧？」

「……」

當初聲稱可以把事情交給她處理，叫我留在這邊慢慢等待的帥氣女性已經不復存在。真是軟弱。我想她一定是在這幾個小時裡，去了一趟非常舒服的樂園吧。

「是這樣嗎？不過，其實我剛剛才得到最短只要三個月就可以往返的方法……」

「咦！」

「是什麼方法？」

艾莉娜麗潔呆住了。

我先確定克里夫還沒醒來，才湊到艾莉娜麗潔耳邊說道：

「其實，是七星她……」

「啊……不……不可以貼著耳朵，會有感覺啦。」

「妳給我認真聽。」

「我……我只是開開玩笑。」

我拿出七星的冊子，說明重點。也強調七星要求我們必須嚴格保密。艾莉娜麗潔翻看這本冊子，難掩臉上的驚訝表情。

「居然只需要這些天數就夠了……」

「沒錯。這樣一來，我可以趕上希露菲的預產期。」

「……真的有機會。」

單程一個半月，不算很長的旅程。艾莉娜麗潔的眼神也變了，透出可以接受這段時間的神色。

「嗯，如果是這樣就沒問題，我還是一起去吧。」

她似乎改變主意了，真是勢利啊。不過也對，畢竟兩年真的很長。

「如果是一個半月，克里夫學長的體力應該也可以跟上吧。」

「……不，我要把克里夫留下來。」

「真的好嗎？」

「因為克里夫一旦知道轉移魔法陣的事情，就會忍不住到處張揚。」

呃，我覺得克里夫學長不是那樣的人，應該不是……

不過在自己認識的人當中，他確實是最有可能不小心說漏嘴的人。

嗯，一大群人過去果然不妥。因為知道的人越多，祕密就越容易洩漏。

可是，畢竟那邊是碰上困境，我還是想帶上有實力的幫手，也就是少數精銳。

如果要舉例，適當人選就是瑞傑路德那樣的人。沒有其他人比他更可靠，而且他沉默寡言，想必不會把轉移魔法陣的祕密洩漏給任何人知道。

或是巴迪岡迪也不錯。既然那傢伙的年齡是以千年為單位來計算，或許他原本就知道轉移魔法陣的存在。而且巴迪岡迪好像也知道奧爾斯帝德的事情，我想讓他知情應該不會有什麼問題。

只是最近都沒見到這兩人，實在無法拜託他們。如此一來，講到其他能帶去的人選……沒了，畢竟札諾巴似乎也不習慣旅行。

……對了，要是到那邊才發現人手不足，乾脆回來找人也是可行的辦法。

現在是因為要踏上未知旅程所以特別謹慎，不過只要走過一趟，要再帶著哪個人過去想來不是難事。雖然到時必須透露轉移魔法陣的事情，不過總是要付出一點代價。

來回需要花上三個月，反過來說只要等待三個月，就可以確實獲得增援。

「總之，我們兩個人先過去看看吧。」

「我們要迅速解決，然後迅速回來。」

如此這般，艾莉娜麗潔的一時糊塗總算清醒了。

最後，我必須對希露菲坦白。

我把希露菲、愛夏以及諾倫都叫來客廳，然後主動開口。

「我想去幫助父親跟母親。」

「咦！」

希露菲輕輕驚呼一聲，臉上出現不安神色，也有些驚慌失措。

不過她卻立刻搖搖頭，一臉認真地點了點頭。

「嗯，我知道了，家裡的事情就交給我吧。」

「對不起，我沒能守住不會突然消失不見的約定。」

「不，魯迪有守住約定，因為根本不是突然離開啊。」

希露菲露出羞澀的微笑，然而這個笑容總讓人覺得有點不自然。其實到頭來，她心裡還是會感到動搖吧。我感到有點無地自容。

「那個，這次行動要耗費多少時間呢？差不多兩年？」

「不，其實在七星的協助下，這次能夠使用轉移魔法陣。所以，我想應該能在妳生產前趕回來。」

轉移魔法陣的事情也要先解釋清楚。畢竟不告訴希露菲的話，我還能跟誰說呢？

「咦！」

希露菲一臉驚訝地看著我，接下來果然還是換上不安的表情。

「轉移……真的沒問題嗎？」

彼此都因為那次轉移事件而吃盡苦頭，當然會產生這種疑問。

「我不知道。但是七星似乎實際用過，大概不要緊吧。」

「啊……嗯。」

希露菲依然滿臉不安。我把她摟了過來，在她耳邊輕聲說道。

「別擔心，我絕對會回來。」

「嗯。」

「對不起。」

「別這麼說。」

把接下來的事情交給對方處理是信賴的證據。然後，我對身穿女僕裝站在希露菲後方的妹妹開口。

「愛夏。」

「哥哥……」

愛夏露出比希露菲更加不安的表情。

「可以交給妳吧？」

「我想……應該沒問題，我有跟媽媽確實學過關於孕婦的知識。」

「如果覺得無法對應，要去找看起來可靠的人幫忙，不可以什麼事情都想自己一個人解決。妳雖然很優秀，但是缺少經驗，所以要讓有經驗的大人來協助妳。」

「是……是的！」

愛夏點了點頭。我還是有點不安，不過這也沒辦法，畢竟世上沒有任何人事物是完美的。

「諾倫。」

「是。」

「如果妳發現愛夏和希露菲似乎很緊繃了，要委婉地幫助她們。只是找她們說說話或是聽聽牢騷也可以。對於那種精神上的痛苦，妳應該很了解吧？」

「是！哥哥！」

「還有，不可以疏忽課業。」

「是！」

諾倫似乎幹勁十足，希望她不要因為太有幹勁而和愛夏吵起來。

好啦，另外還有什麼事情呢？應該先交代什麼事情呢？

「……對了，在我出發前，至少把小孩的名字先取好吧。」

我當然想要趕回來，不過凡事都有萬一。還是先想好名字會比較保險吧。

要取什麼樣的名字呢？這個世界認為中二病風格比較帥氣，所以就採用那種風格吧。

女孩叫希耶爾或希翁……男孩就叫尼祿或瓦拉齊亞。

不不，這又不是遊戲。（註：這四個名字皆出自 TYPE-MOON 製作的遊戲《Melty Blood 逝血之戰》）

嗯……既然是魯迪烏斯和希露菲的小孩，那麼男孩子就叫希烏斯或希利烏斯，女孩子就叫露西或路露希如何？可是這樣好像有點太隨便了，或許我該先去找保羅請教一下這世界幫小孩取名時要注意哪些事情。

這時我不經意地抬頭一看，卻發現希露菲她們三人的表情都很奇怪。

「魯迪……你……你怎麼會想取名……」

「哥哥，你為什麼說那種話？」

「哥哥……」

每個人的視線都充滿不安，愛夏甚至已經眼裡含淚。我說了什麼奇怪的發言嗎？在這個世界，有小孩子出生前不能先取好名字之類的禁忌嗎？

「如果出門旅行前就幫小孩取好名字，魯迪你會回不來……」

希露菲滿臉擔憂，原來只有我不知道那是這世界的死亡 Flag。

啊，不，我想起來了。《佩爾基烏斯的傳說》裡有一段故事。

佩爾基烏斯的同伴之一，「幸運之男」火帝級魔術師弗勞茲．斯塔因為擔心自己無法從戰爭中生還，所以在踏上旅途前先幫小孩取好名字，而且還直接沿用了自己的名字。

然而，弗勞茲．斯塔後來在戰爭中喪命。他一邊掛念著自己的兒子，同時死在魔王萊尼爾．凱傑爾的手下。

那個孩子繼承偉大父親的名字，成長為一名優秀的魔術師。

雖然被寫成了故事，據說實際上後來卻變得相當落魄。

或許是因為這段軼聞很有名，離家前為自己還未出世的孩子取名被認為是不太妥當的行動。儘管取名並不是造成弗勞茲死亡的原因，不過這大概是一種避諱的概念吧。

「……果然還是不要現在就決定會比較好嗎？」

「這……這個……」

「可是，我也想幫小孩命名啊……考慮到萬一……」

「別說什麼萬一啊。」

「抱歉。」

畢竟這是我第一個小孩。即使還沒有什麼實際感覺，至少還是想取個名字。

「咳咳。」

愛夏清了清嗓子，似乎是有什麼主意。

「哥哥，不然這樣吧？孩子出生以後，先稱為魯迪烏斯二世。等到哥哥回來，再正式取個名字。屆時只要像那個北神卡爾曼一樣，把『魯迪烏斯』作為中間名就好了。」

魯迪烏斯二世嗎？在這個世界，幫小孩取和自己一樣的名字並不是很少見的事情。假設後來小孩子取名叫露西，全名就會成為露西．L．格雷拉特。

聽起來還不錯。只是一想到這種行為和偉人一樣，就讓人莫名感到尷尬……

不過，這好像是大家都在做的事情啦。

嗯？等一下，如果生出來是女孩，而且我沒能回來的話會如何？一輩子都叫作魯迪烏斯二世嗎？她會不會因為名字而走歪路？是不是會變成因為名字被其他人嘲笑，就怒吼著：「女生叫魯迪烏斯有什麼不好！」然後痛毆對方的那種小孩吧？

不，怎麼可能會那樣，又不是某個狂犬。

……嗯，反正只要我回來就沒事了。

「我明白了，就這樣做吧，希露菲。」

「好。」

「……那個……」

我想和希露菲多說點話，但是想不到該說什麼。

因為這種時候，似乎說什麼都會讓人產生不妙的插旗預感。

「希露菲。」

我站到希露菲面前，把兩手放在她的肩上。

「咦……啊。」

希露菲理解我的目的，閉上眼睛。她抬起下巴，雙手在胸前交握，身子微微顫抖。雖然不是第一次了，不過或許是頭一遭以這麼恭敬的態度和她接吻。

我瞄了一眼愛夏，她居然探出身子看著這邊。

諾倫雖然用手遮住眼睛，卻從指縫偷看。

我對兩人眨眼示意。

於是，諾倫乖乖緊閉手指。相較之下，愛夏卻對著我也連連眨眼，真是個調皮的傢伙，那麼想看接吻鏡頭嗎？

算了，這種時候就不要計較了。

我輕輕地吻了希露菲，耳邊傳來愛夏低聲發出的興奮尖叫……

第九話「前往貝卡利特大陸」

我們修正了旅行計畫。

首先還是購買馬匹，然後兩人同乘，前往轉移魔法陣所在的西南森林。在那裡使用轉移魔法陣，移動到貝卡利特大陸。

按照七星所說，似乎只要往北移動一星期左右就會到達一片綠洲和集市。不過，沿路好像是環境相當嚴苛的沙漠。七星當時完全是被擊倒的狀態，是奧爾斯帝德揹著她移動，所以她提醒我們一定要確實做好準備。

我還有魔術，即使身處沙漠正中央也能夠製造出巨大冰塊，想來可以隨機應變。

前往集市的這段路程沒有地圖，但是艾莉娜麗潔對自己的方向感似乎很有自信，主動表示可以包在她身上。聽說長耳族即使在森林深處也不會迷失方向感。

我有指出森林和沙漠的情況想必大不相同，艾莉娜麗潔卻生氣地反問我到底知不知道她已經在外旅行多少年。既然她如此有自信，大概沒有問題吧。

到達集市以後，我們要僱用嚮導。想前往拉龐，必須繼續往北移動大約一個月。因為艾莉娜麗潔表示她雖然能判別出正確方向，不過僱個人帶路應該比較快。

移動到拉龐之後，要迅速幫助保羅他們解決問題，再原路折返。讓他們知道轉移魔法陣的存在雖然讓我感到不安，然而這也是情非得已。畢竟只有保羅他們走普通路線回去未免也太奇怪了。

我記得他們那邊總共有六個人吧？不，加上基斯就是七人。必須仔細確實地事先警告他們不能洩漏祕密。

順帶一提，我已經告誡過希露菲和妹妹們。我告訴她們一旦講出去，能夠瞬間殺死瑞傑路德的傢伙可能會找上門，所以無論如何都要保密。

我們根據計畫開始準備。

基本裝備已經備齊。包括我的搭檔傲慢水龍王，還有希露菲幫忙選擇的長袍。至於其他東西，大概再帶上七星給的召喚術卷軸就差不多了。雖然不確定能派上什麼用場，不過姑且還是帶個十張好了。我只要一天就能做出版型，但是塗料會增加行李重量。還是紙張狀態比較輕，而且說不定能在貝卡利特大陸上買到塗料。

講到錢，我們手上都沒有貝卡利特大陸的貨幣，甚至不清楚那邊使用什麼樣的貨幣。為了取得貨幣，要來準備一些能換錢的物品。

接著就是要購買多少乾糧的問題。因為是第一次去貝卡利特大陸旅行，我也不知道有沒有什麼特別必要的東西。應該有很多東西是到那邊之後再取得會比較好吧。

既然是為期一個半月的旅程，行李方面也還相當有餘裕，連不必要的東西也能帶上幾個。話雖如此，也不是什麼都能帶去，最好還是別攜帶沒必要的多餘東西。

據說從轉移目的地到集市好像只需要一星期，並不是什麼無人踏入過的祕境。所以我們可以到當地再進行調查，備齊必要的東西。只是為了保險，我決定把寫有轉移魔法陣詳細情報的書籍也一起帶去。因為就算奧爾斯帝德有在使用，換成自己要去嘗試時，還是會讓人感到不安。

我再度前往教職員室，拜託吉納斯副校長允許我長期借用書籍。還順便在圖書館裡借了一本鬥神語的書，作為萬一語言不通時的保險。

《轉移迷宮探索記》和《貝卡利特大陸與鬥神語》。書籍方面，我想這兩本就夠了吧。

聽說金潔對馬很熟悉，所以我拜託她一起前來馬店。

順便和札諾巴道別。

「是這樣啊，也就是大概半年就會回來嗎？」

「嗯，不過我不能告訴你詳情。」

「原來如此……要不，您要不要帶著金潔一起去呢？」

「別說傻話了。」

我可不想被金潔怨恨。

「唔，是這樣嗎？」

「比起我自己，希露菲和妹妹們才真的要拜託你了。」

「這件事不需要您吩咐，本王子也會負責。不然，讓金潔去做她們的護衛吧。」

我忍不住面露苦笑。

「我說你啊，為什麼這麼想把那個人推開啊？」

聽到我的提問，札諾巴先是朝金潔瞥了一眼，才貼到我耳邊悄悄說道：

「因為那傢伙有點嘮叨。從本王子小時候起，她就經常為一些小事囉唆老半天。關於茱麗的事情也一樣，最近管東管西的讓人受不了。」

因為很嘮叨，所以希望對方離自己遠一點。真像是大學生在抱怨自己的母親。札諾巴也才二十五歲上下，我是可以體會他的心情……不過金潔真可憐，她大概也還很年輕吧，居然為了照顧這種大齡小朋友而浪費了寶貴的二十幾歲青春歲月。

「茱麗妳有什麼看法？」

我姑且也問一下跟來的茱麗。關於她這邊，就叮囑茱麗在我外出的期間也要每天確實修行吧。至於製作瑞傑路德人偶的事情，可以等我回來以後再進行。

「金潔大人，會提醒，Master，不好的地方。」
「聽到了嗎，札諾巴？不好的地方要改進才行啊，你必須成為茱麗的榜樣。」
「唔唔……」
看他們三人之間的氣氛，甚至很像是一對兄妹原本享受著不受干涉的快樂生活，結果媽媽卻突然跑來。真是讓人不禁莞爾。
「噢，對了，茱麗。我不在的時候，妳也要確實遵守我的吩咐喔。」
「是，Grand Master，我會努力。」
茱麗的人類語已有長足進步，這也要歸功於金潔的教育。
這時，金潔選完馬回來了，手上還牽著一匹馬的韁繩。
「魯迪烏斯先生，我認為這匹馬比較適合。」
「喔喔。」
這匹馬很高大。這一帶的馬匹為了在積雪中也能強行破雪前進，整體上都比較粗壯，看起來比拉橇賽馬的比賽用馬還大上一圈。聽說速度雖然不快，不過體力充足，可以跑一整天也沒問題。這世界有很多馬都跟怪物沒兩樣呢。（註：一種讓馬拉著鐵橇的特殊賽馬）
總之，就取名為松風吧。（註：前田慶次的愛馬之名）
「謝謝妳，金潔小姐。」
「不，小事不足掛齒。」

「要不要讓札諾巴做點什麼當獎賞呢？例如幫妳捶捶肩膀之類。」

「……魯迪烏斯先生。就算是您，也不該對王族過於冒犯……」

「啊，嗯，對不起。我只是開個玩笑。」

結果被她狠狠瞪了。

總而言之，馬買好了，和學校的相關人士也都確實打過招呼了。

……嗯？我好像把哪個人給忘了？不，所有認識的人都找過了吧。

因為巴迪岡迪不在所以可以不算……嗯，沒有問題。至於轉移魔法陣的事情，也已經警告過所有被告知的人都要三緘其口。確實沒有問題。

出發當天，妻子和兩個妹妹在玄關目送我離開。

「希露菲，我很快就會回來。」

「魯迪……」

希露菲眼角帶淚，主動伸出手抱住我。這是半年以來已經習慣的觸感。雖然嬌小，但是卻很溫暖，感覺就像一隻小動物。現在，她的肩膀正在不斷顫抖。

「嗚……」

希露菲沒有哭出聲音，只是抽搭著。看到這種反應，會讓人很不想走。

——果然還是留在家裡吧。

——就算我等希露菲生了以後再去，保羅應該也有辦法應付。

——沒錯，仔細想想，正常來說單程就要花上將近一年的時間。

——所以我可以繼續待在家裡度過七個月，等到確定孩子平安出生後再出發就行了吧？

——因為實際上只要一個半月左右就能趕到，那樣是不是還來得及呢？

這些想法從我的腦中閃過。

可是，基斯特地用快遞送信來。那是在貝卡利特大陸上，用來和其他大陸進行聯絡的單程快遞。不但內容只能寫上極短的文字，而且費用高昂，不是可以隨便使用的東西。既然基斯特地用這種方法把信送來，表示很緊急，一定是分秒必爭的事態。

話雖如此，自己還是能趕得上預產期，就類似去出差一趟而已。

我擦去希露菲的淚水，對著站在後面的兩個妹妹開口。

「愛夏、諾倫，拜託妳們了。」

其實連我都不確定自己到底想拜託什麼，不過兩個妹妹還是以鄭重表情點了點頭。

「哥哥，請不必擔心任何事情，我會好好努力。」

「我知道了，也祝哥哥武運昌隆！」

我靜靜點頭回應她們。

「嗯。總而言之，妳們兩個可別吵架。」

「是。」

「是的。」

看到兩人一本正經的模樣，我忍不住苦笑。

「希露菲！」

騎在馬上的艾莉娜麗潔靠了過來。這匹馬身上還有兩星期的行李，動作卻沒有減緩分毫，不愧是松風。

「沒問題的。就算老公不在，女人還是可以生下孩子。這是我的經驗，絕對錯不了。」

「……是，奶奶您在路上也請多小心。」

「不必擔心，一切都會很順利。」

艾莉娜麗潔瀟灑地把頭髮往上撥，看起來非常帥氣，宛如童話故事裡的女騎士。

我真希望自己沒看過艾莉娜麗潔之前耍賴的場面，害我內心裡的感動只剩下一半。

不過呢，那代表一直表現得很超然的艾莉娜麗潔其實也有弱點。

每個人都有感到猶豫的時候。

「那麼我走了。」

我縱身跳上馬，坐在艾莉娜麗潔後面。眼前的背影雖然纖細，卻是相當可靠。

而且也很溫暖。不好意思啊，克里夫，我要稍微借用一下。

「魯迪？」

希露菲稍微側了側腦袋。不，不是那樣啦，只是因為必須抓緊才不會掉下去。

「那麼，我們出發了。」

踏上旅程。

★ ★ ★

我們從魔法都市夏利亞往西南方前進，花了五天到達森林。

在這五天的旅程中，有一個從冒險者公會僱來的男子和我們同行。理由是要讓他負責把馬帶回魔法都市。

馬在森林中會變成累贅，而且我也不知道轉移魔法陣的大小。雖然在沙漠中旅行時，有馬幫忙馱運行李或許會很方便，不過這也是到了貝卡利特大陸後再籌措會比較好。況且那邊應該也有其他更適合那片土地的動物。既然如此，還是該找個人幫忙把馬帶回去才對。畢竟這是一筆不小的開銷，就讓牠成為我們家的馬吧。

因為我不會騎馬，移動時一直從後方抱著艾莉娜麗潔。當然，自己也不是什麼都沒做。哎呀，這句話可不是指那種糟糕行為。而是我花了一整天，把魔力注入那個尿布型魔道具。由於我的手都環在艾莉娜麗潔的腰上，同行的冒險者一直用羨慕的表情看我。

我們在森林入口和馬分開，再會了松風。

要過著健康朝氣的生活喔。我想大概會由愛夏來照顧你，要跟她好好相處啊。

好啦，關於這座位於西南方的森林……是叫什麼來著？我記得好像是流明森林之類的名字。

意譯的話就是瘤胃森林。如果要選一句話來形容這裡，大概要用「鬱鬱蔥蔥」吧。樹木生長得非常密集。

而且一棵棵都很高，樹幹也很粗壯。茂盛的樹葉遮蔽陽光，導致森林全體都顯得很昏暗。地面也不是普通的地面，幾乎都得走在巨大化的外露樹根上，所以踩起來不是很穩。

樹木本身越高大，根部也越粗，形成相當大的落差。有些地方的樹根像樓梯一樣，簡直是天然的迷宮。

碰上這種環境，就算是習慣在森林中移動的人也很容易迷路吧。然後會在森林裡遭到魔物襲擊，或是從位置較高的樹根上踩空摔下來，結果死亡，成為森林的養分。瘤胃森林這名字取得還真貼切。

我猜連樵夫也不太會接近這片森林。或許是因為這裡魔物出現的頻率較高，或是魔物比較強，也有可能其他森林才是比較好的伐木場……總之大概是這一類的理由。

噢，大家可不能小看樵夫。這世界的樵夫比一般冒險者更有實力，而且已經組織化。

森林裡有豐富的木材，但是也會出現魔物，想砍樹必須承擔相當高的風險。樵夫們會組成隊伍，有時候還僱用冒險者作為戰力，在一趟遠征中必須認真抵抗魔物，同時努力砍樹。所以樵夫公會的諸位人士怎麼可能會是軟腳蝦呢。

沒有樵夫前往森林，樹木就不會被砍伐。樹木一直無人砍伐，就會出現巨大的魔木。

「魯迪烏斯，我們就按照預定，採用和以前一樣的隊形吧。」

「了解。」

不過呢，對我們這種老手來說，其實不是什麼大問題。彼此都帶著平常心深入森林，艾莉娜麗潔是前衛，我擔任後衛。

或許該說艾莉娜麗潔不愧是長耳族吧，她在森林中的前進方式確實很高明。而且耳朵很好，能非常迅速地發現敵人。

「右手方向，三隻！」

「了解。」

我按照指示，往右邊擊出岩砲彈。於是，遠方的綠色山豬噴出鮮血，還可以看到剩下那兩隻慌忙逃走。

Search and Destory。艾莉娜麗潔負責找出魔物，我負責用魔術處理。魔物甚至還無法靠近我們就已經喪命。

真是輕鬆。老實說，根本沒遇到算得上是戰鬥的狀況。艾莉娜麗潔似乎避開了群居魔物的地盤，不過這部分與其說是長耳族的特性，聽說是靠著她本身的經驗。

「找到了，是這塊石碑吧？」

我們前進一陣子之後，艾莉娜麗潔發現了識別用的標誌。

那是一塊刻有紋章的石碑，石碑後方的茂密藤蔓糾結纏繞，就像是一堵牆壁。

我原本已經做好心理準備，以為必須在森林裡徘徊個兩三天，沒想到居然能這麼簡單地在日落前找到。我想艾莉娜麗潔肯定擁有「發現隱藏門扉」之類的技能。

石碑上刻著之前在七大列強石碑上曾經看過的龍神紋章。

是一個由三角形組合而成，呈現銳角設計的紋章。總覺得看起來跟某個浮現在額頭上的瞬間就能讓人發揮出壓倒性力量的紋章很像。雖然細節完全不同，不過這果然也是在描繪龍的頭部吧？（註：指漫畫《勇者鬥惡龍 達伊的大冒險》主角的龍紋）

只是……我好像在別的地方看過這個紋章……

啊，對了！這紋章和我家地下發現的自動人偶研究資料上的紋章很相似。不過，和那個紋章的細節也不同，只是看起來的感覺很像。難道那個人偶的製作者也是龍神的相關人士嗎……

不，反正看起來很像的紋章所在多有，就像生前世界的國旗也有一大堆長得都差不多。

「你怎麼了？」

「不，沒什麼。」

聽到艾莉娜麗潔的提問，我搖了搖頭。現在沒空在意這種事情。

「總之，解除結界吧。」

「麻煩你了。」

我們簡短交談幾句後，艾莉娜麗潔開始警戒周遭。

我把手放到石碑上，看著筆記。這是七星給我的小抄，上面寫著詠唱咒文。

「此龍只為信念而生。其臂膀雄偉魁梧，任何人皆無以逃離。此龍為第二個死去之龍。擁有最虛無縹緲之眼瞳，綠銀鱗之龍將。在此借用聖龍帝席拉德之名，即刻打破其結界——」

下一瞬間，魔力從我的手上被吸往石碑。同時，石碑前方的空間開始扭曲。

從扭曲的空間再往前，原本由茂密植物形成一堵牆壁的地方出現了石造建築物。

「哦哦……」

「我從來沒看過這樣的魔術……」

眼前光景讓我們都發出感嘆。

但是，我不是第一次碰到這種魔力被吸走的感覺，使用魔道具時也會有同樣的感覺。

恐怕這個石碑本身就是一種魔道具。該不會連七大列強的石碑也是魔道具吧？如果把石碑敲破，說不定裡面藏著魔法陣。

不過，我總覺得剛剛的詠唱咒文應該是龍神的原創，畢竟還提到了聖龍帝席拉德。我記得這名字是那個吧？古老故事裡出現過的「五龍將」之一吧？

因為沒有提到魔術名，我猜剛剛的咒文大概並不完全，要是能知道全文，是不是能發揮出和這個石碑同樣的效果呢？例如可以解除所有結界之類……感覺很有可能，真嚇人。

「我們進去吧。」

「好。」

可以的話，我很想把石碑拔起來帶回去。不過要是被奧爾斯帝德知道，搞不好會被殺。所以還是算了吧。

「話說回來，這裡真的很有遺跡的感覺呢。」

「有些迷宮入口就是這種感覺。」

出現的石造建築只有一層樓，牆壁上爬滿籐蔓，還有很多地方都崩塌了。

「魯迪烏斯你是第一次進入迷宮吧？」

「嗯，不過我有去過以前戰爭留下的遺跡……」

「那麼，要小心不要踩到我沒有踩過的地方。」

「了解……呃，這裡又不是迷宮。」

「這是為了慎重起見啊。」

畢竟陷阱很可怕嘛。

不過，艾莉娜麗潔本身也不是盜賊，真的沒問題嗎？

基本上，我已經發動魔眼。要是真的發生什麼，想來也能立即對應。

「那麼，我們走吧。萬一有狀況，你要提供支援。」

「了解。」

我和艾莉娜麗潔一起踏進遺跡。

「……」

遺跡內部也是石造，到處都可以看到藤蔓和樹木的根部，完全呈現出所謂森林深處遺跡的感覺。

話雖如此，建築物本身倒不是那麼大，只有四個房間。我們決定按照順序一一確認。

靠近入口的兩個房間裡什麼都沒有，只是空蕩蕩的兩坪多空間。

第三個房間裡有個像是衣櫃的東西。打開一看，裡面保管著男用的禦寒衣物，還有被使用過的痕跡。是哪個人在這裡換過衣服嗎？還能有誰呢，我也想不到奧爾斯帝德以外的答案。

據說轉移後的目的地是沙漠，而這一帶到了冬天會成為冰天雪地。在沙漠裡無法取得禦寒衣物，所以才會事先放在這裡吧。

唔，既然有這樣的房間，早知道應該多帶一些行李過來。

算了，這只是馬後炮。

「怎麼了？看你一直盯著這些衣服，有什麼讓你在意的事情嗎？」

「不，我只是覺得如果把行李放在這裡，說不定能派上什麼用場。」

「……放在這裡跟直接丟掉也沒什麼兩樣吧。」

也對啦，這裡果然還是沒辦法保存好食物類吧。就算有結界，好像還是會有蟲子跑進來。

「我們走吧。」

「好。」

最後的房間裡有一條樓梯，通往地下。

「哎呀，真可疑……」

艾莉娜麗潔非常仔細地調查樓梯周圍，這種行動很像ＦＰＳ遊戲裡的搜查兼清場動作。

聽說樓梯附近會有很多陷阱。

「沒問題。」

不過，她好像什麼都沒發現。基本上，如果要設置陷阱，應該也會放在其他地方吧，例如遺跡入口之類。

「我要下去了，你要掩護我。」

「了解。」

艾莉娜麗潔小心翼翼地走下樓梯，我也跟著她的腳步移動。首先仔細觀察她落腳的位置，然後踩著同樣的地方前進。明明我們正在深入地下，周圍卻亮到不可思議。

不過到達底部之後，這麼亮的理由也同時揭曉。

「……找到了。」

走完樓梯來到的地方，有一個巨大的魔法陣。尺寸比七平方公尺還大一點吧，和我在西隆王宮地下見過的魔法陣差不多。這個魔法陣正在發出藍白色光芒。

「這就是轉移魔法陣嗎？」

「應該是。」

我還是從行李中拿出書籍，進行比對。這個魔法陣酷似能夠雙向轉移的類型，儘管細節有些不同，但是特徵都沒錯。

如果七星說的話是真的，只要踏進這個魔法陣，就能瞬間到達貝卡利特大陸。

然而艾莉娜麗潔卻只是站在旁邊，目不轉睛地盯著魔法陣。

「怎麼了？我們走吧。」

「不，我對轉移有一些不太好的回憶。」

對轉移有不好的回憶啊……是不是冒險者時代出過什麼事？

「如果只是不好的回憶，我這邊也有啊。」

「也對……好。」

艾莉娜麗潔甩了甩腦袋，再度看向魔法陣。

「萬一被傳送到什麼奇怪的地方，回去就懲罰七星吧。」

「……好。我會抓住她的雙手，麻煩你狠狠地戳進去。」

「不，性方面的行為未免……」

「我又沒說要你把什麼東西戳進去，我意思是可以用手指戳鼻孔之類，結果你居然馬上就聯想到那方面，真是下流！」

「把手指戳進女孩子鼻孔裡的行為也會讓人感到很興奮啊。」

「哎呀，是這樣嗎？我下次找克里夫試試吧。」

「不管結果如何，我都不負責喔。」

我正在謹守分寸地開著玩笑，艾莉娜麗潔卻主動握住我的手。她的手掌不大，但是浮現出許多青筋，確實是冒險者的手。可以感覺到溫暖，還出了一些汗。

我的心跳有點加速。明明自己已經有希露菲了，艾莉娜麗潔也有克里夫了。

如果我向她出手，結果會怎麼樣呢？那樣與其說是花心，應該算是外遇吧？

明明彼此之間也沒有特別喜歡對方的感情。

「我看你好像誤會了什麼，要知道轉移的時候必須讓雙方身體的一部分互相接觸，否則無法一起轉移喔。」

「啊，說得也對。真是抱歉。」

不好不好。我又不是童貞，怎麼能有這樣的誤會。

「唉，居然連孫女的老公都被我誘惑，我真是個罪孽深重的女人！」

「那麼為了償還罪孽，妳就離婚吧。」

「啊……等一下……別說那種話啊。」

嗯，只要以這種彼此取笑挖苦的方式來相處，感覺就不會發生闖越界線的狀況。

真不愧是艾莉娜麗潔，果然很會察言觀色。

「好啦，行動吧。」

「嗯。」

我們抬腳踏進了轉移魔法陣。

第十話「遭遇天敵」

我感覺自己像是突然從睡夢中醒來。

應該說是猛然驚醒的感覺吧？總之很明顯，意識曾經中斷過一瞬。

看向旁邊，艾莉娜麗潔也露出一臉感到莫名其妙的表情，正在觀察周圍。

「我們移動了吧。」

「真的有移動嗎？」

周圍和剛剛一樣是石造的遺跡，看不出來有什麼差異。

不，角落裡積了一些沙子，牆壁上也沒有攀附著籐蔓。整體看起來似乎比較偏向褐色，是不同的場所。

我們慎重地慢慢走出魔法陣。

身體沒有什麼異狀，行李還在，也沒發生和艾莉娜麗潔互換身體之類的狀況。

我們走出範圍之後，魔法陣似乎再度活化，開始發出藍白色的光芒。

真是方便。明明看起來並沒有設置魔力結晶，到底是怎麼做到的？是不是把結晶放在地下深處呢？如果是可以吸收周圍的魔力，我實在很想知道其中祕訣……

「對了，還是先確認一下是否真能回去吧。」

「說得也對。」

雖然這是雙向通行的魔法陣，但是不見得能夠無條件回去。

萬一是單向通行，回程只能徒步。既然已經來到這裡，半年也還回不去吧。

「那麼，我來試試……」

「不，還是我去吧。要是我過了一陣子還是沒有回來，你就自己先走。」

艾莉娜麗潔這樣說完，叫我退後。

「因為萬一出事，我可不想去跟保羅報告說你不見了。」

「這樣啊，那就麻煩妳了。」

算了，其實誰去都一樣。雖然我們好像轉移了，但是也不保證這裡就是貝卡利特大陸。

「那麼我走了。」

艾莉娜麗潔跳進魔法陣，下一瞬間就消失無蹤，而且看起來很像是被魔法陣吸了進去。

我還是第一次看到轉移的瞬間，原來是這種被地面吸入的感覺啊，是不是在地底下移動呢？

「……」

總之，現在就慢慢等待吧。我相信七星的話，她說過奧爾斯帝德也沒有特別詠唱什麼咒文。

雖然有可能會需要什麼魔道具，不過我們已經成功轉移過一次。既然如此，我想回程大概也沒問題。

五分過去……十分，十五分。

「好慢啊……哦？」

大約十五分鐘後，艾莉娜麗潔回來了。出現時很像是在倒轉播放消失的過程，可以看到她的身子從地面往上冒了出來。

艾莉娜麗潔環顧四周，看到我之後點了點頭。

「成功回去然後再過來了呢。」

「不過時間似乎有點久。」

「是嗎？我覺得自己有馬上回頭啊。」

會出現時間落差嗎？話雖如此，頂多也就是幾分鐘吧，大約是單程七分鐘的程度。這現象和時差有關係嗎？啊，話說起來，自己好像也在哪裡聽說過菲托亞領地消失的時間和難民出現的時間有一點偏差。

是不是希露菲告訴我的？

或許轉移並不是瞬間移動，而是高速移動。也有可能是類似玻○子跳躍的技術。（註：玻色子跳躍，出自動畫作品《機動戦艦ナデシコ》）

「不管怎麼樣，既然妳有成功來回，這樣就沒問題了吧。」

「也是。」

如果這是什麼危險的東西，奧爾斯帝德應該也不會使用。只要確定能夠回去就好。

「那麼我們走吧。」

確定魔法陣可以使用之後，我們走上樓梯。

到達一樓的那瞬間，可以感覺到氣溫一口氣上升。

蒸騰的熱氣迎面而來。不過或許是因為濕度很低，並沒有黏膩的感覺。

聽說遺跡周圍是一整片沙漠，難怪會熱成這樣。

一樓也是和森林遺跡很相似的石造建築。要說哪裡不同，大概只有牆壁和天花板上沒有藤蔓攀附，還有通道裡堆積著沙土吧。另外地上也有一層沙子，幾乎把地面整個蓋住。嗯？沙上殘留著幾個足跡，該不會是奧爾斯帝德留下的吧？萬一碰上他，我只能擺出投降動作。

這裡也有四個房間，我想遺跡都採用了相同的設計。其中一間房間裡保管著白色厚斗篷和水筒……這些果然是奧爾斯帝德的私人物品吧。

「足跡怎麼辦？要不要消掉呢？」

「因為那個奧爾斯帝德嗎？我倒是覺得沒關係……」

可是真的很可怕啊，我是不是該留個紙條解釋一下？寫清楚這地方是七星介紹給我的，只是有點私事所以借用一下，我會遵守保密義務，請他千萬不要生氣……類似這樣的內容。

……不過也不知道他什麼時候才會過來這裡，其實很有可能根本不會被發現。留下紙條的行為搞不好反而是自找麻煩，總之還是算了吧。

之後，我們把整個遺跡都調查了一遍，當然也沒有遇到奧爾斯帝德。

調查結束之後，我們離開遺跡。

外面非常炎熱。不是普通的很熱而已，而是驚人的酷熱。熱風甚至吹得我臉頰發痛。

眼前是一整片自己生前曾在照片裡看過很多次的沙丘風景，真的來到沙漠了。

但是，太陽已經開始西下，夜晚應該很快就會來臨。要在沙漠裡移動，是不是晚上比較好？不，還是因為晚上的氣溫會降到冰點以下，所以不可以隨便行動才對？換成這個世界，這些常識還能拿來套用嗎？

……我記得沙漠裡的魔物有很多都是夜行性。要是在黑暗中移動卻遭到魔物奇襲，想必會成為危險的狀況。

「艾莉娜麗潔小姐，怎麼辦？」

「就算我們現在開始移動，也走不了多遠的距離。雖然現在時間還有點早，不過還是在有屋頂的地方休息吧。」

於是，我們決定今天留在遺跡裡度過一晚。

夜晚極度寒冷。
聽說沙漠的晝夜溫差非常誇張，真的是那樣沒錯。
現在有遺跡可躲所以還沒關係，但是必須考慮露宿時如何因應。是不是用土魔術蓋出一間避難小屋，然後待在裡面過夜會比較好？只是土魔法「土堡」雖然方便，一旦停止供給魔力就會崩塌。不過只要稍微加工，還是有辦法維持類似雪洞的狀態，我們可以待在裡面生火取暖。嗯，就這麼辦吧。
今天晚上，我們在遺跡的一間房間裡鋪著睡袋睡覺。我決定在睡前預先幫艾莉娜麗潔的魔道具供給魔力，不過把手放在尿布上注入魔力的畫面真的很蠢。
這時，艾莉娜麗潔突然喃喃說了一句。
「……魯迪烏斯，如果碰上魔力可能會不夠的狀況，到時就先不要管魔道具了。」
「可是一旦停止魔力供給，艾莉娜麗潔小姐會無法忍耐吧？」
「發生戰鬥時，你的魔術是不可或缺的戰力，還是優先應用在戰鬥上吧。」
聽說貝卡利特大陸上的魔物沒有魔大陸那麼強。話雖如此，想來還是會出現同樣程度的魔物。
不能掉以輕心。
「不，這點事情不會讓我耗盡魔力。」
「是嗎？真是無底洞呢……」

「還比不上艾莉娜麗潔小姐的性欲吧。」

「哎呀，我也沒有那麼誇張啦。」

基本上，要是自己偷懶沒幫魔道具注入魔力導致艾莉娜麗潔化身為淫獸，事情可就糟了。

萬一被她襲擊，我肯定也把持不住。因為多的是能放縱自己的藉口，例如：「反正只有一次而已，只要當作是我和她兩人之間的祕密就好」，或是「我有抵抗啊，只是沒辦法掙脫開來」等等。

可是一旦我無法忍耐，或許會讓彼此都陷入不幸。

艾莉娜麗潔有可能會懷孕。那樣一來，克里夫會恨我一輩子，希露菲會鄙視我，還會遭到妹妹們的輕蔑。沒錯，如果我對艾莉娜麗潔出手，只能預見到可怕的未來。

萬一真的熬不住了，至少要讓她幫我用嘴解決……啊，這可不妙。

既然腦中冒出這種想法，表示自己已經憋很久了。因為這一星期以來，我一直緊貼著艾莉娜麗潔。儘管沒做什麼糟糕行為，但我畢竟年輕氣盛，實在無可厚非。

今天晚上負責夜哨的時候趕緊處理一下吧。

「好了，睡吧。看樣子暫時都得在這片沙漠裡前進，我們要好好保存體力才行。」

「是啊。」

明明必須好好保存體力，但是該放出去的東西還是必須放出去才行。男人真是辛苦啊。

那天晚上，我在遺跡的房間裡待機時，突然聞到一股甘甜香味。
同時還感覺到胸口突然一緊，心跳猛然加速。
睜開眼睛一看，旁邊抱著劍睡覺的艾莉娜麗潔正一副睡不安穩的樣子。
可以看到她的脖子很白，手臂也雪白滑潤。容貌和希露菲相似，但是顯得更加成熟。
體型比希露菲高挑，而且修長苗條。
尤其是從腰部到臀部的曲線，比我至今見過的所有女人都更加完美。
我記得艾莉娜麗潔她在那方面……應該……非常高明吧……
「呼……呼……」
等我回神時，自己的木棒已經成長為大樹，腦袋也昏昏沉沉。
「嗯……」
艾莉娜麗潔扭動身子。毯子因此掀開，穿著貼身皮褲的大腿映入我眼裡。
好棒的屁股，真想揉到爽。我不由自主地把手伸向她的大腿內側。好想摸……好想摸啊。
受到一時的激情引誘，我碰觸她的大腿內側。真是如同模特兒般的美腿。
被摸的艾莉娜麗潔「嗯」了一聲，還稍稍張開了雙腿。
這傢伙是在引誘我吧……
不知不覺之間，我的下半身已經來到完全無法忍耐的狀況。沒關係，不要緊，只要一次就好，一次而已。艾莉娜麗潔也不會拒絕，她會幫我隱瞞，不會有問題……對吧？

「克里夫……」

這句夢話讓我恢復理智。

我連滾帶爬地離開房間，然後直接衝出遺跡，就像是在逃離什麼。

原本以為還不要緊，看來似乎有點憋太久了。

這樣不行，怎麼能被一時衝動所迷惑。趕快把這種邪惡的液體排出去才是最好的辦法。

這樣想的我在沙子上坐下，正要把褲子往下拉的時候，突然感覺到有人的動靜。

「……嗯？」

是艾莉娜麗潔嗎？我轉往感覺到動靜的方向，只見那裡站著一個妖艷的女子。

明明現在很冷，她卻穿著像是舞孃的服裝。布料很薄，如果換成亮處，感覺會顯得很透明。女子擁有一頭短髮，髮色大概是黑色，髮梢還微微捲起。由於太暗，我無法判別出她的膚色，不過在黑暗中看起來似乎隱約散發著白色光輝。

話說回來，這身材真棒。所謂的會讓人有撲倒對方的衝動，就是指這種情況吧。腰束奶澎屁股翹。和她相比，艾莉娜麗潔只是根樹枝。

女子把手舉到嘴邊，舔了一下指尖。這妖艷的動作奪走了我的目光，我完全無法把視線從她的嘴角移開。

她就這樣緩緩走向我，接著在我面前蹲下，慢慢張開雙腿。這一瞬間，和剛才相同的甘甜香味撲鼻而來。

比先前濃厚數倍的香味刺激著我的鼻腔。

「咕嘟……」

我吞了口口水，感覺有什麼東西從下巴往下滴。伸手擦了一下，手上一片鮮紅。我這才注意到自己流鼻血了。

「嘻嘻嘻……」

女子對我伸出手，就像是在呼喚我。我抓住眼前的手，往她那邊倒下去……

「魯迪烏斯！」

下一瞬間，艾莉娜麗潔的叫聲響遍整個遺跡。

同時，女子往後跳開，拿著劍的艾莉娜麗潔飛身跳進她原本所在的位置。

然後繼續擋在中間，像是要隔開我們。

「你振作一點！」

「咦？」

我感到很困惑。艾莉娜麗潔舉起盾牌，衝向那個女子。

「嘰呀啊啊啊啊啊啊！」

女子發出刺耳的尖叫聲，指甲也長成異常的長度。接著骨骼轉眼間發生變化，背後長出翅膀。看到女子揮動翅膀想要飛向空中，艾莉娜麗潔縱身跳了過去，用盾牌打向她。

伴隨著沉重的金屬撞擊聲，女子掉到地上。

艾莉娜麗潔立刻用腳踩住她的身體，然後揮劍刺向還在掙扎的女子。

「嘰呀啊啊啊……」

女女子發出詭異的叫聲。艾莉娜麗潔並未因此大意，繼續補上幾劍。

接著，她才往後退拉開距離。那個女子抽搐幾下，過了一會兒就不動了。她死了。

「咦……？」

我傻傻地看著這幅光景，有點不明白到底發生什麼事，而且我的下半身依舊堅硬挺拔。

咦？為什麼？發生什麼事？

當我還在混亂時，艾莉娜麗潔賞了我一巴掌。

「你振作一點，那是女性夢魔（Succubus）啊！」

「咦？女性夢魔？妳說剛剛那個女的？」

死掉的那個女子不管怎麼看都是普通的女人啊。只是背上長著跟蝙蝠一樣的翅膀，還有指甲的長度也很異常。

噢，仔細一看，原來她的皮膚呈現藍色，而且五官也和人類有一點不同。

不過，身材真好。雖然已經死了……既然死了，去揉她的胸部也不會被罵吧？

反正屍體也有洞……

「我也是第一次碰到，但是這種讓人窒息的惡臭正如傳聞，所以應該沒有錯……」

「惡臭？」

我反而覺得是很香的味道，會讓人特別興奮。話說回來……

看看艾莉娜麗潔的身材。儘管胸部沒有什麼起伏，不過臉蛋漂亮，雙腿修長，腰間還有完美的曲線。

「艾莉娜麗潔小姐擁有很棒的身材呢……」

「啥？我說魯迪烏斯，你清醒一點。」

沒問題，這女人很淫亂，只要誇獎她幾句就能上。會成功，她是個隨便就能得手的女人。

「我啊，一直很想被艾莉娜麗潔小姐這樣的女性溫柔擁抱……」

「我會跟希露菲告狀喔。」

「只要妳不說我不說，誰會知道呢……」

我站了起來，走向艾莉娜麗潔，她卻舉起盾牌往後退。

「對了，我聽說過女性夢魔會魅惑男人。」

「好了，艾莉娜麗潔小姐……我們來做色色的事情吧……」

艾莉娜麗潔皺起眉頭，嘆了一口氣。

「哼！」

砰！

我被她用盾牌毆打，倒在沙地上，眼前金星亂竄。

不，沒關係，艾莉娜麗潔更重要，我現在必須推倒面前這個女人。

「呼……呼……一次……只要一次就好，我一定會讓妳滿足……」

「唉，真是的……魯迪烏斯，我會數到十秒，這段時間內你要對自己使用解毒魔術。」

「解毒魔術？然後妳就會讓我上嗎？」

「……反正你快點照辦就對了。」

我完全不掩飾自己粗重的呼吸，開始詠唱解毒魔術。從初級開始，接著依次詠唱中級的咒語後，突然感覺身體變輕了。

「……咦？」

接著，連腦袋也恢復清醒。雖然下半身有點沉重，但是那種無法克制的慾火已經消失。

我看向艾莉娜麗潔。嗯，她的身材很性感，確實誘人。不過，也就只有這樣。

「我聽說過女性夢魔發出的氣味有誆騙男人的效果，沒想到如此強烈。」

艾莉娜麗潔把劍緩緩收回劍鞘裡，然後雙手抱胸，重重嘆了一口氣。

「……呼，真是的。」

「……」

我剛才做了什麼？自己先前的發言也重現於腦海之中。

……糟透了。

「好了，回去睡覺吧。希望你以後不要再大意了。」

艾莉娜麗潔邊說邊轉過身子，打算回到遺跡裡的房間。

我扭著手指，開口叫住她。

「那個，艾莉娜麗潔小姐……真的……非常抱歉。」

我強忍著羞恥感這樣說完，艾莉娜麗潔就帶著奇妙的表情回過頭，對我咧嘴一笑。

「『我啊，一直很想被艾莉娜麗潔小姐這樣的女性溫柔擁抱』。」

我感到自己的臉頰發燙，那是女性夢魔強迫我說的！

「『來做色色的事情吧』。」

「嗚呃啊。」

這是怎樣，為什麼會這麼可恥。

艾莉娜麗潔帶著賊笑走到我面前，拍了拍我的腦袋。

「好啦我懂。女性夢魔就是那樣的魔物，那是無可厚非的反應。當然在希露菲和保羅那邊，我也會幫你保守祕密。」

「艾莉娜麗潔小姐！」

艾莉娜麗潔看起來就像是女神。

「不過，也不能過於過相信我喔。雖然我目前還能想辦法應付，但是詛咒逐漸變強，總有一天會無法忍耐。」

「我知道了，到時候請多多指教。」

「不是那樣，我意思是到時候要換你忍耐！」

「是是是。」

我回答之後，艾莉娜麗潔靜靜露出微笑。

「那麼，我要去睡了，麻煩你繼續守夜……對了，還有請幫忙燒掉那具屍體。」

「了解。」

艾莉娜麗潔走回遺跡，這次真是對不起她。

我把女性夢魔的屍體燒燬，骨頭埋進沙中。

近看才發現女性夢魔的長相並不可愛，其實很像蝙蝠。雖然也可以說是換個角度看或許還不錯……不過自己為什麼會對這種東西產生性欲呢？

只是，我記得之前看到的是人類臉孔。會不會是露出本性後就恢復成真正長相之類的情況？

就像西洋電影裡的吸血鬼那樣。

可是呢，她的身材真的很棒。是嗎，原因是身材嗎？就是身材的錯嗎？

前凸後翹，感覺很像是艾莉娜麗潔再追加了胸部。

哎呀，這樣不行。話說回來，剛剛真的很驚險。要是艾莉娜麗潔那時沒有衝過來救我，不知道會演變成什麼情況。如果我就那樣抓住女性夢魔的手……說不定已經被吸光生氣死掉了。

嗚嗚，是說……下半身還是好沉重啊，一切都是女性夢魔的錯。

要是繼續這樣下去，我有可能真的會去襲擊艾莉娜麗潔。

還是在進遺跡之前先處理一下吧。總之不管怎麼樣，今後也要對女性夢魔提高警戒。

如此這般，在貝卡利特大陸上的第一個夜晚過去了。

第十一話「沙漠的生態」

沙漠之旅正式開始。

多虧女性夢魔的奇襲，我總算繃緊神經也振奮起精神。不知道是不是因為這幾年都待在學校裡，我的直覺可能有點變遲鈍了。原本就不是很敏銳，現在卻更加鬆懈。

這裡是貝卡利特大陸，和安全的中央大陸不同。如果不轉換心態，說不定會死在這裡。

「我們還是多穿一點吧，還要經常補充水分。要是水筒裡的水不夠了，請記得跟我說。」

「我知道了。」

我們戴上兜帽，還穿起外套，避免皮膚曝晒在外。如果克里夫在這裡，大概會抱怨天氣都這麼熱了，為什麼還得穿上如此厚重的衣服吧。

雖然這裡是沙漠，我還是可以用魔術製造出水和冰。話雖如此，畢竟世事難料。況且我和艾莉娜麗潔都不清楚在沙漠中旅行的正確方式，必須避免回神時才發現已經中暑無法使用魔術的狀況。

「該前往的方向是正北方沒錯吧？」

「嗯，麻煩妳了。」

根據地圖，最靠近的城鎮在北方。

艾莉娜麗潔明明沒有使用指南針，卻不偏不倚地朝著正北方開始移動。長耳族就算在不見天日的茂密森林裡也不會迷失方向感。艾莉娜麗潔憑借長年的經驗，可以一直朝著同一方向移動。不過呢，不只長耳族，這世界裡其實有很多人只要有地圖就能順利到達城鎮，不會半途迷路。大概是靠經驗吧。

「是說，真的很熱呢。」

「要不要乾脆讓這一帶下雨呢？」

「下雨會引來魔物，最好不要那樣做。」

不管在哪裡的沙漠，生物都會尋求水源。大森林在雨季時也會大量出現類似蜥蜴的魔物。只是我聽說過貝卡利特大陸的魔物怕冷，萬一事態緊急，我就讓這附近全都凍結吧。只是要小心不能波及到艾莉娜麗潔。

我一邊思考這種事，同時跟在艾莉娜麗潔後方往前進。

這是我第一次在沙漠裡移動。可以感覺到每走一步，自己的腳就會陷進柔軟的沙子裡。

幸好在北方大地時已經習慣在雪地裡行走，雖然並非完全一樣，但是對下半身造成的負擔似乎差不多。這樣看來，要我走一整天也沒問題。

原本頗有自信，沒想到只走了短短幾個小時就累得筋疲力盡，原因大概是出在陽光太烈吧。強烈的日光和熱風還有上升的體溫，讓我感到頭暈目眩。儘管有頻繁補充水分以調節體溫，對於虛脫感依舊無能為力。或許果然還是該在頭上製造出一片雲。

和我相比，艾莉娜麗潔顯得氣力充沛。

「魯迪烏斯，沒想到你體力這麼差啊。」

「我已經走雪地走慣了，其實可以適應沙地，但是實在拿這個熱度沒轍。」

「如果換成克里夫和札諾巴，我想早就已經不行了，沒帶他們兩個過來是正確決定呢。」

果然這個世界的戰士都擁有怪物般的體力，這也是託了什麼鬥氣的福嗎？實在讓人羨慕。

話說回來，這熱度真的要命，我甚至覺得汗水一流出來就會瞬間蒸發。

待在北方大地時，是冷到讓人受不了。那個時候，我曾利用魔術讓自己周圍的空間發熱，也就是應用了火魔術「BurningPlace」。只要稍微調整一下，應該也可以改善現在的狀況。

我立刻試著實行。

「哎呀好涼啊，你做了什麼？」

「我稍微降低了周圍的溫度。」

體感溫度應該是下降了5℃左右，其實還是很熱。都是這個從容散發出燦爛光芒的太陽不好。明明戴著兜帽，還是覺得頭頂活像是著火了。早知道或許該準備遮陽傘才對。（註：魯迪

對太陽的形容是「ギンギラギンにさりげなく」，是日本歌手近藤真彥的代表歌曲的歌詞）

總之，我一邊降低周圍溫度，同時拿一個水筒做成冰枕放進衣服裡。

冰枕融化之後就再用魔術凍結。

如此一來舒服很多，這下高溫已經不成問題。

白天，我們曾經多次碰上魔物。

第一個遇到的是巨大的蠍子，長度大概有兩公尺吧。尾巴分成兩條，還會各自發動攻擊。

根據艾莉娜麗潔的情報，這個魔物好像叫作雙尾死蠍（Twin Death Scorpion）。尾巴帶有劇毒，必須使用中級解毒魔術才能治癒。幸好我已經學會中級解毒了。

雙尾死蠍的外殼雖然有點硬，但是動作遲緩。只要由艾莉娜麗潔來阻擋它，我再使出一記岩砲彈，兩秒鐘就能解決。雖說好像是B級魔物，但是我們這個隊伍是它的剋星，只能算是小嘍囉。

不過，如果只有艾莉娜麗潔一個人碰到這個魔物，感覺會因為火力不太夠而陷入苦戰。

「呼……還真是大隻。」

「一般就是這樣吧？」

「這大小已經跟魔大陸的魔物差不多了。」

「噢，說起來的確是呢。」

貝卡利特大陸的魔物沒有魔大陸那麼強。因為聽過這樣的說法，所以這種大小讓人有點驚訝。我本來還以為差不多會是一半的尺寸。

「也有可能是這傢伙特別大隻。」

「最初遇到的傢伙其實是最強的敵人嗎……這種事很常見。」

「根本不常見好嗎？」

「那，或許單純只是這附近的敵人比較強。」

「很有可能是那樣。」

我們一邊閒聊，一邊繼續趕路。

接下來碰到的是魔木，這玩意兒真的到處都有。

這次的會擬態成仙人掌。順便說一下，名字就叫作「仙人掌魔木（Cactus）」。

層級是C級。雖然會發射尖刺和使用類似土魔術的能力，果然還是沒什麼大不了。

「一看到魔木，總會讓人有種安心感呢。」

「因為到處都有嘛，簡直就像是史萊姆。」

「嗯？史萊姆只會出現在洞窟裡啊。」

「不，我隨口說說而已，請別在意。是說，這個仙人掌不能拿來當柴薪呢。」

「因為水分太豐富了。如果我們不懂魔術，這倒是讓人很感謝的存在。」

現在連艾莉娜麗潔也會使用水魔術。我原本以為她都翹課，看樣子該學的東西還是有好好學會。

然後，那傢伙突然出現了。

「敵襲！」

艾莉娜麗潔突然大叫，同時往後跳開。

下一瞬間，艾莉娜麗潔前方幾步的地面衝出某個巨大物體。

是蚯蚓。直徑一公尺，長度恐怕有五公尺的巨大蠕蟲一躍而出。那玩意兒在半空中發出因為用力閉上嘴巴造成的可怖聲響後，隨即又鑽回沙地裡。

「呼，嚇了我一跳。」

「剛剛那是什麼？」

「是沙蟲（Sand Worm），只是大了一點。」

所謂的沙蟲，是一種會待在土裡靜靜等待，在獵物從上方通過時才跳出來捕食的魔物。

另外雖然我沒有親眼見過，但大森林裡好像也有類似的魔物，只是大小不同。大森林裡的那種魔物的直徑只有二十到三十公分左右，萬一運氣不好，有可能會賠上一條腿。

「我聽說魔大陸上還有更大的，你沒有看過嗎？」

「我在魔大陸上碰到的都是蛇或狼之類，還有奇怪的鎧甲。」

「鎧甲……是靈魂破壞者（Soul Breaker）嗎？」

「不，記得是叫作劊子手（Executioner）吧，一個拿著大劍的傢伙。」

「噢，是更強的那一種。那可是單獨行動時絕對不想碰到的敵人。」

不過，貝卡利特大陸的沙蟲真是巨大，光是跳出地面的部分就有五公尺。再加上躲在地底的部分，全長是不是將近十公尺呢？是可以把人類一口吞下的尺寸。這裡會有那種東西潛伏在地下，當獵物經過時就張嘴吞掉。這應該算是一種立即死亡的陷阱吧。

不過呢，只要能躲開最初的攻擊，其實也沒什麼大不了。

要是使用土魔術對地下的沙蟲實施攪碎之刑，它還來不及發出最後慘叫就會死掉。

不過地表會出現一灘體液，有點噁心。

「不知道這麼大的毛蟲會羽化成多麼華麗的蝴蝶。」

「搞不好會羽化成女性夢魔喔。就是所謂的夜之蝶。」（註：日文中的夜之蝶通常指在酒店酒吧上班的女性）

「哈哈，如果真是那樣，艾莉娜麗潔小姐也算是從毛蟲羽化而成吧。」

「嘻嘻，我也有過像毛蟲一樣土氣的時期喔。」

這傢伙居然沒否定我說她是女性夢魔的部分。

話說回來，很土氣的艾莉娜麗潔到底是什麼模樣呢？戴著眼鏡待在圖書館裡嗎？不，也有可能是穿著連身工作褲在田裡處理農務吧。

要是有那時候的影像能讓克里夫看看，他一定會很興奮。

畢竟反差可是非常棒的東西。

最後碰到的敵人是螞蟻。那時我們剛爬過一座沙丘，而且艾莉娜麗潔在發現敵人的那一瞬間就把我推倒，害我從那座好不容易才爬上去的沙丘往下滾，直到半山腰才停下。

「妳突然這樣做是怎麼回事？」

「有一大群方陣蟻（Phalanx Ant）！」

方陣蟻？光聽到這名稱，我根本沒有頭緒。總之，我模仿艾莉娜麗潔以匍匐動作慢慢爬回沙丘頂端。眼前是艾莉娜麗潔那穿著皮褲的屁股，她的屁股還是這麼有魅力。等希露菲差不多二十歲時，她也會擁有這樣的屁股嗎？不過現在的嬌小屁股也魅力十足啦。

「動作輕一點，不要刺激到它們。」

來到沙丘頂端的我們躲在斜坡後，觀察所謂的方陣蟻族群。

可以看到全身鮮紅的螞蟻正排著隊列前進。大小差不多是三十公分到一公尺吧，尺寸有大有小。外型也相當多樣化，有的長著翅膀，也有上半身很像人類的傢伙。

這些螞蟻鬧哄哄地互相推擠，朝著一個目標進軍。用一句話來說明，就跟行軍蟻一樣。行軍蟻化成了紅色的河流，長度從地平線的一頭直達另一頭，真是長到驚人的隊伍。

「看這些螞蟻的尺寸和數量，是無可挑剔的S級。」

「哦？是Ｓ級嗎？可不可以說明一下讓我參考參考。」

「方陣蟻是會把所有東西都啃食殆盡最強魔物之一。大森林也有，不過那種大小……一定是貝卡利特大陸的特有種。」

方陣蟻似乎是行軍蟻變異而成的魔物。雖然是螞蟻卻不築巢，只是不斷旅行，並且把途中一切都啃食殆盡。有幾種天敵，不過只要是在地面上步行的對手，就算是脫隊龍也能吃掉。到了某個時期會開始築巢，進行世代交替。到這邊為止跟普通的行軍蟻一樣。

然而或許因為方陣蟻是魔物，據說比普通行軍蟻更聰明也更加好戰。舉例來說，假使我們大搖大擺地從沙丘現身，就算沒有做出任何敵對行為，它們似乎也會改變前進方向過來攻擊我們。

「單獨來看並不是很強。以眼前這些方陣蟻來說，小的是Ｅ級，大的是Ｄ或Ｃ級吧。」

「還有到Ｃ級的嗎？」

看起來這些方陣蟻超過一兩千隻。在這個世界裡，評估魔物的層級時，會把族群數量也考慮進去。就算是Ｄ和Ｃ級，十隻湊在一起就會變成Ｂ或Ａ級；超過一千隻的話，被列為Ｓ級當然很合理。

在我生前玩過的某遊戲裡，會出現大量體型約有人類三倍大的螞蟻。不過實際上並不需要那麼大，畢竟這個世界的魔物的機動性都好到誇張。（註：指電玩遊戲《地球防衛軍》裡的巨大甲殼蟲，在遊戲中的通稱是「蟻」或「黑蟻」）

「啊，那個就是女王。」

艾莉娜麗潔指出的方向有一隻特別巨大的個體。大小在兩公尺以上，上半身長著人類女性的身體。就是塔〇女王那種感覺，弱點肯定是暈眩攻擊吧。（註：塔姆女王（タームクイーン），電玩遊戲《Romancing SaGa 2》裡的女王蟻怪物。）

若是我生前世界的行軍蟻，聽說就算是女王蟻，頂多也只有五十公釐。參考這個數字，代表那隻方陣蟻單純擁有約五十倍的大小。

是強大的威脅。這世界裡有很多會成群行動的魔物，而且不知道為什麼，還很擅長集團戰鬥。所以自己不想去惹這些螞蟻。我想在動手的那一瞬間，它們就會組成媲美羅馬軍隊的漂亮方陣大舉來襲吧。

說不定還會有使用魔術攻擊的傢伙，或是能夠遠距離攻擊的傢伙。

如果使用可以把它們一網打盡的大型魔術，是不是有勝算呢？不，要是使用那樣的魔術，感覺我們自己也會被波及。

「等一下，魯迪烏斯，你為什麼一臉充滿幹勁的表情？」

「幹勁？我沒有啊。」

「你的表情看起來就是在盤算真要動手時該怎麼做。」

我怎麼可能會露出那麼好戰的表情。又不是某個戰鬥民族，我才不會興奮起來呢。（註：指漫畫《七龍珠》裡的悟空）

「不，我是在想萬一被它們發現，到時候要怎麼逃走。」

「是那樣就好……在蟻群通過之前，我們就慢慢等待吧。」

「了解。」

我點頭回應艾莉娜麗潔的指示。

就算把這些螞蟻全部擊退，也不會得到經驗值。素材大概可以換錢，不過我完全不想在這種熱死人的氣溫下帶著那個看起來就很熱的鮮紅外殼移動。

還是避開危險吧，因為現在的目標是到達拉龐，而不是要立下戰功。

不能像那個任務明明是偵察的士官長一樣。（註：出自動畫《機動戰士鋼彈》，吉翁公國的金恩士官長在偵察任務時為了立下戰功而違反命令擅自發動攻擊）

大約一個小時後，蟻群總算消失。

沙漠的黃昏是一片紅豔。夕陽把沙地染成鮮紅，讓沙上的波紋形成鮮明的對比。地面布滿紅黑相間的條紋圖案，呈現出夢幻般的光景，彷彿是另一個世界。

不過，沙漠就是沙漠。在我生前的世界裡應該也有這樣的景象吧。

「氣溫降低了。照這個情況來看，感覺傍晚比較能多趕一點路呢。」

「是啊，我們要繼續前進。」

「好……嗯？」

我們正在討論時，我突然注意到有東西在空中飛來飛去。抬頭一看，原來是五十公分左右的蝙蝠。這些傢伙在周圍晃來晃去，還發出巨大的拍翅聲。應該是白天不會出來，現在出來捕食普通的蟲子和蜥蜴之類吧。

「是巨大蝙蝠呢。」

「啊，是魔物嗎？」

「能不能算是魔物有點難說，不過看起來數量很多，還是小心一點吧。」

這些蝙蝠好像就叫作巨大蝙蝠，層級是F級。這一批數量很多，或許該算是E級。攻擊能力並不是特別高，也沒什麼威脅性，不會襲擊人類。據說只是拍翅聲很煩人的傢伙，可是……

「咦……怪了？這些傢伙是怎麼回事！」

不知道為什麼，它們聚集在艾莉娜麗潔身邊。看起來好像也沒有做出什麼攻擊行為，但是卻堅持纏著她不放。搞不好這些蝙蝠都是公的。

「我說……魯迪烏斯！你別光看，快想點辦法啊！」

「好。」

就算是艾莉娜麗潔，被這麼多蝙蝠纏上還是讓她連移動都有困難。當我正在悠哉思考是不是要刮起龍捲風把這些蝙蝠吹散時……

「嗯？」

我看到蝙蝠群後方有一個特別大的影子。那個影子擁有巨大的蝙蝠翅膀，用妖艷的動作踩著小跳步靠近。同時，一股甘甜香氣刺激著我的鼻子。

是女性夢魔。

我瞄準女性夢魔的身體部位擊出又粗又硬的岩砲彈。女性夢魔露出痛苦的表情，壓著腹部往後跳開，就這樣逃離現場。

「嗚喔喔喔！『岩砲彈』！」

唔……剛剛似乎下意識地克制了威力。看來只要對手長得像人類，自己就下不了手。畢竟我實在沒辦法做好所謂殺人的決心。

承認吧，女性夢魔這種魔物是我的剋星。

不但沒辦法殺了對方，而且一聞到那個氣味……或者該說是費洛蒙，就會瞬間失去理性。如果有一天必須近身戰鬥，我恐怕會立刻被牠迷倒吧。不過呢，只要能保持距離，那麼一記岩砲彈就能解決，不會被它幹掉。

女性夢魔的戰鬥力大約是E級程度，分類上卻等同於C級，是一種強大的魔物。如果我還是童貞……不，如果沒有和希露菲共度甜蜜夜晚的經驗，恐怕毫無勝算。

因為即使是生前，我也非常喜歡女性夢魔這種存在。

雖說這邊的女性夢魔卸妝之後的長相有點那個，不過只要別在男人面前以原本長相示人就不成問題。

事先理解就是這麼一回事後，通常可以輕易接受不再計較。

所以，一切都是不可抗力。就算我在解決巨大蝙蝠後感到心癢難耐，然後從艾莉娜麗潔的背後抱住她，這也是無可奈何的事情。因為我的狀態異常。

「喂……魯迪烏斯！魯迪烏斯你振作點！快點解毒！喂！別頂我！」

「一下子就好，只要一下子就好！不然只要前面進去……不，既然現在是這種狀況，用後門就好了，因為走後門不算劈腿啊！」

「你在胡說八道個什麼！」

「嗚喔！」

我抱著艾莉娜麗潔不斷磨蹭，卻被她用堅硬的盾牌狠狠敲擊，真是哎呦喂啊。如果這是色情遊戲，艾莉娜麗潔肯定會被歸類成暴力型女主角吧，雖然她這次的暴力並不是毫無理由啦。

不管怎麼樣，因為疼痛而稍微恢復理智的我趕緊使用解毒魔術。

「呼……呼……給妳添麻煩了。」

「這也沒辦法……女性夢魔就是這樣的魔物。」

嗚嗚，被打的地方陣陣發疼，盾牌其實是一種鈍器吧。

「呼……女性夢魔真的是一種希望牠別再來了的魔物……唉，討厭啦……害我也有點心癢……」

艾莉娜麗潔用力拍打自己泛紅的臉頰，然後甩了甩腦袋。看來我的求愛行動似乎讓她也有點動搖。不過這一切都要歸咎於女性夢魔的費洛蒙，並沒有所謂的真情實意，只有肉欲而已。

算了，不說這個。

她也是靠打我在忍耐。一切都是不可抗力，實在是迫不得已。

「那些蝙蝠似乎是女性夢魔的手下。」

「看起來好像是。」

在中央大陸，也有魔物會率領比自己低階的其他魔物。我記得自己在這個世界第一次看到的魔物就是那樣，名字叫什麼啊？只見過一次所以忘了，不過外型應該很像用兩隻後腳走路的野豬。

女性夢魔似乎也是把巨大蝙蝠當成屬下。如果發現有有男有女的旅行者，就讓蝙蝠纏住女性，然後趁機迷倒男性，把對方帶走。男性會被帶回女性夢魔的巢穴，先被用來滿足性欲，最後會被用來滿足食欲。

我能從遠距離一招擊退女性夢魔所以還算能夠應付，不過劍士和戰士系想必很辛苦。畢竟那種職業必須在近距離一邊聞著那種氣味一邊戰鬥，時間拖得越長就會越為不利。無論多麼高潔的騎士恐怕也無法抵抗，最後還是會屈膝服從吧。

能戰勝女性夢魔的大概只有男同志。

「……這次又是怎麼了？」

和女性夢魔的戰鬥結束後，有一群跟迅猛龍一樣以兩隻後腳步行的蜥蜴從沙丘另一邊冒了出來，然後一隻接著一隻地走向這邊。

牠們的個頭不大，不過總共有十幾隻，其中幾隻還開始捕食掉在地上的蝙蝠。

「我沒見過這種東西。」

艾莉娜麗潔警戒地舉起長劍和盾牌，我也抓緊魔杖。總之，先觀察一下狀況。

「原來艾莉娜麗潔妳也有不認識的魔物啊。」

「我又不是魔物博士。」

艾莉娜麗潔也不知道這天所看見的蜥蜴的名字。既然這樣，應該是貝卡利特大陸的特有種吧。

這些迅猛龍發現我們之後，一邊威嚇一邊發動攻擊。是不是覺得獵物會被我們搶走呢？不，打倒蝙蝠的人是我們，這些傢伙是想搶奪獵物。

牠們長著尖牙，速度也很快。話雖如此，其實沒什麼大不了。

我們眨眼間就打倒七隻，剩下十隻左右。結果對方也警戒起來，拉開一段距離。

本來想乾脆用上級魔術一口氣解決……然而下一瞬間——

「魯迪烏斯！小心一點！大傢伙出現了！」

當我們正在對付迅猛龍的時候，又來了個大傢伙。若以一句話來形容，就是巨大的雞。大概有五公尺吧，根本已經是恐龍等級。大紅色的雞冠非常刺眼。

這傢伙似乎是迅猛龍的天敵。以五六隻的小組對那些迅猛龍展開猛攻，很快把它們打散。

只見迅猛龍四處逃竄，巨大的雞跟在後面東啄一下西咬一口。

「這是一種金翅鳥（Garuda）……」

金翅鳥單體的層級是C級，這種成群的狀態似乎等於B級。不過看這體型，也有可能算是A級。

和迅猛龍戰鬥後，這些大雞和我們拉開了一段距離，因此現在只是在威嚇。

那些可憐的迅猛龍還在四下奔逃，也不知道還能撐多久。只要把那些獵物吃光，大雞接下來就會襲擊我們吧。雖然也不是沒辦法打倒它們……

「魯迪烏斯，我們逃吧，還有東西在靠近。」

但是，艾莉娜麗潔憑著敏銳感覺發現金翅鳥後面還有某種巨大肉食獸在靠近。

「了解。」

在撤退的途中，艾莉娜麗潔很機靈地回收了迅猛龍的屍體。那玩意兒看起來比蝙蝠好吃。

我們離開和迅猛龍戰鬥的地方，來到安全場所製造出一間避難小屋。今天要在小屋裡度過一晚。

基本上，本日晚餐是迅猛龍的屍體。並不是因為我們擔心帶來的食物會不夠，而是在旅途中要自給自足是身為冒險者的基本功。

不過話說回來，夜裡的沙漠和白天真的很不一樣。沒想到會接二連三出現魔物，要是我們繼續留在那裡和大雞也打一場，大概會再碰上其他魔物吧。根據艾莉娜麗潔的推測，她認為是那個女性夢魔的費洛蒙把魔物引了過來。

對男性來說是芬芳的香味，對女性來說是不快的臭味。雖然不知道對魔物來說是什麼樣的氣味，不過既然有這氣味的地方就會出現能獵食的對象，當然會吸引魔物靠近。

而且，女性夢魔的獵物是人類男性。

所以到頭來，人類經過的地方會形成魔物的聚集場。打倒一開始那隻女性夢魔時沒有出現蝙蝠也沒有出現魔物，大概是因為那個地方受到結界保護吧。

或許是因為我們運氣不好，碰到女性夢魔單獨潛入。

啊……那個女性夢魔該不會和奧爾斯帝德認識吧。

不，不會不會。如果真是那樣，對方怎麼會突然誘惑我呢？應該要先確定我們是不是和奧爾斯帝德有關吧。

等一下，說不定單純只是因為文化不同，那其實是女性夢魔打招呼的方式。日本也有叫人脫光交流才是彼此坦誠相待的比喻，這些都是所謂外國人無法理解的文化。搞不好女性夢魔也是類似的情況，只是單純想讓我舒服一下而已。

如果真是那樣可就糟了。搞不好自己不知不覺間已經對奧爾斯帝德表示出敵意。是不是該立刻回頭，幫女性夢魔蓋個墳墓呢？就算奧爾斯帝德不知道究竟發生了什麼事，只要我鄭重埋葬那個女性夢魔，或許能讓他消氣……

不，如果有哪個人待在那個遺跡裡，七星應該會提醒我一聲才對。沒錯，基本上奧爾斯帝德不是因為詛咒而遭到他人厭惡嗎？說不定對象不只是人類，連魔物也討厭他。

嗯，所以那個女性夢魔和他沒有關係。

「呼啊……貝卡利特大陸的實際狀況和傳聞差很多呢。」

也不知道艾莉娜麗潔是否有察覺到我的焦躁，總之她在避難小屋裡打了個呵欠並發表感想。還真是悠哉，所以說不知道奧爾斯帝德厲害的傢伙就是這麼天真。

不過呢，我這些推論肯定也是自己想太多吧。如果碰到魔物就要顧慮對方搞不好跟哪個人認識，以後不管去到哪裡，都得先向魔物請教了。

那個女性夢魔是想要捕食獵物，結果被我擊退。就只是這樣。

「是啊，這裡的魔物比想像的還多。」

我拋開自己的想法，回應艾莉娜麗潔。老實說，這裡的魔物密度比魔大陸還誇張。該不會我們其實是被轉移到天大陸了吧？

「算了，因為到目前為止都能夠應付，應該沒問題吧。」

「不過還是千萬不能大意。」

「不用你提醒，我也不會大意。不過只要我們能繼續做出和過去一樣的對應，應該能擊退大多數的魔物。」

「萬一我快要被女性夢魔迷倒，也請妳繼續給予相同對應。」

「你應該要多提防一點啊。」

我們聊著聊著，第一天過去了。真是特別漫長的一天。是說，才一天嗎？感覺前途漫漫……

第十二話「沙漠之旅」

第二天，我們和魔物之間的戰鬥也極為慘烈。

這片沙漠裡的魔物很多，沙蟲更是必須特別警戒的敵人。只要走路時提高警覺，那個毛蟲不是什麼大問題。可是，有些時候實在無法顧及腳邊……例如戰鬥中。

有一次，沙蟲在雙尾死蠍出現後才突然冒了出來。我一瞬間就被沙蟲一口吞下，還差點被拖進地底深處。那時心裡雖然有點焦急，還是立刻使用中級風魔術「風裂（Wind Slice）」把那傢伙的身體四分五裂。

等我用土魔術回到地面後，艾莉娜麗潔已經中了雙尾死蠍的毒。她是因為看到我被沙蟲吞下而一時動搖。看到艾莉娜麗潔屈膝倒下還滿臉發紫，我立即打倒雙尾死蠍，使用中級解毒魔術治好艾莉娜麗潔。

這次並不是哪個人有錯，只是時機的問題。

「處理得真好，不愧是『泥沼』。得救了。」

艾莉娜麗潔沒有責怪我害她差點死掉。明明從某些角度來看，應該是我過於大意才會發生這種事。

真是心胸寬大。

「你不要一臉這種表情。就算再怎麼繃緊神經，不行的時候還是不行。這次還沒到那種時候，就是這樣而已。」

全滅的危險如影隨形，艾莉娜麗潔很理解這種事。

這種讓人嚇出一身冷汗的情況只有出現過這一次，移動過程基本上很順利。

途中，我們看到一隻巨大的魔物。那東西在遠方踩著重重腳步緩緩往前走，即使距離遙遠，也可以看出它光是走路就掀起滾滾沙塵。全長搞不好有一百公尺。

是一隻很難形容的生物，或許該說是藍鯨身上長著很多條象腿的感覺吧。

「是貝西摩斯（Behemoth）。」

「原來妳知道嗎，艾莉娜麗潔？」（註：出自漫畫《魁!!男塾》）

「哎呀，你對我講話終於也願意比較隨性了？」

「不，怎麼會，我很尊敬年長者。」

「但是札諾巴也比你年長啊。」

「因為那傢伙雖然年齡增加卻還是個小孩。」

貝西摩斯似乎是棲息於貝卡利特大陸上的著名生物，體長從一百公尺到一千公尺不等。發現地點是沙漠，但不知道它以什麼為食。以魔物來說，貝西摩斯的性格算是特別平穩，只要沒受到攻擊，通常都表現得很溫馴。據說過去曾有人打倒過貝西摩斯，根據那段軼聞，貝西摩斯的肚子裡藏有大量的魔石。

好像有人得知此事後意圖一口氣發大財，不過要打倒貝西摩斯並非易事。它的外皮極為強硬堅韌，普通攻擊甚至無法撼動那巨大身軀分毫。儘管沒有攻擊手段，卻只要以龐大身軀做出狂暴行動就能造成充分威脅。

這下可能會有人認為換成遠距離攻擊不就行了，然而貝西摩斯一旦處於劣勢，就會潛入地底深處逃走。因此，聽說幾乎沒有人成功解決過它。

此外，明明貝西摩斯的身體那麼巨大，屍體卻不曾被發現。所以傳聞中，某處存在著貝西摩斯的墳場，那裡滿地都是大量的貝西摩斯骨骸以及大量的魔石。聽起來很像大象墳場，會讓人有點興奮。

不過，反正沒找到屍體的理由一定是被其他魔物吃掉了之類。

「如果是你去挑戰，說不定可以打贏喔。」

「我可不打算襲擊可愛又可憐的草食性動物。」

只是萬一哪天缺錢，試著從遠距離攻擊應該也相當有趣吧。

我們在第三天遭遇沙塵暴來襲。

不，來襲這個說法或許不太正確。我們走著走著，就看到遠處出現一面像牆壁的東西，靠近之後才知道原來是一片沙塵暴。我和艾莉娜麗潔討論後，原本想等到沙塵暴平息，但是看起來這片沙塵暴一直在固定地點刮起，似乎不會消散。

但是我們在趕時間，因此我用魔術鎮住沙塵暴，突破這個地方。雖然有被叮嚀過最好不要操控天候，不過這次算迫不得已吧。

繼續前進一小時後，我不經意地回頭一看，只見同樣地點又刮起沙塵暴。

說不定那也是一種魔力型結界。這條路會通往奧爾斯帝德經常使用的遺跡，所以沙塵暴是為了把路堵住的自然結界之類。

七星完全沒有提到這種事。不過當時的她據說根本沒有確認周圍環境的餘裕，或許沒印象也是無可厚非。

第四天，魔物的數量銳減。大概是因為那片沙塵暴發揮了類似結界的功用。

通過沙塵暴後，這裡的生態系統和之前完全不同。蠍子只有一條尾巴，也沒碰到整群行軍的螞蟻。沙蟲的尺寸縮小到和艾莉娜麗潔的軀幹差不多粗，晚上也不會有蝙蝠飛來飛去。在傍晚過後的時段還是有看到迅猛龍，但是族群的數量很少，體型也不大。金翅鳥更是連個影子都沒見到。

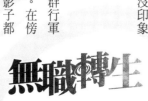

夜裡也不再遭到女性夢魔襲擊。

讓人有點高興，也有點寂寞。不，我才不寂寞呢。

第五天，我們繼續在沙漠中前進。放眼望去全是沙海，同樣的風景往前延伸。

人類在沒有任何東西可當路標的地方移動時，即使覺得自己是直線前進，最後好像還是會繞一大圈回到原地。據說這是因為慣用腳和重心腳跨出去的步伐寬度不同。

我想艾莉娜麗潔應該不會那樣。可是話又說回來，總覺得那個沙丘之前好像有看過。這種想法一旦從腦中閃過，就會冒出懷疑的心情。

開始懷疑艾莉娜麗潔是不是迷路了。

不過呢，只是懷疑還沒關係，只要別說出口就好了。如果實際說出口，艾莉娜麗潔的心情就會變差。心情一變差，就會打亂團隊默契。而團隊默契的失衡，將會帶來死亡。

所以自己唯一能做的事情是原諒。在艾莉娜麗潔出現失誤的時候，要笑著原諒她。

也絕對不會責怪她，嗯。

「……唔，魯迪烏斯，我發現了什麼。」

結果這種決心只是白搭。在艾莉娜麗潔指出的方向，好像可以看到有什麼東西在熱空氣裡搖晃。

「我確認一下。」

我用土魔術做出石柱，站在上面確認遠方的情況。

遠方確實有什麼東西。不過，我還無法看清那是什麼，只能隱約看到有某種顏色和沙子不同的物體。說不定只是海市蜃樓。

總之，我們決定朝著那東西直直前進。一邊提防魔物，同時不斷往前。

話說起來，今天完全沒有碰到魔物。或許這一帶沒有魔物吧。

不，還是不能大意。當我正在思考這些事情時，目標已經清晰可辨。

原來是一片讓人聯想到艾爾斯岩(Ayers Rock)的巨大岩層，高度差不多有五十公尺。我腦中浮出「岩棚(Rock Ledge)」這個名詞。雖然外形還不能算是懸崖絕壁，不過想爬上去看來得費一番工夫。這樣的巨大岩層一直延續到地平線的另一頭，看不到邊際。

「要繞過去嗎？」

「不，我們上去吧。我來使用魔術。」

我利用土魔術做出石柱，然後把艾莉娜麗潔抱了起來，搭著臨時電梯前往岩棚上方。為了以備萬一，速度放得很慢。

不過，途中我突然感到不太對勁。在屁股附近，傳來一種撩人的奇妙感覺。

「那個……艾莉娜麗潔小姐。」

「怎麼了？」

「妳的手好像有點不安分。」

「這只是一種習慣，請不要介意。」

在登上岩棚的這幾分鐘內，艾莉娜麗潔一直在我身上亂摸。

「……」

或許是詛咒造成的影響開始浮現。對於那個魔道具，我有持續注入魔力。

然而，據說那只能把期限延後。艾莉娜麗潔最後和克里夫做過之後，已經過了大約十天。

我本來以為靠魔道具還能再撐一段時間，不過那充其量只是試作品，不能掉以輕心。真想快點到達有人居住的地方。

萬一情況緊急，只能由我上陣。不過，那樣絕對算是劈腿吧。

甚至可以說是外遇，就算想把責任推到詛咒上面也是一樣。在這趟旅程中，我不會和艾莉娜麗潔發生關係。這不是彼此在旅行前就講好的事情嗎？

最好的辦法，是在集市裡找到提供男娼的場所。而最好的認知，是明白那種行為只不過是為了處理性欲。這也是為了彼此好。

「艾莉娜麗潔小姐，我們已經到達岩棚上方了。」

「嗯，是啊。」

艾莉娜麗潔還是不肯放開我，她用熱情的視線在我的肩膀附近徘徊。

「……妳快點放手啦。」

「抱歉。」

艾莉娜麗潔總算退開，但是目光依然朝向我的下半身。我感覺貞操受到威脅。果然抱著她上來是錯誤決定。

或許該用別的辦法才對。回想起來，一直都是艾莉娜麗潔在主動避免彼此的肉體接觸，或許是我打破了平衡。不妙，我們必須趕快到達集市。

「我們走吧。」

「是。」

在艾莉娜麗潔的催促下，我也邁開腳步。然而下一瞬間，我看到腳邊出現影子。

「魯迪烏斯！快趴下！」

叫聲突然響起。我在確認上方之前，已經先倒在地上。只差了一點時間，有什麼東西從頭上通過。一股涼意竄過我的背脊。

我立即起身，同時確認剛剛到底是什麼東西。原來是一隻擁有鷲頭和獅子四肢的砂色魔物，那傢伙拍打著巨大的翅膀，拉開一段距離之後降落。

「是獅鷲獸！」

艾莉娜麗潔大叫。發現敵人出現的我立刻切換心態，然後舉起魔杖並轉身面對獅鷲獸。問題是現在的陣形很糟糕，艾莉娜麗潔幾乎是在我的正後方，等於是意外遭受背後奇襲的狀況。

不，即使身處這種狀況，艾莉娜麗潔也能對應得很好。我相信她會巧妙地和我交換位置，想辦法回到前衛。

「魯迪烏斯，敵人是一對！那一隻交給你了！」

然而事與願違，背後也傳來揮動翅膀的聲音。

總共有兩隻獅鷲獸，我們遭到夾擊。

眼前的獅鷲獸A必須由自己來解決。如果我選擇閃躲，讓獅鷲獸A衝向艾莉娜麗潔，她就會腹背受敵。

……不，是不是那樣做反而比較好？先讓艾莉娜麗潔負責拖住兩隻敵人，然後我再分別解決。

雖然可以讓情勢演變成平常慣用的模式……但是這次我們並沒有事先講好。而且艾莉娜麗潔還說了這一隻要交給我，如果我沒有解決眼前這傢伙，艾莉娜麗潔恐怕無法應付。好。

獅鷲獸身體前傾，嘴巴半開，正在惡狠狠地瞪著這邊。彼此距離很近，獅鷲獸看起來也很敏捷。岩砲彈可能會被它躲開，或是能承受下來。

我想確實解決敵人，還是不要用岩砲彈比較好。而且那傢伙還有翅膀，不知道飛行能力如何。

只是這樣一來，泥沼大概也不會有什麼效果。既然如此，就改用風系吧。

獅鷲獸的後腳在用力，它要進攻了。

隨著後腳發出的踏地聲，獅鷲獸像老虎一般張開前腳撲了過來。我屈膝蹲下，對著地面使出魔術。

上級土魔術「土刺蝟（Earth Hedgehog）」，尖刺的長度設定為三公尺，以放射狀布滿我的周圍。

「嘰啊啊！」

獅鷲獸立刻拍打背上的翅膀。

〔獅鷲獸在空中控制路線，瞬間閃向旁邊，試圖躲避〕。

能看到，我的魔眼能看到牠的行動。

我用左手使出風魔術，製造出廣範圍的衝擊波，奪走獅鷲獸的控制力。獅鷲獸在空中不斷旋轉，失速往下墜落。即使如此，那傢伙還是像貓一樣扭轉身體，想要降落。

我立刻朝著牠著陸的地點放出岩砲彈，岩砲彈發出刺耳聲響飛了出去。命中。

獅鷲獸身上開了一個黑色的大洞，下一瞬間，岩砲彈「啪」一聲穿了出去。牠搖搖晃晃走了幾步，沒有發出叫聲，直接「砰！」地倒下。

我立刻使用火魔術給獅鷲獸致命一擊，然後回過身子。艾莉娜麗潔還好嗎？

結果她也平安。艾莉娜麗潔正在用盾牌防禦獅鷲獸的攻擊，同時揮動刺劍反擊。獅鷲獸的前腳已經一片鮮紅，因為艾莉娜麗潔一直針對那裡攻擊。她是在藉由集中攻擊某一點來削弱敵人的力量。

「艾莉娜麗潔小姐！『岩砲彈』！」

「！」

我在她背後大叫，並且放出岩砲彈。艾莉娜麗潔往旁邊跳開。

獅鷲獸沒有追殺艾莉娜麗潔。牠已經注意到我，想要躲開岩砲彈。然而艾莉娜麗潔隨即揮劍往前一刺，讓刺劍稍微戳進獅鷲踏在地上的前腳。只見獅鷲獸的身體往下一沉。

岩砲彈隨後命中。岩砲彈在獅鷲獸的脖子附近開了一個大洞，撕裂肌肉貫穿身體，破壞脊椎後從另外一側穿了出去。

獅鷲獸腦袋一歪，發出沉重聲響倒地。

身體還在不斷痙攣。艾莉娜麗潔舉起刺劍戳進牠的頭部，給予致命一擊。接著，我再使出火魔術燒掉屍體。

戰鬥結束後我們繼續警戒周遭，確認是否還有其他追擊。過了好一陣子才總算鬆一口氣。

「呼……抱歉，剛剛有點太大意了。」

「不，沒有仔細確認上方的我也有責任。」

我們都為了自己的失敗向對方道歉，然後觀察前方。岩棚上可以看到一些沙子，不過地面確實是由岩石組成。

想來從這裡開始，我們可以不必警戒腳下了。

「接下來多注意上空吧。」

「是呢。」

進行最低限度的檢查後，我和艾莉娜麗潔開始前進。

第六天，這片岩棚是獅鷲獸的巢穴。似乎每隔一定距離就會進入獅鷲獸的地盤，因此多次遭受攻擊。

獅鷲獸是B級的魔物，並不會使用魔術。然而擁有極為強大的身體能力，以及還不錯的飛行能力。由於行動範圍能遍及三維空間又相當迅速，對於魔術師來說應該是強敵吧。

經常單獨行動，不過也會因為找到伴侶生下後代而形成二到五隻的族群。擁有高度智能，族群在狩獵時還會發揮高水準的合作，因此形成族群的獅鷲獸被認為等同於A級。

話雖如此，依舊不是我們的對手。

夜晚來臨，不過沒有發現女性夢魔出現的跡象。大概是不敢闖入獅鷲獸的地盤吧。

另外，獅鷲獸就算是對同族也保有很強烈的地盤意識。如果是一天路程左右的距離，其他獅鷲獸似乎也不會從遠方跑來襲擊。

換句話說，這裡很安全。我們久違地燃起火堆，拿獅鷲獸的肉來烤肉。

最後打倒的獅鷲獸是帶著小孩的親子組，所以我們決定把小獅鷲獸當成晚餐。畢竟不管哪種生物都是年紀小的比較柔軟美味，小牛排就是一個例子。

因為自己的小孩也快出生了，所以多少會感到心痛。不過，這也是為了生存。

人類是自私的生物。

關於調理魔物肉的方法，我也懂得一點知識，還把調味料也帶來了。雖說之前的迅猛龍肉結果吃起來不怎麼樣，但是獅鷲獸介於哺乳類和鳥類之間，想必能做出美味晚餐。

調味料是現成的配方。以1：2：2的比例混合柯庫利的果實、阿瓦茲的種子和乾燥的艾比葉，然後磨成粉狀。把沾在手指上的粉末舔掉後，可以感覺到刺激的辣味。

在處理好的肉塊上塗滿這種調味料，讓味道能夠滲透進去。

接下來再撒上鹽並用火烤。表面烤到變色之後，放到離火遠一點的位置再烤一段時間。等表面開始滴下油脂就可以吃了。確認不會被燙傷後，我大口咬下。

小獅鷲獸的肉既柔軟又多汁。雖然有種特別的味道，不過被調味料的辣味蓋掉了。

噢，用這種方式來烤，裡面當然還沒有熟透。

但是這不成問題。只要把表面烤好的部分先吃掉，再抹上調味料拿去烤就好了。

「好懷念啊，基斯身上也總是藏著這種調味料。」

「盜賊型的人通常都會帶著這種東西呢。」

和艾莉絲分開後的那幾年，我也以冒險者身分經歷過不少事，還參加過各式各樣的隊伍。每支隊伍裡必定會有一個能做出這種調味料的傢伙。

尤其以盜賊型居多。他們每次出去，總是會順便採集路邊樹木的果實和葉子並儲存起來。

這些東西並非只能用在料理上，也有一些魔物討厭這種香氣和味道特別強烈的香草和果實。

所以可以在緊急時刻丟出去，或是用來驅除蚊蟲。

還有些傢伙會製成粉狀再拿來攻擊敵人眼睛。

「我相當喜歡你的調味。」

「那真是謝了。」

艾莉娜麗潔很沒規矩地舔著手指上的油脂，但是她在城鎮裡吃飯時絕對不會做這種動作。通常是在其他情況下，艾莉娜麗潔才會去舔手指。例如想誘惑男人的時候。

「艾莉娜麗潔小姐，妳那樣很沒規矩。」

「哎呀，你這發言跟塞妮絲真像。」

「……母親她也說過這種話？」

「『妳是女孩子，請多注意各方面！』……就像這樣，經常會滿臉通紅地糾正我呢。」

艾莉娜麗潔模仿著某個人的語氣。和我對塞妮絲的印象有點不同，不過她是在學塞妮絲沒錯吧。意思是塞妮絲也曾經有過我不知道的時代吧，而她現在……

不，還是別想了。要是在旅途中感到不安，通常不會有好事。

「艾莉娜麗潔小姐果然是從那個時期起，就已經有蕩婦的傾向嗎？」

「什麼蕩婦……算了，其實也沒有錯。不過你要知道，當時大家晚上睡覺時通常都脫光光或是只穿貼身衣物喔。基列奴甚至不知道胸罩這種東西的存在。講到保羅看她的那種猥褻眼神，真的是……」

那個基列奴居然那麼不知羞恥……不，既然是基列奴，確實很有可能不知道。因為她對那方面似乎真的不太了解。然後保羅那傢伙……算了，我也可以理解。畢竟獸族都帶著巨大的哈密瓜嘛。

「對了，我第一次見到塞妮絲時，她正好差不多是你這年紀……」

「十六歲左右？」

「嗯，還是個分不清上下左右的小丫頭。保羅去找她搭訕，然後就把人帶回來了。」

艾莉娜麗潔似乎很懷念地瞇起眼睛。對了，基斯和基列奴有時候提起往事但沒講清楚人名時，也會露出這樣的眼神。大概是什麼很令人懷念的回憶吧。

「父親他好像有事情想跟艾莉娜麗潔小姐妳道歉，我可以請教是發生過什麼嗎？」

「………你還是不要知道比較好。」

艾莉娜麗潔皺起眉頭，看起來很不想說。

「你應該也不想知道自己父親的感情糾紛吧？」

「嗯，我不想知道。」

其實我很想知道。不過看她一副不想說的樣子，還是不要多問比較好。

這就是所謂的識相。

不過啊，果然是感情糾紛嗎？保羅似乎和基列奴有過肉體關係，果然和艾莉娜麗潔也有過肉體關係嗎？但是，後來卻因為塞妮絲懷孕而導致隊伍解散。

感覺似乎可以想像出他們之間到底有過什麼愛恨情仇。

「等我們到了拉龐，父親一定會對妳磕頭道歉。」

「…………不管他說什麼，我都不會原諒他。」

艾莉娜麗潔把臉一板，當初是不是真的搞得很難看？

保羅他是個無可救藥的傢伙。正因為他那個人無可救藥，所以我必須幫助他。我們同樣身為無可救藥一族，自然要互相幫助才行。

萬一場面太尷尬，我也向艾莉娜麗潔賠罪並請她原諒保羅吧。

第七天，我們一邊和獅鷲獸戰鬥，一邊往北移動。

這片岩棚很大。我把這裡稱為岩石，實際上可能更類似山地。雖然沒有高低落差，但是視野並不良好，因為到處都有巨大的石塊擋路。走著走著，有時候會來到特別空曠的地方。

通常在這種地方就會被獅鷲獸襲擊。我們只好先擊退獅鷲獸再繼續前進，不斷重複這種過程。

「哦？」

不過，走了一段時間後，岩棚突然結束。

「終於……」

可以看到懸崖下方不是沙漠。儘管數量不多，還是有一些樹木存在。是一片類似熱帶草原，只是草比較少的土地。然後在遠處，可以隱隱約約看到某個景象。

一片廣闊的湖泊，以及湖泊周圍用白布搭成的屋頂。

集市到了。

第十三話「集市」

第八天，我們爬下岩棚，朝著集市前進。

從高處往下看，集市就像是甜甜圈。在大湖泊旁邊圍了一圈的帳篷是糖粉，然後再往外一圈則圍著若干綠色植物。最近都沒吃到那一類的油炸甜點。

「我們終於到了。」

「是啊。雖然只走了短短七天，但是覺得好遠。」

「因為路上有一大堆魔物嘛。」

地面也不再是沙漠了，而是似乎很欠缺養分的紅褐色大地，還散落著許多拳頭大小的石頭，或許和魔大陸的地面很類似。不過託福，總算是好走多了。氣溫也大幅下降，那個岩棚的兩側真是天差地別。

當我們來到集市附近時，已經是傍晚時分，蝙蝠在紅褐色的大地上空飛來飛去。吃了一驚以為是女性夢魔來襲的我立即轉準備應戰，結果蝙蝠只有繼續飛來飛去。沒有攻擊我們，中心也沒有藏著女性夢魔，就只是普通的蝙蝠。

不過，雖說這裡已經接近集市，還是有可能出現魔物。因此我們移動時依然保持警戒。

嘰……

往集市前進一陣子之後，遠方傳來的獅鷲獸叫聲讓我們更加警戒。

「可能是敵襲。」

「不是，是那邊發生戰鬥。」

艾莉娜麗潔看著前方說道，但是憑我的視力還看不到任何東西。

「是誰在戰鬥？」

「我哪知道。」

我開口反問，卻得到冷淡回應。

再往前沒多久，我發現幾個人和獅鷲獸。

四個人類 vs 五隻獅鷲獸。不，正確來說不是四個人，而是六個人。

只是有兩個人已經倒在地上，另外還有一個人抱頭蹲著，剩下的人則是在和獅鷲獸戰鬥。

實際上是三對五。剩下這三人正揮著寬刃劍並發揮出優秀的默契，不過還是能看出明顯的疲態。

「要出手相救嗎？」

我姑且問了問艾莉娜麗潔的意見，但她只是聳了聳肩。到底是要還是不要啊？

「交給你決定。」

如果見死不救，會讓我晚上睡不好覺。還是幫忙這些人吧。

「去救他們吧。」

「知道了，掩護我！」

「了解！」

艾莉娜麗潔往前跑去。同時，我瞄準位於高處的獅鷲獸放出衝擊波。命中目標，大概是因為牠根本沒注意到這邊吧。儘管沒有立刻死亡，那隻獅鷲獸還是掉著羽毛往下墜落。這時，艾莉娜麗潔立即跳上半空，用劍刺穿了牠的脖子。

我接二連三放出衝擊波。第二隻獅鷲獸被一擊解決，但是第三隻卻閃開了。

獅鷲獸發現了我的存在，問題是牠面前還有那些武裝的男子。

而且我和獅鷲獸之間擋著擅長防守的艾莉娜麗潔。（註：「擅長防守的～」出自漫畫《灌籃高手》，陵南的池上選手）

如此一來，我可以盡情使用魔術。我方已經不可能落敗，來把牠們一隻隻收拾吧。

「嘰呀啊啊啊啊啊！」

最後一隻獅鷲獸想要逃跑，不過我朝著牠背後擊出岩砲彈，給予致命一擊。畢竟不能就這樣放任負傷的魔物溜走。

戰鬥結束，我和艾莉娜麗潔一起走近那群人。

「結……結束了嗎？」

蹲在地上縮成一團的男子抬起頭來。他東張西望地觀察四周，還露出明顯的安心表情。之前和獅鷲獸戰鬥的戰士們紛紛回到男子身邊。

「你在做什麼！還不趕快去找！」

男子對其中一名戰士發出指示，聽到指示的人以全速離開，不知道跑哪裡去了。

「真是的……實在倒楣，為什麼連這種地方都有獅鷲獸……」

發出指示的男子帶著剩下兩人來到我們這邊。

「真是得救了，在此道謝。」

這個男子身穿紅色長袍，外面還套了一件類似睡袍的黃色外衣。

頭上纏著頭巾，額頭上有一個紅點，完全符合所謂沙漠商人的形象。

體型削瘦，嘴邊蓄著有點長的鬍鬚，但是欠缺威嚴，反而有種小家子氣。讓人可以稍微安心。

「不不，遇上困難的時候應該要互相幫助。」

「一般來說會見死不救。」

由於對方用鬥神語道謝，因此我也用鬥神語回應。

自己能確實聽懂對方的發言，對方也能聽懂我的回答。看樣子我的鬥神語沒問題。

「願風之恩惠與你同在。」
男子只說了這句話就迅速轉身離開，走向倒下的同伴。真是冷淡。
「……」
剩下那兩人穿著紅色的鎧甲，下半身垂著一條很像裙子的厚重腰布。和中央大陸的平均裝備相比，他們的裝備更加厚實。掛在腰上的武器是彎曲幅度很大的曲劍，劍刃又寬又厚，長度遠遠超過一公尺。我在魔大陸也經常看到這種感覺的劍，大概是對大型魔物很有效吧。武器巨大，鎧甲也很厚重……或許正是因為這樣，面對獅鷲獸這種敏捷的對手才會處於劣勢吧。
「你是魔術師嗎，真少見。」
說出這句話的人是一個魁梧的壯漢。他的臉上有一大塊刺青，左眼戴著眼罩。身高將近兩公尺，年齡可能是四十歲上下。一舉一動都給人一種經驗豐富的感覺。
「大哥，這傢伙，該不會，是女性夢魔？」
另外一人是女性。她不斷打量艾莉娜麗潔，還講出這種話。皮膚是淺黑色，身上穿著胸甲以及類似裙子的腰布。另外她的肌肉雖然藏在衣服下面，不過應該相當發達。年齡大概是二十出頭吧。
「她剛剛說了什麼？」
不知道女子在說什麼的艾莉娜麗潔只能發愣，她聽不懂鬥神語。

「她在說妳是不是女性夢魔。」

「哎呀，其實也不一定能算是說錯。」

「妳居然自己承認。」

「不過，我可不會發出那種臭味。」

「那個氣味對男人來說倒是很香。」

魁梧男子朝著女子的腦袋打了一掌。

「蠢貨！哪有帶著男人的女性夢魔！受人幫助還講這種鬼話！」

「可是，大哥，你說過，有蝙蝠在飛，看到女人，就要認為是女性夢魔！」

被打的女子很委屈地說道。

我實在無法順利聽懂她的發言，是因為口音很重嗎？雖然聽懂各個單字後也可以理解大致意思，不過有點不方便呢。

「真是的，所以就說妳這傢伙是個二愣子！」

相比之下，男子的口音就很普通。雖然不確定是否字正腔圓，總之是我可以輕鬆聽懂的鬥神語。

「呼……」

魁梧男子嘆了一口氣，看著艾莉娜麗潔低頭道歉。

「不好意思，請別介意。這傢伙……叫作卡爾梅麗塔，腦子實在不靈光。」

艾莉娜麗潔滿臉為難地看向我，她一個字也聽不懂。

「……這個人在說什麼？對我求愛之類嗎？」

「旁邊那個女性誣賴艾莉娜麗潔小姐是女性夢魔，所以他代為謝罪。」

「噢，是這樣嗎？我就寬大原諒吧。」

艾莉娜麗潔對著魁梧男子露出能讓男人融化的笑容，對方臉都紅了。

「她說不介意。」

「是……是嗎？她聽不懂我們的語言？」

「是的，我是翻譯。」

魁梧男子毫不客氣地觀察艾莉娜麗潔。我大概知道他在想什麼，反正就是「真是個漂亮女人」之類的感想吧，或是「胸部怎麼這麼平」之類。艾莉娜麗潔想必已經習慣這類視線，一副不以為意的樣子，甚至多少表現出感到得意的態度。

魁梧男子強迫自己把視線從艾莉娜麗潔身上移開，然後看向我。

「……我叫巴里巴德姆，再次致謝。」

「我是魯迪烏斯．格雷拉特，這一位是艾莉娜麗潔。」

「是嗎，如果有什麼事……」

「喂！你們在磨蹭個什麼！」

巴里巴德姆的話還沒說完，先前的商人就對著他們大叫。

「快點去找貨物啊！」

「哎呀，抱歉得走了……主人之後也一定會向兩位表示謝意。」

語畢，巴里巴德姆和卡爾梅麗塔都跑向那商人。他們三個簡短地商量了一陣，隨即兵分兩路不曉得跑哪裡去了，動作真快。

「哎呀，真是冷淡呢，至少該給個謝禮比較好吧。」

艾莉娜麗潔抱怨了兩句，不過她並不是真的想要謝禮。

「居然把傷患也丟著不管……」

我幫他們看了一下還倒在地上的同伴。要是這些人需要治療，我也可以用用治癒魔術。

不過呢……

「已經死了嗎？」

難怪他們一副沒有打算治療的樣子，大概是心裡已經有數。

「這邊是個還年輕的孩子。」

其中一名死者是個年輕女孩，看起來才十八歲左右。可能是腦袋被獅鷲獸的利嘴咬中，額頭上開了一個大洞，肯定是立即死亡。

「在這個大陸上，是不是有丟著屍體不管的文化啊？」

「實在是一些不配當冒險者的傢伙。」

「不過他們看起來也不像冒險者啦。」

我們一邊交談，同時用魔術火化屍體，然後埋入土中。居然不幫同伴收屍埋葬，真是薄情無義。

先前那個戰士好像是叫巴里巴德姆吧？雖然那傢伙說會再表示謝意，但是我們連那個蓄鬍大爺叫什麼名字都不知道。也沒告訴我們聯絡方式，這是要如何表示謝意啊？

難道是要我們自己去找嗎？要我們把他們找出來，主動要求謝禮？

……算了，反正他們大概打從一開始就不打算致謝吧，這次就算是我自己好心幫忙。

「好，我們走吧。」

「嗯。」

如此這般，我們終於抵達集市。

進入集市時，太陽已經下山。

不過周圍還很明亮。因為到處都點著篝火，就像是祭典廟會那樣。

篝火周圍的地面上鋪著類似地毯的布，男男女女都很開心地坐在上面吃飯，感覺跟櫻花季賞花時很像。每個人都纏著頭巾，服裝包括各式各樣的顏色和花紋，但總之具備強烈的獨特民族色彩。

我和艾莉娜麗潔的裝扮大概顯得很格格不入吧，只是其實也不成問題。

「感覺肚子餓了呢。」

「是啊。」

看到別人在吃飯，就會覺得自己也餓了。不管在哪個世界，這都是一樣的現象。話雖如此，是不是該先找到睡覺的地方呢？我正在評估，卻有一個男子對著我們喊話。

「喂！那邊兩位，要不要來吃點東西？現在只要三新薩就供餐！」

看來他是在販賣自己人吃不完的料理。我們兩個不約而同地接受了他的推銷，畢竟餓著肚子也想不出好主意。正想在鋪地布上坐下，拉客的男子卻對著我們伸出手。

「麻煩先付帳，因為料理已經做好了。」

我從懷裡掏出三枚銅幣遞給他，結果男子卻一臉懷疑。

「這啥玩意兒？」

「是拉諾亞王國的銅幣。」

「那是哪裡的國家啊？這種東西不能用啦。」

拉諾亞王國的貨幣在這邊果然不能使用，不過這也理所當然。

我本來就想找個地方換錢，可是現在兩手空空。

「這東西可以嗎？」

我還在想該怎麼辦才好，艾莉娜麗潔已經把一個物品塞進拉客男子的手裡。是金屬戒指。

拉客男子拿起戒指，湊到眼前仔細觀察。他隨即滿意地說了聲謝謝，然後又去招攬其他客人。

「這種時候直接拿東西出來抵帳就可以了。」

嗯，該說薑不愧是老的辣嗎？下判斷的速度很快。

「艾莉娜麗潔小姐真的很可靠。」

「奉承我也沒有任何好處喔。」

我們在布上坐下。不知為何，我莫名地有種懷念感，可能是因為最近很少直接坐在地上吧。這種感覺很像坐在日式建築裡的地毯上。

「來，讓兩位久等了！」

我們沒有點菜，料理卻直接送上。首先是很像馬鈴薯燉肉加上豆子熬煮而成的黏稠白色濃湯，接著是看起來會辣的蒸肉，最後是吃起來似乎會酸，還被淋上甜甜醬汁的陌生南國水果。甜湯和會辣的肉再搭配酸甜的水果，真是會讓人想要碳水化合物的組合。

我原本這樣認為，結果這些食物卻意外好吃。

特別是濃湯很棒。乍看之下是白色的馬鈴薯燉肉，但那些黏稠的部分其實是煮爛的米飯。

換句話說，這是一種粥。

沒想到可以在這種地方吃到米飯。這邊不太可能有水田，大概是旱作吧，我記得好像在哪裡聽說過熱帶地區也能種米。真是令人開心的驚喜，我兩三下就吃光了。

嗯，米飯果然很棒。光是吃到米飯，就讓我覺得自己什麼事都能辦到。精神百倍。

北方大地是不是也能想辦法種出稻米呢？只要讓愛夏去學習農業，說不定有可能成功。

不，我當然不會為了自己把妹妹培養成農夫。

「哎呀，對味道很挑剔的魯迪烏斯今天居然什麼都沒說。」

「因為這個出乎意料的好吃啊。」

我甚至又追加一份。這不是在嫌棄希露菲平常做的料理，可是該怎麼說……總之米飯另當別論。要是能有雞蛋和醬油就更好。

對了，或許這片大陸上有醬油。蛋……只要用那個金翅鳥的蛋或找一下其他鳥類的蛋就行。既然金翅鳥叫作鳥，應該會下蛋吧？有米，也有蛋。如此一來，必要的東西只剩下一個，就是醬油。

「好啦，我們該去找個地方住宿了。」

不過，這次不是來觀光。等幫完保羅之後，要是還有一點空檔就可以去找，不過目前先把這事擱一邊去吧。

「看起來嚮導可能要等到明天再找了。」

放眼望去，周圍也紛紛開始打烊。似乎還有些地方已經熄掉燈火，進入就寢時間。

這裡的人真早睡覺。看這情況，根本沒辦法找人。

「不好意思請問一下，這附近有旅社之類嗎？」

我看到之前攬客的男子，所以找他打聽。

「旅社？哪來那種地方，自己隨便找個喜歡的地方睡吧。」

結果得到這樣的回答。

這個集市沒有旅社之類的設施，沒帶帳篷的旅行者基本上好像都是露宿。不過我們只要製造出避難小屋就不成問題。

「要在哪裡睡覺？」

「聽說湖邊比較受歡迎。」

「那麼，我們去離湖遠一點的地方吧。」

我們一邊商量，同時挑選地點。最後決定在兩個大帳篷中間設置睡鋪。

這種大型帳篷通常會有很多護衛，應該不會有人想在這附近偷東西吧。

也就是所謂的大樹底下好乘涼。

我把睡鋪做得比較大。雖然多花了一些時間，不過比平常的避難小屋還大，這種尺寸正適合在裡面住上一晚。不過太陽出來以後恐怕會變成高溫烤箱，只能晚上使用。

「呼……總之，大家到這裡都辛苦了。」

「嗯，大家辛苦了。」

我們放下行李，緩了一口氣。

「還有一半路程，接下來還是不能鬆懈。」

「首先是明天的計畫……要準備必要物品，還有尋找嚮導。」

我們先大致規劃明天要做的事。

包括補充食糧，取得金錢，確認前往拉龐的路線，尋找嚮導……總之先是這些。

接下來，我們也動手保養各式裝備。把劍跟盾都擦拭乾淨，還要檢查鎧甲和長袍是否有受損。這些已經是日常工作了。

裝備保養完畢後，我拿出毯子鋪床，接下來只剩下睡覺。

這時，艾莉娜麗潔突然站了起來。

「好啦，我出去一趟。」

她的口氣輕鬆到像是要去附近的便利商店，我忍不住歪著腦袋發問：

「妳要去哪裡？」

艾莉娜麗潔苦笑著回答。

「釣男人。」

雖然她故意這樣說，總之就是要針對詛咒進行補給吧。

「可是以時期來看，應該還不要緊吧？」

艾莉娜麗潔的詛咒大概是每兩個星期到一個月就會發作，魔道具把這段時間又延長了二到三倍，所以最短也可以支撐一個月。從她最後和克里夫做那一次到現在，已經過了兩個星期。雖然是差不多該補給的時期，實際上應該還可以忍耐吧。

「嗯。不過，我要在這裡先解決一次。」

「是嗎……」

這次的旅行來回需要三個月，因為無法確定會發生什麼狀況，所以我預估的時間是四個月。就算詛咒間隔可以撐到最長的三個月，還是至少要做一次。不管怎麼樣，這都是無可避免的事情。

「我知道了，路上小心。」

「嗯，我出門了。你可以自己先睡。」

「那我就恭敬不如從命……啊，語言不通怎麼辦？」

「不需要語言，因為這種事情到哪裡幾乎都一樣。」

於是，艾莉娜麗潔離開避難小屋。

隔天早上，我因為「螞蟻來了！」的喊叫聲而驚醒。是方陣蟻來襲！

……這種事當然沒有發生。（註：出自電玩遊戲《Romancing SaGa 2》的螞蟻襲擊事件）

我久違地在夜裡睡飽睡滿，而且還作了個好夢。夢裡，愛夏和諾倫都搶著要騎在我的肩上。讓諾倫先坐，愛夏就一直抱怨；換成愛夏來坐，結果諾倫卻哭了。最後連希露菲也加入，還惡霸般地占領了我的肩膀。

我勸她說要大家輪流，希露菲卻「不要不要，這是我的！」地耍賴，讓愛夏和諾倫都哭了。

明明剛出現時是長大的希露菲，騎到我肩膀上之後，卻變成大約七歲那時的模樣。

真是一場不錯的夢。我起床之後，忍不住傻笑了起來。多虧這場夢，心情非常暢快。這時我注意到旁邊，只見還在睡夢中的艾莉娜麗潔一臉滿足表情，而且看起來莫名地容光煥發。

她昨天晚上似乎玩得很愉快，不過克里夫有點可憐。

到了早上，集市的樣子有了很大轉變。夜裡的寂靜氣氛消失無蹤，展現出充滿活力的風景。帳篷前方陳列著商品，還有許多人在大聲叫賣。

「來買大瓜喔！不然明天就要處理掉了！」

「這裡有獅鷲獸的爪子！現在只要三十新薩！」

「有沒有人在賣納尼亞的布！我要用特寇茲的水果來交換！」

商人大聲喊出商品的內容和售價，想購買的顧客用更大的喊聲回應。有的交易使用貨幣，有的則是以物易物。在集市的擁擠人群當中，到處上演著這樣的光景。雖然其中也有人起了爭執，不過或許因為彼此都是商人，似乎並沒有鬧到見血。

「這是維嘉的玻璃瓶！不會再往東運送了！有沒有人要在這邊進貨啊！」

引起我注意的東西是玻璃，這附近似乎有玻璃瓶的特產地。攤位上擺滿了刻有美麗花紋的四角形玻璃瓶，外形有點類似威士忌的酒瓶。其中甚至有一些是有色玻璃，表面也很光滑。

中央大陸也有玻璃，但是沒這麼厚，而且表面粗糙，透明度也不高。

聽說前往阿斯拉就可以找到許多漂亮的玻璃工藝品，不過在生產力方面，看起來是貝卡利特大陸這邊比較高。

當然，貝卡利特也遠遠不及現代日本的水準。只是我注意到有幾個外形有趣且充滿手工感的商品，回程時要不要買一個帶回家當伴手禮呢？

「魯迪烏斯，我們可不是來觀光的喔。」

「我知道。」

我們在這種生氣蓬勃的風景中，開始按照事前決定的計畫行動。

首先要取得貨幣，這附近的貨幣叫作「新薩」。來到這世界以後，這好像是我第一次聽到貨幣的單位，所以感覺有點新鮮。畢竟中央大陸上的貨幣都是金幣、銀幣之類。

不過，外形上倒是沒有什麼差別，只是在圓形的金屬板上刻著拙劣的圖案而已。我記得和艾莉絲他們一起經過東部港時，曾經看過一次。

我們賣掉了一些帶來的東西，取得當地的貨幣。雖然以物易物是主流，手上還是要有些錢才能安心。

中央大陸北部的東西在這裡可以賣到高價，例如便宜的肉乾居然賣了三倍的價錢，讓我嚇了一跳。如果再努力交涉一下，說不定會賣出更好的價格。要是反過來把這裡特產的玻璃製品帶回拉諾亞，或許能夠大賺一筆。不過感覺會被哪個人盯上，所以我不會真的那樣做啦。

總之，我們換到了五千新薩，作為當前的資金。儘管不確定要多少錢才夠用，但是昨天的晚餐是三新薩，五千應該是很充分的金額吧。

取得現金之後，我們開始收集迷宮都市拉龐的情報。

拉龐似乎是個大城市，簡簡單單就探聽到相關消息。據說拉龐位於從這個集市往北走一個月左右的地方，這情報和七星的說法一致。

我們還順便問了一下該怎麼走。

「一般會走從恩寇茲那邊繞過沙漠的路線，不過最近經常有盜賊出沒所以很危險。如果是聰明的商人，會選擇直接穿過烏丘沙漠。首先要根據東邊的路標往北移動到綠洲，從那裡順著往西延伸的道路前進，看到卡拉山脈之後，必須往北移動並讓自己持續走在朝左看就能看到山脈的路線上，這樣就可以到達下一個綠洲。那個綠洲的東邊是沙漠比較窄的部分，從那裡往東穿過沙漠之後，接下來只要再往西北移動，就可以回到最初的路線了。」

結果，完全有聽沒有懂。

不但有一大堆固有名詞，而且能參考的路標也都是山脈和沙漠之類。雖然知道是兩條路線，但是不習慣在貝卡利特大陸上旅行的人肯定會迷路吧。

「沒有賣地圖嗎？」

我姑且問了一下。地圖是一種依靠，知道自己大概身在哪裡會讓人受到鼓舞。然而，結果卻不如人意。

「地圖？誰會做那種東西？」

就是這麼回事，這片大陸上沒有伊能忠敬。因此我們決定按照當初的預定，僱用嚮導。

（註：伊能忠敬是日本江戶時代的地圖測繪家）

「那麼，請問去哪裡可以找到能帶我們去拉龐的嚮導呢？」
我原本認為一定會有這種人，但是答案依舊讓人失望。
「是有那種知道路要怎麼走的傢伙，但是沒有人會來這種中途補給的地方找客人啊。」
「是這樣嗎？」
「當然是啊，正常來說會在交易據點攬客吧？」
「原來如此。」
仔細想想，其實這也很合理。為什麼我們出發前沒有想到呢？
艾莉娜麗潔當初以理所當然的態度提議我們要僱用嚮導。在她的經驗法則中，前往未知的土地旅行時，就是要在作為起點的城鎮僱用嚮導。她大概從來沒考慮到這次是要利用轉移魔法陣，從中途地點展開旅程。這部分就是造成計畫出了點差錯的原因吧。
計畫總是趕不上變化。
不過，其實也不必著急。畢竟人生不如意事十常八九，我們踏上旅途還不到兩星期。考慮到正常來說必須耗費將近一年，現在甚至可以說是過於順利。
「遇到這種情況，艾莉娜麗潔小姐妳會怎麼做？」
「我應該會靠自己的力量前往目的地吧。不過老實說，我不想再闖越沙漠。」
「我也有同感。」
「那麼我們該怎麼辦？」

「……這個嘛，和前往拉龐的商人一起同行如何？」

「也對，就那麼做吧。」

愛夏曾經靠著與商隊同行來達成高速移動，我也來效法她一下。不過我並不是想高速移動，只是單純想找人帶路而已。

「請問你認識會前往拉龐的商人嗎？」

和嚮導一樣，大概也不會有人在這種地方募集護衛吧。但是艾莉娜麗潔是S級冒險者，我是水聖級魔術師。只要主動出錢請託，對方或許會允許我們同行。

我抱著這種想法繼續打聽，結果會從這裡前往拉龐的商人似乎比想像中還少。一般的商人都是要前往位於東邊的金卡拉。

但是，也不是完全沒有。拉龐不愧是迷宮都市，周圍存在著無數的迷宮，也是魔力附加品的產地。有個商人的買賣似乎就是在那裡購入魔力附加品，再拿去別的城鎮高價賣出。

聽說那個商人會從西南方買進魔石和魔力結晶，通過這裡前往拉龐。

「哎呀，不過我也不知道那個人是不是在這裡。我只知道要是再等幾個月，那傢伙肯定會路過此處……」

這些情報讓我有點不安。如果那個商人真的不在，最好的辦法應該是跟著其他商人前往東邊城鎮吧。雖然會多繞點遠路，不過那邊既然是交易據點，想必可以僱用到嚮導。

我一邊盤算，同時繼續探詢。有很多商人要去金卡拉，卻沒有人要去拉龐。這下果然該經由金卡拉會比較好嗎？當我開始產生這種念頭時，終於問到了答案。

「如果要找那樣的商人，就是加爾邦大爺了。我記得他的帳篷在湖的西邊，你去那邊找找吧。」

於是，我們開始尋找名叫加爾邦的人物。據說這個商人是往來於拉龐和提諾里歐之間的行商，還藉此累積了一筆財富。他會把魔石運到拉龐，再從拉龐運出魔力附加品。

擁有六隻駱駝，收入似乎相當不錯。

拿這個名字到處打聽之後，我們很快就找到他的帳篷。

帳篷看起來並不大，不過外面拴著六隻駱駝。和情報一致。

我們靠近帳篷時，裡面正好走出一名膚色淺黑的女性。她身上穿著胸甲和類似裙子的腰布，肌肉雖然藏在衣服下面，但是力氣似乎很大……是說，這張臉昨天見過。

就是那個女戰士卡爾梅麗塔。

「你是，昨天的！」

她驚訝地指著我，看來對我也還有印象。

我們昨天幫助的小家子氣商人好像就是加爾邦，果然該日行一善。

加爾邦很高興地迎接我們。

「昨天回去的時候，你們已經不見了，讓我們吃了一驚。」

聽說他們是去尋找逃跑的貨物——也就是駱駝。把駱駝抓回來之後回到原地，才發現恩人已經離開，同伴的屍體也已經被火化埋葬，想要道謝卻找不到我們，似乎還費心找了好一陣子。讓我很想直接跟他說，既然這樣你們應該一開始就說清楚啊。

不過，或許他們的行動才是這地方的常識。最優先的東西是貨物，其他一律晚點再說。

「這也是一種緣分，你們願意做我的護衛嗎？」

加爾邦必須補充護衛。

他昨天失去了兩個護衛，自然必須再找人手。

「到拉龐為止，六百新薩還另外包吃，這樣如何？」

加爾邦好像本來就想找我們交涉這種事情，還一直奉承說是因為我們打倒獅鷲獸的手段實在高明之類。這傢伙明明一直抱著頭蹲在地上，根本沒看到戰鬥的情況吧。

不過呢，這是求之不得的要求。

「好，我們願意接受到拉龐的護衛工作。」

「哦哦，是嗎是嗎？幫大忙了啊！要不，我也可以和你們簽訂專屬的僱用契約，因為我從未見過像你這麼厲害的魔術師。還可以提高一點價錢，一年一萬新薩……不，巴里巴德姆會抗議。八千新薩怎麼樣？」

「我們也有自己的目的，那方面就以後有機會再說吧。」

看他好像會把事情越講越複雜，我只能毫不留情地拒絕。

如此這般，我們獲得前往拉龐的嚮導。還差一點就能到達目的地。

第十四話「沙漠的戰士們」

我們成為加爾邦的護衛，開始朝著向拉龐前進。

這支商隊的成員包括商人加爾邦，護衛隊長「鷹眼」的巴里巴德姆，護衛戰士「碎骨（Bone Crash）」的卡爾梅麗塔，和護衛戰士「大刀（Big Blade）」的東特。

除了他們四人，還有外號是「泥沼」的我，以及「龍道」的艾莉娜麗潔，總共六人。（註：艾莉娜麗潔的姓氏杜拉岡羅德＝龍道（Dragon Road））

駱駝也是六隻。我原本想幫那些駱駝也取個名字，但是後來聽說在沙漠中缺少食物時會把駱駝吃掉，所以打消念頭。因為要是取了名字，第一次品嚐駱駝肉時就會受到罪惡感苛責，無法開心享用。

我們事先討論並決定出陣形。

基本上是以加爾邦為中心，巴里巴德姆打頭陣，左右翼分別是卡爾梅麗塔和東特，我和艾莉娜麗潔被配置在後方。

也就是五個護衛把加爾邦和駱駝圍住的陣形。不管是哪個方向被攻擊，都能在加爾邦遭到

危害前由其他位置的護衛出手支援。這是帝〇十字陣呢。（註：出自電玩遊戲《Romancing SaGa 2》裡面的陣形）

雖然也有討論過是不是把卡爾梅麗塔或東特放在後衛會比較好，不過考慮到我是魔術師，再加上艾莉娜麗潔和我才有合作默契，因此最後決定讓她一起擔任後衛。

「那麼出發吧！」

離開集市後，我們往東移動，沒過多久就來到一條道路。雖然已經不記得地名，但是如果自己沒記錯，這裡應該是會出現盜賊的路線。關於這件事，我還是去找隊長巴里巴德姆報告了一下。

「我不清楚穿過沙漠的路線，更何況僱用護衛就是為了抵禦盜賊。萬一真的被抓住，說不定只要交出買路錢就能夠解決。」

買路錢……原來還有這種東西。遇上困難時就用錢解決，真是個簡單好懂的方法。沒錯，盜賊也是為了討生活，只要交出他們想要的東西，就不會再多要什麼。

要把錢白白送給那些既不是我的家人，也不肯老實工作的傢伙，說真的會讓我感到有點不爽。

然而這次並不是我自己會有什麼損失，所以不成問題。

不過，盜賊也是人類，說不定會想搶奪金錢和商品以外的東西。例如看艾莉娜麗潔長得很誘人所以要把她帶走之類。

要是碰上那種狀況，事情可就難辦了。我們和加爾邦並沒有多少交情，雖說之前救過他的性命，但是他當然不可能為我們付出自己的性命，甚至有可能會捨棄我們。那樣一來，只能由我和艾莉娜麗潔兩個人去抵抗盜賊。

「魯迪烏斯，你何必滿臉不安。既然有你這樣的強大魔術師同行，盜賊也沒那麼可怕。」

「是那樣嗎？」

「萬一真的情況危及，我會色誘對方想辦法解決。」

「可是妳會被盜賊帶回巢穴，用鍊子拴住然後輪流……」

「只要乖乖聽話，其實那些傢伙出乎意料的溫柔喔。」

「妳有經驗嗎？」

「年輕時一時衝動嘛。」

艾莉娜麗潔看起來很從容。話說回來，以前是以前，現在是現在。萬一她真的出了什麼事，我會沒有臉去見克里夫。算了，如果對手只有十幾個人，應該有辦法對付吧。

我們在荒野上往東前進。

途中經常遭到魔物襲擊。例如會整群衝過來的「貝卡利特水牛」，在地面上窸窸窣窣徘徊的「大王狼蛛（Great Tarantula）」，從空中用風魔術攻擊的「空中戰鷹（Air force Eagle）」，還有終於知道正確名稱的「旋轉迅猛龍（Gyro raptor）」以及「仙人掌樹妖」等等。

多虧巴里巴德姆總是提早發現敵人，所以不曾演變成大規模的戰鬥。

巴里巴德姆是擁有魔眼的戰士。好像是因為這樣，才會被稱為「鷹眼」的巴里巴德姆。

他身高將近兩公尺，虎背熊腰。年齡大概是四十出頭吧，眼角的皺紋開始明顯，臉上的表情也隱約透出老練狡猾。髮型很有特色，是把側面和後腦的頭髮都剃掉的髮型。不但會讓人聯想到某間高中籃球隊的隊長，還會很想大喊「反正用繃帶纏緊就對了！」。（註：出自漫畫《灌籃高手》，湘北高中的赤木剛憲）

順便說一下，他的魔眼是和基列奴一樣的「魔力眼」。這是一種能看到魔力流動的魔眼，主要用來搜尋敵人。

「有魔物，所有人準備戰鬥。」

他總是能準確預測魔物的襲擊和天候的惡化，就像是瑞傑路德那樣。精準度並沒有瑞傑路德那麼高，不過或許是經驗豐富，發現敵人的速度還是相當快。

「真讓人懷念呢，基列奴也會像那樣靠著眼睛和鼻子來找出敵人。」

艾莉娜麗潔瞇起眼睛說道。果然有那種能夠發現敵人的同伴，安全程度就能提升好幾倍。一旦找到敵人，會趁對方還在遠處時由我進行狙擊。我一開始使用岩砲彈，後來覺得還要瞄準實在太麻煩了，因此改用風魔術先將敵人刮到天上，接著重重砸向地面。

這種方法輕鬆多了。

「你像那樣連續使用大魔術，魔力還夠用嗎？」

大概是覺得我的手法實在太隨便了吧，巴里巴德姆提出這種問題。

「只是一天的話沒有問題。」

「是嗎……原來如此，你是大魔導嗎？」

「大魔導是什麼？」

「就是在魔術上已經登峰造極的魔導師。」

「不，我不是那麼了不起的人物。」

「不管怎麼樣，像你這種不吝於使用魔力的魔術師很貴重。」

在魔術師當中，有些傢伙設定自己一天只能用掉一半的魔力，中央大陸北部也有很多那樣做的魔術師。因為對於體能很差的魔術師來說，在緊急時刻只有魔力靠得住，所以那算是理所當然的做法。不過呢，我連一半都沒有耗掉過。

保留餘力是魔術師的常識，然而看在不清楚魔術師的沙漠戰士們眼裡，似乎覺得是一種摸魚行為。

巴里巴德姆可能是因為比較年長，好像知道魔術師保留魔力有何意義。

不過他對於無詠唱並沒有表現出驚訝反應，想來對魔術本身並不熟悉。

「不會捨不得使用魔力是很好，但是為了以防萬一，你也要保留一下魔力。畢竟我們有五個人，對於那些還無法攻擊到我們的魔物，你只要對付我指定的目標就好。可以嗎？」

「知道了。」

關於自己魔力總量很高的事情，雖然沒有必要特意隱瞞……

但是也沒有必要特地說出來，畢竟連我本身都搞不清楚自己的極限到底在哪裡。我可不想得意忘形地自以為怎麼用都行，結果卻犯下什麼錯誤。

到了晚上，我們五人輪班守夜。加爾邦搭起帳篷在裡面休息，就他一個人。護衛全部待在外面。算了，一邊是僱主一邊是僱員，這很合理。

我製造出避難小屋，提議大家可以在裡面睡覺。但是巴里巴德姆他們卻拒絕這個提議，還說那樣會導致對夜襲的感覺變遲鈍。

看來睡在外面的行為也有意義。因為他們的反應，讓我覺得不太好意思睡在裡面……艾莉娜麗潔卻有不同意見。

「沒有必要在意。我們是我們，能消除疲勞比較重要。」

她的主張也有道理，所以我決定也在避難小屋裡睡覺，畢竟那樣比較能確實休息。

那麼，夜哨是兩人一組。我原本認為一個人守夜就夠了，不過他們說既然有五個人，兩人一組會比較安全。基本的輪班表每天都不同。

第一天和我一起守夜的是卡爾梅麗塔。

「請多指教。」

「嗯，可別睡著。」

「那是當然。」

雖說是夜哨，在什麼都沒有的空間裡保持沉默實在太無聊了。因此，我和卡爾梅麗塔有一句沒一句地開始閒聊。

「之前，幫了大忙。」

「不，互相幫助是應該的。」

「你，很強，那個女人，也很強。」

卡爾梅麗塔是女戰士，聽說今年二十歲了。外號「碎骨」，正如其名，她喜歡的戰術是使用自己長達一公尺以上的寬劍來暴力壓制敵人。

這一帶的戰士都喜歡使用劍刃比較厚的寬劍，巴里巴德姆和東特的腰上也掛著類似的厚刃長劍。大概是因為這裡有很多體型巨大外皮也很堅硬的魔物，才會發展出這種不會輕易折斷的武器吧。畢竟有可能發生使用者本身武藝高強，武器卻因為一點小動作就斷掉的狀況。

他們的劍術流派似乎也是自成一格。

「你的女人，劍太細了。用那個，什麼都打不倒。」

「沒那回事。而且那把武器是魔力附加品，連獅鷲獸都可以砍碎。還有，那個人，不是我的女人。我們不是那種關係。」

「可是，女性夢魔來了，就上床，不是嗎？」

「不，因為我會使用解毒魔術……」

「女性夢魔出現，男人發情，女人獻身，是這個沙漠的法則。」

「哦？」

卡爾梅麗塔一臉得意地開始對我解釋女性夢魔和女戰士在貝卡利特大陸上的相關性，還有沙漠戰士一族的生態。

貝卡利特大陸上棲息著女性夢魔。女性夢魔原本似乎是魔大陸西南方的稀有魔物，然而拉普拉斯卻在四百年前的戰爭中製造出大量女性夢魔。目的據說是為了殲滅持續頑強抵抗的貝卡利特戰士，所以把女性夢魔送進這片大陸。

女性夢魔對男人擁有極大優勢，任何男人都會被牠的費洛蒙迷倒。

老實說，如果女性夢魔突然在眼前出現，或是同時來了兩隻，我也不覺得自己會有勝算。

被費洛蒙毒倒的男性會成為女性夢魔的奴僕。奴僕的優先目的是被女性夢魔捕食，然而女性夢魔似乎也沒辦法一口氣把數十個男人全部帶回巢穴，所以牠只會帶走其中幾人，剩下的就原地棄置。

如此一來，被留下的男人會當場開始自相殘殺。被費洛蒙毒倒之後，好像會把周圍的其他男性視為敵人。完全就是「狀態異常：魅惑」呢。

為了治療魅惑狀態，只能使用中級以上的解毒魔術，或是找個女人洩欲。

可是四百年前的貝卡利特大陸上幾乎沒有會使用解毒魔術的人。

結果，大量的童貞戰士因此死在女性夢魔手下。

因為沒有能消解欲望的對象，所以也沒辦法。真是殘酷的世界。我想他們一定覺得就算對象是女性夢魔也好，至少最後要風流一下吧。我能體會，這種心情我也很能理解。

然後到了現在，貝卡利特的戰士是否已經滅亡？那種事情並沒有發生。

因為後來，戰士們隨時都帶著幾位女性同行，作為因應女性夢魔的對策。那些女性有的是奴隸，有的是被俘虜的魔族，總之形形色色。然而對於戰士們來說，無法戰鬥的同行者其實是個累贅。必須分神保護那些女性，而且她們的體力也很差。

於是戰士們開始思考，動起不靈光的腦袋拚命思考。

最後想到一個辦法，那就是「只要讓女人成為戰士就得了」。實在是腦袋也由肌肉組成的人們才會想出的辦法。

話雖如此，貝卡利特的「女戰士」制度還是就此成立。

現在的護衛隊中，一定會有固定數量的女戰士。負責在女性夢魔出現的時候參與戰鬥，並在戰鬥結束後和男人上床的女戰士。根據情況，聽說有時候隊伍裡的女性人數還比較多。因為那樣在碰上女性夢魔時才安全。在貝卡利特大陸上，女性是一種會戰鬥的生物。

卡爾梅麗塔也是那樣的女戰士之一。

一旦碰上女性夢魔，她們就會和男性同伴上床。當然，這種做法會讓女性很容易懷孕。然而女戰士們似乎把懷孕視為榮譽，會大著肚子回到故鄉。

等到生產後，把孩子託付給故鄉的人，自己繼續以戰士身分行走於大陸各地。聽說卡爾梅麗塔也已經生過一個孩子。

生出來的小孩由村子裡的所有人一起養育。不管母親是誰都沒有影響，大家共同養育。

好像也有和異族生下的混血兒，但是不會受到差別待遇。所有人都必須接受成為戰士的訓練，無一例外。等男孩第一次射精，女孩初潮來了之後，就舉行成人儀式並離開村子。在外界以戰士身分四處旅行，等到肉體隨著年齡衰退之後，似乎就可以獲得回到村子專心養育孩子的權利。

只是好像也有像巴里巴德姆這種一輩子不回村子，打算以戰士身分活到人生最後一刻的人。

當然，他們沒有結婚制度。

我想一定也不會對某個特定人物抱有特別的戀愛感情吧，有點受到文化衝擊。自己在生前的世界，也曾經聽說過類似的部族。

然而實際碰到後……該怎麼說？我的感想已經遠遠跳脫覺得這種部族真是好色的層次，反而覺得感動。

我抱著這種想法看向卡爾梅麗塔，結果……

「對你，很感謝。但是，我討厭魔術師。女性夢魔出現，去找白女人。」

自己被拒絕了。不，反正我會使用解毒魔術，也不會去拜託別人啦。

「大刀」的東特是個沉默寡言的男人。

他在鼻子下方蓄著鬍子，年齡大概是三十歲左右，淺黑色的皮膚覆蓋著強壯的肌肉。身高比巴里巴德姆矮一些，不過五官很相似。要不是鬍子和巴里巴德姆不同，或許我會分不清楚他們兩個。

開始一起守夜時有稍微聊了幾句，但是基本上他似乎不是會主動開口的類型。和不用問就自己講個不停的卡爾梅麗塔正好相反，不過反正那次我自己沒什麼話想說，其實也沒關係。只是，如果夜哨時都不開口會覺得時間過得特別慢，於是我主動搭話。

「『大刀』這名字很帥氣呢。」

「祖奶奶大人，幫我取的。」

「哦？不是自然而然就被人這樣稱呼嗎？」

「沙漠戰士的名字，全都是祖奶奶大人取的。」

原來沙漠戰士的別名都是在第一次踏上旅途時，由族長為他們命名。

像卡爾梅麗塔那種力氣很大的人就叫作「拔山」、「碎骨」之類。

像巴里巴德姆那種眼力優秀的人就叫作「鷹眼」、「鷲目」之類。

類似這種感覺，會讓人一聽就知道這個戰士擅長什麼。不過因為採用這種命名方式，重複的狀況似乎意外的多，聽說都是些炫耀自己力氣很大的名字。

東特雖然叫作「大刀」，不過他並沒有使用特別巨大的劍。

所以也是因為力氣大才被取了這名字吧。我想肯定哪裡會有叫作「一劍必殺」的人。

「我的別名是在戰鬥中就自然而然地被其他人這樣稱呼了，因為我總是使用泥沼。」

「泥沼……還沒看過。」

「因為這一招對這邊的魔物沒什麼效果。」

泥沼雖然對在地上爬行的敵人能發揮出極大效果，然而獅鷲獸和女性夢魔這類敵人在中招後只要飛起來，就算只是低空也會讓效果減半。至於那些外殼堅硬但行動緩慢的蟲子，阻止牠們前進並沒有什麼優勢。

而且，我最近根本沒有阻止敵人行動。

「你的魔術，華麗又有趣。我也想看看你擅長的魔術。」

「泥沼這招很樸素啦，不過有機會的話會讓你看看。」

對話到此結束，東特又陷入沉默。彷彿是在表示他已經把必要的事情都說完了。

我們越靠近東邊，綠意也越來越豐富。

聽說繼續往東移動會到達名叫金卡拉的城鎮，城鎮的東邊則是被整片密林地帶占據。沙漠和密林居然比鄰而居，真是奇怪的大陸。不過呢，加爾邦商隊不去那裡。我們在途中以直立的巨大岩石作為路標，改變方向一路往北。

改變方向後過了大約三天，我們抵達一條街道。雖說是街道，卻沒有特別整修過，而是許多人走出來的道路。和至今為止那種接近沙地的地面相比，這裡的地面被人們踩得很實，非常有安定感。果然地面還是硬一點比較好。

「老爺，再往前會有盜賊出沒。我想應該可以因應，但是如果情況危及……」

「我已經付了錢，你們要保護好貨物！」

「……知道了。」

巴里巴德姆或許是想建議加爾邦在危及時丟下貨物逃跑，然而對於加爾邦來說，貨物似乎是比性命還重要的東西。每個人的價值觀不同。

「大哥，沒問題嗎？」

「二愣子，用不著妳擔心。」

卡爾梅麗塔被巴里巴德姆和東特稱為「二愣子」。

因為是碎骨所以簡稱為二愣子，真是個簡單明瞭的暱稱，不，是貶低嗎？（註：碎骨原文為「ボーンクラッシュ（Bone Crash）」，兩個詞各取前面的音可以組成ボンクラ，就是蠢貨的意思）

我這樣叫她應該會被痛毆一頓。

「泥沼和龍道，你們行動時要和加爾邦保持一定距離。東特，你要顧好駱駝，連一匹也不准跑了。殿後交給妳了，二愣子。我要先去前方邊偵察邊前進，要是發現什麼會發出聲音，你們可千萬不要聽漏了。」

「是，大哥。」

「是。」

「了解。」

我們各自對彼此示意，然後組成陣形慎重前進。雖說是盜賊，基本上都是採取埋伏戰術。所以只要我們提早發現並繞道而行，應該可以避開。

巴里巴德姆的偵察成功找出盜賊埋伏的位置。

聽說使用魔力眼難以發現人類的集團，所以必須確實進行偵查。

我們迂迴了一大圈，避開敵人的埋伏。要是看到路上有狗屎，很少人會直接從上面跨過去。通常會繞道而行，避免因為什麼事情而不小心踩到。這是理所當然的反應。

然而，不知道出了什麼差錯。

或許是先去前方偵察的巴里巴德姆被敵人發現，而且遭到跟蹤。

也有可能巴里巴德姆找到的是盜賊的先遣隊，主力部隊其實在迂迴路線上等待。

總之，我們遭到襲擊。

★　★　★

我們走了迂迴路線，終於鬆了一口氣時。

咻！突然響起空氣被劃破的聲音。
下一瞬間，一支箭矢刺進東特的胸口。
東特膝蓋一軟癱倒在地。完全搞不清楚發生什麼事的我慌張地想要跑過去對他使用治癒魔術，卻突然被艾莉娜麗潔抓住後頸拖回後方。
同時，東特旁邊的駱駝也中了一箭。
「快跑！敵人襲擊！在西邊！」
巴里巴德姆大叫。這時我才終於理解，這是敵人來襲，必須趕快逃走才行。
艾莉娜麗潔放開我的後領。加爾邦已經帶著駱駝開始逃跑，受到他的影響，我也跑了起來。
有人騎著馬衝下左邊的丘陵。騎馬，沒錯，是馬，包著砂色頭巾的男子們騎在馬上移動。
「老爺！別管駱駝了！只要放棄貨物，對方說不定會放過我們！」
「絕對不行！」
「你想死嗎！」
「保護貨物是你們的工作吧！」
「對方人數太多了！」
巴里巴德姆和加爾邦都在大叫。在我的前方，剛剛中了一箭的那隻駱駝突然踉蹌起來。
仔細一看，牠已經口吐白沫，往旁邊踩了幾步之後就倒下了。
我感到背脊一冷，原來箭上有毒。

「嘖！連後面也有人！」

後方也有人騎著馬靠近，還有弓兵站在丘陵上對著這邊放箭。雖然大多數都沒有射過來，但是似乎有幾個人技術比較高明，零零散散地有幾支箭射到附近。

騎兵和弓兵，光是自己看到的敵人就已經數量驚人。五十……不，應該有上百人吧。

對盜賊這個名詞的成見造成了誤解，實際上，這根本是一支軍隊。

「……」

我聽著自己心臟劇烈跳動的聲音，努力判斷狀況。敵人從側面和背後發動奇襲，但是至少現在的前進方向上沒有敵人，所以要逃的話必須往那邊逃。

「魯迪烏斯！」

「是，我要使用『泥沼』和『濃霧（Deep Mist）』。」

我反射性選擇的魔術是這兩種。

「……好，拜託你了！」

我回頭看向後方，同時製造出泥沼。範圍要盡可能擴大，深度只要能讓馬陷進去就夠了。

「巴里巴德姆先生！我要使用障眼法！請直直往前跑！」

「障眼法？我知道了！」

「『濃霧』！」

我在半空中製造出水蒸氣，形成濃霧。霧氣四處瀰漫，讓周圍逐漸變白。

轉眼之間，周圍就陷入白霧中，什麼都看不見了。好，這樣一來弓兵應該無法繼續狙擊我們。

下一瞬間，一支箭矢刺中我腳邊的地面。

「嗚喔！」

「……！」

我嚇得差點摔倒，幸好艾莉娜麗潔扶住了我。

「別擔心，雖然有一個傢伙特別高明，但是對方已經沒辦法攻擊了！」

我仔細思索她這句話，意思是東特和駱駝都是被同一個人射中嗎？但是，我已經造成濃霧，對方無法再看到我們。

「快點跑啊！」

聽到艾莉娜麗潔的指示，我抬起腳往前跑。對方接下來已經無法瞄準我們，我很清楚。不會被射中，不會被射中，不會被射中，我可是軍神啊。唔唔，可惡！早知道應該找希露菲要個什麼當作護身符！

不，應該從神龕裡把希露菲第一次的那個帶來就好了。

「不妙，會被對方追上！卡爾梅麗塔！拔劍！」

巴里巴德姆的話又讓我不寒而慄。豎起耳朵，確實可以聽到後方傳來馬匹奔馳的聲音。有騎兵繞過泥沼。就算被濃霧包圍，只是要策馬直直往前跑並不成問題。

對手是騎兵。雖然有句話叫：「讓你知道騎在馬上有何害處」，但是也有句話說速度才是致勝的關鍵。氣勢正旺又有速度的敵方騎兵數量相當多，先前大致掃過一輪就看到了五十人以上。有多少人掙脫泥沼？二十？還是三十？我不想和他們正面戰鬥。（註：「騎在馬上～」這句話出自漫畫《北斗神拳》，主角拳四郎的台詞）

「我來阻止他們！請各位繼續往前跑！『土壁（Earth Wall）』！」

我一邊跑，一邊在後方製造出有相當厚度的兩公尺土牆。馬這種東西不可能突然停下，在這樣的濃霧中，土牆應該相當礙事。一旦對方發現有牆壁阻擋，大概會減緩速度。

「呼……呼……」

雖然不再有箭矢射向這裡，我還是拚命往前跑。有時一邊跑，一邊在後方製造出土牆。

這時，我突然想起胸口中箭的東特。

我們要丟下他嗎？不，他已經沒救了。那個位置是心臟，而且箭上還有毒。就算是上級治癒魔術，也不知道能不能救回心臟被毒箭射中的人。況且基本上，事到如今已經無計可施。

我們在濃霧中持續以全力奔跑。

究竟跑了多久呢？我覺得好像跑了兩個小時以上。

由巴里巴德姆確認後方，宣布我們似乎已經甩掉敵人以後，所有人都停下腳步。

「呼……呼……」

實在是太累了，我已經汗流浹背。不過，練跑的成果顯現出來了。就算現在叫我繼續跑，自己也還跑得動。

話雖如此，戰士型的三人卻一臉輕鬆。是靠著所謂的鬥氣嗎，實在狡猾。

「呼啊……呼啊……咳咳……」

加爾邦臉色發青，整個人累癱在地。雖說他是習慣旅行的商人，跑這麼遠當然會累。

我總算安心了。

損害是一隻駱駝和一名護衛。

東特……如果我在一開始就幫他把箭拔出來，並且使用治癒魔術和解毒魔術，他應該會得救。而且說不定他運氣很好，那支箭並沒有射中要害。實際上，要是艾莉娜麗潔沒有拉住我的後頸，自己大概已經那樣做了。

不過，如果我去救他，可能會來不及逃跑，或是自己也被射中。

關於這方面，感覺艾莉娜麗潔比我更有經驗。

當時要是慢吞吞地在那裡治療，恐怕我本身不會有什麼好下場。

「……」

這時，我突然發現卡爾梅麗塔正在瞪著這邊。是怎麼了？我做了什麼嗎？

卡爾梅麗塔一直在我後面負責殿後。如果她身上受了什麼傷，還是治療一下比較好，不過看起來沒有中箭……

卡爾梅麗塔主動跨著大步走了過來，接著突然勒住我的領口。

「你！能用那種大魔術，只是盜賊，可以幹掉吧！」

「咦？」

可以幹掉？幹掉那麼多人？

聽她這麼一說我才想到，對了，還有殺掉敵人這個選項。

「住手，二愣子！」

「大哥也看到了吧！馬掉到沼澤裡，撞到牆壁上！還變得一片白！」

「妳給我好好動腦思考！所以說妳真的是個二愣子！」

「煩死了！這傢伙，用魔術，或許，可以幫東特報仇！」

「對方那麼多人，怎麼可能有辦法全部打倒！那些人恐怕是哈里馬夫盜賊團，後面肯定還有增援！」

「可是……啊！」

艾莉娜麗潔突然介入我和卡爾梅麗塔中間。她用盾牌抵在卡爾梅麗塔身上，另一隻手伸向腰間的刺劍。

「妳對我們的做法有意見嗎？」

「什麼呀……」

艾莉娜麗潔哼了一聲，瞪著卡爾梅麗塔。

「魯迪烏斯有確實進行狀況判斷。我們只知道對方人數很多，但是不清楚到底有多少敵人，而且那些人還使用了毒箭。他用泥沼阻止對手繼續前進，用濃霧遮蔽弓手視線，還製造出牆壁妨礙追擊，所以我們才能順利逃走。雖然失去一個人，但是也只損失一隻駱駝，其他都平安無事。妳還有什麼不滿？妳想要有勇無謀地繼續戰鬥下去，最後把貨物和生命全都丟了嗎？」

艾莉娜麗潔是在為我辯護。

儘管彼此語言不通，但是艾莉娜麗潔好像有猜到卡爾梅麗塔剛剛在說什麼。

她很少用這麼挑釁的方式說話。

敵人為數眾多，光是能看清的敵人就有五十人以上。總人數或許上百，甚至是兩百。而且正如巴里巴德姆所說，增援可能也會出現。

我能夠打倒那些人嗎？我不知道。只是自己能夠使用聖級魔術，而且也有魔力，大概不會耗盡的魔力……所以有可能吧。

趁著敵人被泥沼困住的時候用大範圍魔術解決遠方的弓兵，然後刮起狂風把騎兵們吹下丘陵，再用火魔術燒死他們。理論上，我大概連這種事情也能辦到。

不過我不知道實際會如何。有可能會被漏網的弓兵用毒箭射中，也有可能無法完全阻止騎兵前進，結果被他們強行闖越包圍。而且對方的攻擊方法中，或許會有什麼針對魔術師推演過的對策。另外，萬一陷入混戰，我就無法使用廣範圍的魔術，因為會波及同伴。

艾莉娜麗潔很清楚這些事情，所以她站在我這一邊。

「基本上，我們可不是傭兵，沒有和那種大軍戰鬥的義務。」

「……」

「妳這眼神是怎樣？想跟我打一場嗎？真是個血氣方剛的小丫頭。來吧，我可以奉陪。」

艾莉娜麗潔拔出刺劍。看到她的行動，卡爾梅麗塔也趕緊把手伸向腰間的寬劍。這時，巴里巴德姆卡進她們兩人中間。

「二愣子，妳給我住手。艾莉娜麗潔跟泥沼，你們也一樣。東特的事情很遺憾，但是泥沼當時的判斷沒有錯。在那種情況下，只有二愣子妳一個會這麼愚蠢地想繼續戰鬥。就是因為這樣，妳才會一直都是個二愣子。」

「…………夠了。」

卡爾梅麗塔重重地哼了一聲，抽身退下。接著她走到坐在地上的駱駝旁邊，坐下來把臉埋進膝蓋裡。看到她那個樣子，巴里巴德姆嘆了口氣。

「抱歉啊，你們兩位。」

「不……」

「卡爾梅麗塔她之前生了東特的孩子。」

「咦！」

「所以呢……請你們體諒一下，那傢伙的行為只是在遷怒。」

因為卡爾梅麗塔生了東特的孩子，所以她才會這麼憤怒？

我還以為沙漠的女戰士絕對不會產生這種針對單一男性的特別感情。

難道實際上並非那樣嗎？果然和自己生下孩子的人還是比較特別嗎？

我正覺得受到衝擊，艾莉娜麗潔把刺劍收回鞘裡，走到我身邊。

「魯迪烏斯，你沒有必要為了這件事消沉。」

「……唉……」

「雖然那種人很罕見，不過就算是冒險者，也有那種無法殺人的傢伙。何況你馬上就要當父親了，難怪會對殺人行為感到猶豫。」

艾莉娜麗潔的發言有點搞錯重點，因為她聽不懂鬥神語。

老實說，猶豫這種感情甚至根本沒有出現過。即使處於那麼走投無路的狀況，我的腦子裡依然沒有殺人這個選項。

不過呢，在那樣的濃霧中，大概有盜賊因為撞上我製造的牆壁而死掉吧。關於這件事，其實我並不是特別有罪惡感，不過一想到要使用魔術直接殺人，就讓我無論如何都會覺得胃怪怪的。

……知道自己的格局小成這樣，我覺得有點丟臉。

「謝謝。」

我坦率地低頭感謝安慰我的艾莉娜麗潔。仔細想想，在逃跑的過程中，她也一直待在我身邊。自己差點跌倒時是她扶住了我，而且好像還站在可以替我擋箭的位置。艾莉娜麗潔一直從旁給予支持。

或許，她是以「我的」護衛自居。

「真是的，你不需要道謝。保護自己的孫女婿是理所當然的事情啊。」

艾莉娜麗潔拍了拍我的肩膀。

孫女婿啊……等我們回去時，希露菲的肚子是不是已經大得很明顯了？那是我的小孩，也是艾莉娜麗潔的曾孫。她肯定不想在曾孫出生的時候，還被希露菲責怪為什麼沒有把我保護好吧。

她應該是想和我一起，和希露菲一起，笑著慶祝新生命誕生才對。

「……那個，艾莉娜麗潔小姐。」

「什麼事？」

「真的很謝謝妳。」

我又一次表達謝意，這次出自真心。

艾莉娜麗潔也再次拍了拍我的肩膀。

★
★
★

儘管氣氛有點尷尬，不過我們還是繼續旅程。

明明死了一名同伴，巴里巴德姆還是很冷靜，他組成一個新的陣形，彷彿什麼都不曾發生過。

巴里巴德姆並沒有為死者悼念，甚至連東特的名字都不再提起，只是態度平淡地繼續護衛工作。雖然我覺得他很薄情，不過一定也是因為這裡就是這樣的地方。

而且，他們也是這樣的一族。隨時與死亡相鄰，只要發生什麼事情就會立刻喪命。回想起來，魔大陸似乎也是這種感覺。和我本身的價值觀和感性有點不同。

幾天以後，我們到達作為中途補給地點的綠洲。和最初見到的集市一樣，這裡也是圍著湖泊形成一片市場。雖然之前即使看到也沒特別去注意，但是在那些戰士打扮的集團裡，確實都會有一個女性成員。他們也都是沙漠戰士一族。

加爾邦他們在角落找了個空地搭起帳篷。停留在綠洲的期間，護衛似乎也能睡在帳篷裡。

「巴里巴德姆，有必要追加護衛嗎？」

「不，沒有必要，那兩個人比一般的戰士還有用。我認為以現在的人數前往拉龐，到了那邊再僱用新人才是上策。反正應該也不會再碰上盜賊了。」

「原來如此，就這麼辦吧。話說回來，失去駱駝真是讓人心痛的損失。」

「也沒辦法。在那種狀況下還可以只失去一頭駱駝，已經是不可多得的好運。」

巴里巴德姆和加爾邦之間的對話感覺很親近，甚至聽不出來他們之間有著僱傭關係。

「怎麼了，魯迪烏斯？我臉上有什麼東西嗎？」

加爾邦注意到我正在看他，於是提出這種問題。

「不，我只是覺得您和巴里巴德姆先生似乎感情很好。」

「我剛開始闖蕩時就認識那傢伙了，他也是我唯一信賴的對象。」

原來如此。說不定巴里巴德姆也一樣，比起同是沙漠戰士的東特，他對商人加爾邦反而抱著更強烈的同伴意識。

在護衛隊長巴里巴德姆心裡，即使還不至於把自己的部下當成隨用即丟的消耗品……但是，把部下當成可替換物品的觀念還是很強烈吧。

在集市補給食糧等物品後，我們繼續往北前進。

經過上次的衝突，卡爾梅麗塔沒有再來找我的麻煩。

不過呢，我們也沒有建立不必要的良好交情，甚至連一起守夜時也不會交談。反正彼此之間只有到了拉龐就要分道揚鑣的關係，所以我也不以為意。

不過，自己孩子的父親死掉果然是一件讓人很痛苦的事情吧。

我套用到自己的立場上想像了一下。要是希露菲死了……嗯，當然會讓我感到很痛苦。畢竟光是她懷了我的孩子，自己就感動成那樣。如果希露菲死了，肯定會很痛苦。

「……後悔嗎？」

只要我前來貝卡利特大陸，似乎就會後悔。

如果把途中需要花費的時間考量進去，不管我是在十五歲碰到艾莉娜麗潔之後就行動，還是在學校裡認識七星，得知轉移魔法陣之後才動身，到達貝卡利特大陸的時期其實相差不遠。所以，我一直認為會讓自己後悔的原因應該是同一件事。

假設是同樣的原因，那麼不太可能是因為留在學校的人們出了什麼事。

因為如果我在十五歲就前來貝卡利特大陸，就不會和希露菲重逢，也沒機會結識其他人，根本沒什麼好後悔吧。

可是，也有可能是不同的原因。不是自己來到的地方會發生什麼，而是留下的人發生了什麼。例如希露菲懷孕期間的狀況不好……

「魯迪烏斯，你說了什麼？」

「不，沒什麼……」

我想太多了。滿地都是可以後悔的事情。像我這種粗心大意的傢伙，不管做什麼都會留下後悔。

我不知道接下來會發生什麼事。

這是自己第一次完全違背人神的建議。至今為止，只要聽從他的建議，到頭來，事態都會往好方向發展。既然如此，這次是不是做什麼都行不通？

不對，應該不會有那種事。既然我已經知道會發生不好的事情，應該有機會避免。

話雖如此，和我親近的人也有可能會發生東特那樣的事情，不能掉以輕心。

先這樣假設吧。

還有，如果屆時，想殺害我家人的傢伙是人類……我這次一定要……

……不，還是算了。

反正自己也只是嘴巴講講而已，我沒有自信。所以一旦碰上緊要關頭，我至少要挺身而出，用身體保護家人。

只有這點要先下定決心。

之後又過了兩個星期，我們抵達迷宮都市拉龐。

終於來到目的地。

無職轉生

到了異世界
就拿出真本事

外傳
「諾倫和米里斯教團」

諾倫．格雷拉特感到很煩惱。

魯迪烏斯啟程前往貝卡利特大陸後，很快已經過了一個月。

魔法都市夏利亞的日常依舊和平，日子平穩到彷彿不可能有哪個人正在遠方碰上危機。

諾倫心中一直惴惴不安。

魯迪烏斯當然還是沒有任何消息。

現在不知道怎麼樣了？是不是因為自己無理取鬧，魯迪烏斯才會勉為其難地踏上旅程呢？

萬一魯迪烏斯死了，被留下來的希露菲肯定會很傷心，還會抱著失去父親的孩子悲傷流淚吧。諾倫是個小孩，腦袋也不是那麼靈光。但是她至少看得出來，現在表現堅強彷彿沒有任何不安的希露菲其實心裡滿是辛酸苦楚。

就算魯迪烏斯很優秀，也無法斷言他絕對不會死。

要是自己沒有像那樣煽動魯迪烏斯……要是自己沒有要任性，這時候魯迪烏斯正和希露菲一起過著幸福的日子吧。

一想到這一點，諾倫就覺得自己快要被不安與後悔壓垮。

「唉……」

她甚至忍不住每天都從宿舍房間裡看著窗外，連連嘆氣。

今天諾倫這樣做時，突然注意到窗外有學生正朝著校外走。

「今天是該回家的日子……」

今天是十天一次的「回家露臉日」。

想起這件事的諾倫無精打采地站了起來，著手準備。

諾倫走在通往格雷拉特宅的路上，腦中胡思亂想。

她內心對魯迪烏斯的疙瘩已經所剩無幾，當然，也幾乎沒有厭惡感。

正因為如此，諾倫才會很害怕。她擔心萬一魯迪烏斯到最後沒有回來，萬一是死訊代替他本人傳回家裡，或許這次自己再也無法振作。而且也會沒臉面對希露菲，不過愛夏那邊就算了……

她雖然離開宿舍，卻還是在煩惱差不多的問題。

會讓同樣的事情在腦中一直鬼打牆，這就是諾倫的壞習慣。

「咦？」

這時，諾倫在某條巷子前停下腳步。

因為她在巷子裡面看到一棟建築物。

那是之前住在米里斯神聖國時，每隔幾個街區就會看到的普遍建築物。

然而離開米里斯之後，諾倫幾乎再也不曾看過。

「米里斯教堂……原來這城市裡也有啊。」

那是米里斯教的教堂。

因為建築樣式不同，讓她感到好像有哪裡不太協調，不過以白色為基調的內斂設計還是能讓人一看就知道是教堂。

「……話說起來，最近完全沒有祈禱呢。」

諾倫喃喃自語。

她是米里斯教徒。自從開始住在米里斯神聖國，受到塞妮絲娘家拉托雷亞家的照顧後，想當然地被帶去米里斯教堂，學習米里斯教的教誨。

這件事並非諾倫的主動意志。然而諾倫也不覺得自己是被迫成為米里斯教徒，她只是把教誨視為米里斯神聖國的一種常識來學習。

所以她並不是那種虔誠的教徒，離開米里斯神聖國後，也不曾在城鎮中到處尋找教堂。

「……」

明明是那樣，這時諾倫的雙腳卻自然地走向教堂。

踏進教堂以後，和外面不同的神聖靜謐空氣擁抱諾倫。

安靜、莊嚴，還有點溫暖，是久違的感覺。

雖然這裡的天花板比記憶中的教堂低，但是整齊排列的椅子和位於深處的聖堂都一樣。

沉浸在懷念感的諾倫走向米里斯教的象徵，跪下來握起雙手。

她好幾年沒有祈禱了，不過身體還記得該怎麼做。

「偉大的聖米里斯，請您聆聽我的祈禱——請您護佑哥哥能夠平安回來，請您護佑爸爸能夠平安回來，請您護佑媽媽能夠平安回來，請您護佑莉莉雅小姐能夠平安回來——」

祈禱所有人都能平安無事後，諾倫腦裡閃過自己或許太貪心了的想法。

聖米里斯不會幫助滿心欲望的人，不可以耍任性。

即使如此，諾倫還是再度祈禱。

「請護佑大家都能平安回來。」

爸爸平安，媽媽平安，莉莉雅平安，還有哥哥平安，這樣才代表家人都平安。所有家人團聚在一起，這是諾倫的願望。

也是她目前唯一的願望。

如果這個願望被認為是任性要求，諾倫恐怕會不知道如何是好吧。

「……」

祈禱完後，諾倫覺得內心似乎輕鬆了一點。

不知道是因為這間教堂的氣氛很好，還是因為祈禱讓她的煩惱總算稍有排解。

（以後再來吧。）

諾倫心裡這樣決定。

★★★

在學校上課，參加訓練，放學後前往教堂祈禱。

這些事成為諾倫每天的行程。

在教堂祈禱會讓心情稍微好轉，也能夠讓諾倫覺得自己似乎有盡到義務。

可是，某一天。

「希望大家都能平安回來……」

正在低聲祈禱的諾倫眼裡湧出一滴淚水。

這滴淚水沿著她的臉頰往下滑，從下巴落到地上。第一滴淚水奪眶而出後，第二滴、第三滴淚水也決堤般地不斷湧出。

諾倫自己也很清楚。

這種行為只不過是在自我安慰。祈禱會讓她覺得自己有做了什麼，但實際上什麼都沒有做，也什麼都做不到。過去如此，今後也是一樣。

沉重的無力感突然全壓到她身上。

「嗚……」

諾倫在空無一人的聖堂捂住臉。

她感到很慚愧，覺得很傷心，覺得很不甘……對於自己什麼都辦不到的事實。

「妳在哭什麼？」

這時，突然響起說話聲。

諾倫驚訝地抬起頭。

她以為這裡沒有其他人。這間教堂有神父，不過這段時間通常會外出。因此沒什麼信徒會在這時前來，教堂裡也顯得很冷清。

諾倫抬起頭之後，發現前方是一個從告解室走出來的少年。

年紀大概和哥哥差不多吧。從長到可以蓋住眼睛的瀏海下方，可以隱約看見帶著乖僻的雙眼。

「你……你是誰？」

聽到諾倫的問題，少年以不高興的表情回瞪她。

「妳不認識我嗎？我是克里夫·格利摩爾，從今年起開始在這間教堂實習。」

他看起來盛氣凌人，根本不像是實習生。

不過，這發言和態度讓諾倫回想起這個人是哥哥的朋友，在學校裡也很有名的那個克里夫。記得自己也曾經見過一次。

再繼續回想，自己的確在這裡也有看過他。在這間教堂舉行彌撒時，經常看到他緊跟在神父身邊幫忙的模樣。

「啊……你好。」

諾倫邊擦眼淚邊低下頭打招呼。

於是，克里夫哼了一聲，走近諾倫。

「如果妳心裡有什麼不安，就跟我說吧。」

「咦？」

「如果妳遭受了什麼蠻橫的不幸，我一定會幫妳解決。」

這突如其來的提議讓諾倫很困惑。

這個人或許是哥哥的朋友，但是對諾倫來說，彼此幾乎可以算是第一次見面。

「不，可是……」

「我想妳應該也知道，和魯迪烏斯同行的人是我的妻子。雖然會感到擔心……不過，我相信魯迪烏斯的實力，也相信魯迪烏斯必定會保護好我的妻子。所以在夏利亞這邊，我有義務要照顧妳們。就像魯迪烏斯賭命保護麗潔那樣，我也要保護妳們。」

這段話讓諾倫回想起更多細節。

她有聽說過和哥哥一起踏上旅程的艾莉娜麗潔是爸爸以前的隊友。不過她非常漂亮，就算已經結婚也很正常。

「我從那邊的告解室裡看到妳幾乎每天都來祈禱，不過，今天是妳第一次哭泣吧？」

其實克里夫這個時段都會在告解室裡念書，順便等待偶爾會出現的零星教徒，只是諾倫對此事一無所知。平常如果沒事他也不會出來，今天是看到諾倫在哭，因此忍不住主動搭話。

「……」

「好了，說出來給我聽聽吧，我會幫妳解決。如果是難以啟齒的事情，也可以使用那邊的告解室。」

克里夫把手放在胸前，自信滿滿地這樣說道。

諾倫對他抱著戒心。因為對諾倫來說，第一次見到的人通常都不可信賴。

然而，她這時突然回想起哥哥的表情。就是在自己之前閉門不出時，哥哥來探望時的表情。

原來哥哥和自己一樣，心裡也感到不安。

說不定，克里夫其實也感到不安。

艾莉娜麗潔前往貝卡利特大陸，克里夫很有可能也想一起去。

可是卻沒辦法跟著一起去，和自己一樣。

那麼，或許他能夠理解自己現在的心情。

「其實是——」

諾倫傾吐了自己的想法。

哥哥一開始說了不去貝卡利特大陸，後來是因為自己提出任性要求，他才決心前往貝卡利特大陸。

或許這個決定會害哥哥失去生命。

萬一哥哥死了，他的妻子希露菲也會非常傷心吧。因為那個人深愛著哥哥，卻在這種和自己深愛的人有了孩子，即將過起幸福生活的時候失去丈夫。就算是愚笨的自己，也知道那是非常痛苦的事情。

如果真的變成那樣，一定是自己的錯。

要是自己沒有無理取鬧，哥哥就不會出門。

知道爸爸碰上危機確實讓自己寢食難安，也真的很希望哥哥能去幫忙。不過，那時候的自己並沒有想到哥哥可能會死，也有可能會回不來。

現在自己每天去學校，乖乖上課，放學後來到這裡，祈禱家人能夠平安。

可是，祈禱只不過是一種自我安慰。自己依舊沒有任何力量，也什麼都辦不到。

一想到這一點，自然而然地就很傷心，眼淚也掉了出來……就是這樣。

「什麼啊，原來是這種小事。」

沒想到克里夫卻哼了一聲，嘲笑諾倫含淚敘述的心境。

「這種小事是什麼意思？」

諾倫原本以為克里夫一定可以感同身受，現在覺得慘遭背叛。

也不知道克里夫是否清楚諾倫的感覺，他又哼了一聲。

「妳聽好了。我不是想炫耀，但我出身於米里斯。」

「……我也是從米里斯來的。」

「把話聽完。我的祖父是米里斯教團的教皇。因為差點被一場規模不大的權力鬥爭波及，所以被送來拉諾亞這裡留學。不用說，我當然無法回到米里斯。就算想要幫忙祖父，也沒辦法做到任何事情。和現在的妳一樣。」

「……」

「妳覺得我該做什麼？」

「就算你問我……我也不知道。」

就是因為不知道，才會像這樣流著眼淚找人商量。

「是嗎？不過因為我是天才，所以找出了答案，我可以告訴妳，妳想知道嗎？」

「……請告訴我。」

雖然克里夫的態度讓諾倫有點不高興，不過她暫且虛心求教。

「好吧。首先，要思考自己為什麼待在這種地方。我是因為被權力鬥爭波及，所以被送來這裡留學。為什麼呢？因為我沒有力量。因為年幼、弱小，又沒有權力的我，無法抵抗對手的暴力。萬一遭到襲擊，就會簡單落入敵人手裡，然後被當成人質利用。人們都說我的祖父大人是個能人，但是前途無量的我要是被抓去當人質，他也不得不聽從對手的要求吧。」

這是諾倫也能理解的事情。

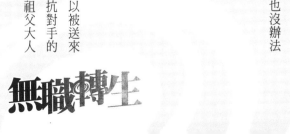

因為她沒辦法前往貝卡利特大陸的理由也非常類似那樣。

如果自己擁有和魯迪烏斯差不多的力量，現在可能和魯迪烏斯一起行動，或是已經一個人前往貝卡利特大陸了。

「換句話說，我為了不被當成人質，必須擁有能抵抗暴力的力量。」

「力量？」

「對，力量。雖然說是力量，但可不是指臂力喔。要好好學習累積知識，或是學會魔術……還有交朋友也是個好辦法，尤其是那種將來會擁有權力或是特殊技能的朋友。因為敵人只要知道你背後有強大的後盾，就會難以出手。」

關於「交朋友」這部分，是克里夫和艾莉娜麗潔成為情侶，然後和魯迪烏斯展開交流後才學會的事情。不過呢，由於能正面接受克里夫不可一世態度的人實在罕見，所以他目前還沒有幾個稱得上朋友的朋友。就只有魯迪烏斯和札諾巴，頂多再退一百步把七星也算進來。

「像那樣鍛鍊自己之後，會怎麼樣呢？」

「要是哪一天自己突然被叫回米里斯，我可以使用在學校學會的魔術、技術、知識和人脈幫助祖父大人，很快就能確立自己在米里斯的地位吧。」

這只不過是克里夫自以為是的妄想。

然而克里夫卻充滿信心。他認定只要相信自己的力量繼續成長，將來一定會變成那樣。

「……怎麼可能會發生那種事呢。」

諾倫低著頭說道。

自己突然被叫去貝卡利特大陸。就算真的有那種可能，面對魯迪烏斯和保羅都陷入苦戰的困難，她並不認為自己能做什麼。

「不，有可能。這不是明天或後天就會發生的事情，但是總有一天，必須發揮自身力量的瞬間會來臨。不過我也不知道要等一年，還是五年，甚至是十年。」

「……」

「妳聽好了。現在，被留下的我們沒有多少事情可以做。就算想做什麼，也只會妨礙到其他人。」

「妨礙……」

「正因為如此，我們必須實做好自己能力所及的事情，然後儲備力量。這也是米里斯教的教誨。」

克里夫說完，從懷裡拿出米里斯教的聖書。

他沒有打開，直接背誦其中一章。

「阿特摩斯書第十二章三十一節。正當之人在艱辛時刻必須忍耐，在痛苦時刻最能儲備力量。當內心脆弱之人詢問其因，正當之人答以解放力量之日終將到來。在邪惡魔王的大軍逼近之時，正當之人揮下聖劍。聖劍劈開山脈，劈開森林，劈開大海，把邪惡魔王也斬成兩半。」

由於米里斯的學校曾多次要求學生背誦，因此諾倫也記得這部分。

這是聖米里斯面對步步進逼的魔族大軍，揮動聖劍迎敵的故事。聖劍的威力非常驚人，從米里希昂開始，經過青龍山脈與大森林，接著甚至越過大海，直達現在已成為溫恩港的地方，讓魔王立刻死亡。而且聖劍沿途劈開的地方形成道路，最後被命名為「聖劍大道」。

「雖然這段故事會讓人比較容易注意到聖米里斯的偉大，然而真正重要的部分，其實是聖米里斯雖然偉大卻並非萬能，所以為了揮動聖劍，他必須先儲備力量。只要解讀史書就能知道，當時，米里斯的軍隊正在北方海岸線抵禦魔族的攻勢。總司令官是被視為是聖米里斯摯友的培特・杜利歐爾。後來，培特在那場戰役中捐軀。然而聖米里斯即使身處艱苦時刻，也繼續把眼光放向未來。」

「那種行為不是捨棄了朋友嗎？」

「不是。聖米里斯相信自己的朋友，而他的朋友也相信聖米里斯，所以沒有敗退，而是死守戰場。所以，最後才能獲得兩人共同期望的勝利與和平。」

克里夫以強而有力的語氣說到這裡，轉身面對諾倫。

「妳的願望是什麼？」

「是所有家人能一起幸福過生活。」

「那麼，妳要為了這個願望去做好自己能做到的事情。也就是要好好用功，學會魔術。這也是為了讓身處戰場的魯迪烏斯和令尊能夠放心。」

「如果把自己能做到的事情都做完了，接下來該怎麼辦呢？」

聽到這個提問，克里夫以當然只有一個答案的態度點點頭，看著聖堂裡安置的象徵並開口回答。

「最後就祈禱吧，聖米里斯隨時都在守護著我們。」

如果換成魯迪烏斯，或許會不以為然地認為怎麼到頭來還是要祈禱。

然而，諾倫不一樣。

她覺得很佩服，心想原來至今學過的米里斯教教誨其實都有意義。

米里斯學校的老師曾經說過，要大家在一天結束時祈禱。不是在一天開始時，而是在一天結束時。原來，那種行為有著這層意義。

「我知道了，我會盡可能好好努力。」

「嗯，好孩子。要是有什麼困擾或是碰上不懂的問題，妳都可以來找我。去我在學校裡的研究室也行，如果是這段時間，我基本上都在這裡。」

「是。」

諾倫帶著海闊天空的心情走出教堂。

她的心裡想著，自己要按照米里斯教的教誨，在哥哥回來之前好好儲備力量。

Kadokawa Light Novels

三千世界的英雄王 1 待續

Kadokawa Fantastic Novels

作者：壱日千次　插畫：おりょう

歡迎來到充滿中二的學園都市——
中二們的超大型戰鬥戀愛喜劇！

在學園都市「三千世界」裡，人們為格鬥競賽「暗黑狂宴」狂熱。被譽為「舉世無雙的天才」的劍士・刀夜決心參加暗黑狂宴，然而，學園長卻要求他變成「最弱的邪惡角色」參賽！他將和美麗的大小姐及自稱機器人的幼女組隊，踏上成為英雄王之路！

NT$220/HK$68

台灣角川

Kadokawa Light Novels

渣熊出沒！蜜糖女孩請注意！ 1 待續

Kadokawa Fantastic Novels

作者：鳥川さいか　插畫：シロガネヒナ

當熊男孩遇上蜜糖女孩？
最頂級的戀愛鬧劇登場！

阿部久真是個一亢奮就會變成熊的高中生。某天，他發現同班同學天海櫻的汗水是蜂蜜之後，居然把她推倒還大舔特舔！他甚至為私欲利用班長鈴木因校內出現熊所組成的捕熊隊的襲擊。然而在這場騷動中，櫻不知為何突然把久真當成寵物疼愛有加……？

台灣角川

NT$220/HK$68

國家圖書館出版品預行編目資料

無職轉生：到了異世界就拿出真本事 / 理不尽な孫の手作；羅尉揚譯. -- 初版. -- 臺北市：臺灣角川, 2017.05-
冊；　公分
譯自：無職転生：異世界行ったら本気だす
ISBN 978-986-473-681-2(第7冊：平裝). --
ISBN 978-986-473-797-0(第8冊：平裝). --
ISBN 978-986-473-894-6(第9冊：平裝). --
ISBN 978-957-8531-30-7(第10冊：平裝). --
ISBN 978-957-564-045-3(第11冊：平裝)

861.57　　106004553

Kadokawa
Fantastic
Novels

無職轉生～到了異世界就拿出真本事～ 11

（原著名：無職転生～異世界行ったら本気だす～ 11）

2018年2月12日 初版第1刷發行
2024年4月2日 初版第9刷發行

作　者：理不尽な孫の手
插　畫：シロタカ
譯　者：羅尉揚

發 行 人：台灣角川股份有限公司
總　監：呂慧君
總 編 輯：朱哲成
設計指導：陳晞叡
印　務：李明修（主任）、張加恩（主任）、張凱棋

發 行 所：台灣角川股份有限公司
地　址：104台北市中山區松江路223號3樓
電　話：（02）2515-3000
傳　真：（02）2515-0033
網　址：www.kadokawa.com.tw
劃撥帳戶：台灣角川股份有限公司
劃撥帳號：19487412
法律顧問：有澤法律事務所
製　版：巨茂科技印刷有限公司
ISBN：978-957-564-045-3
